L'ÉQUATION ÉTAIT SIMPLE

DU MÊME AUTEUR

Ciel de sang, Seuil, 2006 ; Points, n° 1680
Un chapeau dans la neige, Seuil, 2007 ;
et, sous le titre *Le Diable de Blind River*, Points, n° 2356
Un été pourri, Seuil, 2010
La Deuxième Vie de Nick Mason, Calmann-Lévy, 2019

Steve **HAMILTON**

L'ÉQUATION ÉTAIT SIMPLE

Roman traduit de l'anglais (États-Unis)
par Robert Pépin

CALMANN LEVY NOIR

www.authorstevehamilton.com

CALMANN LÉVY
ÉDITEUR DEPUIS 1836

Titre original :
EXIT STRATEGY

COUVERTURE :
Maquette : olo.éditions
Photographies : personnage © Mark Owen / Trevillion Images - métro © Osugi / Shutterstock

ISBN 978-2-7021-6489-1

Pour Julia
Encore et toujours

CHAPITRE 1

Tue une personne et tu ne seras plus le même.

Tues-en cinq et ce n'est plus de changement qu'il est question.

Tu es ce que tu es devenu.

Quintero le savait. Il l'avait déjà vu chez d'autres. Il l'avait vu en lui-même. Il le voyait maintenant en regardant Nick Mason se préparer et en repensant au jour où il était allé le récupérer devant le portail de la prison fédérale de Terre Haute.

Et en se rappelant le premier boulot de Mason, là, dans la chambre du motel. Son expression après – vide, exsangue –, quand il avait amené la Mustang à l'atelier de cannibalisation.

Quand il avait déclaré qu'il ne referait plus jamais ça.

... Jusqu'au coup de fil suivant.

Tel était le contrat tacite qu'il avait passé. Récupérer vingt ans de sa vie, mais servir Darius Cole. Vingt-quatre heures sur vingt-quatre, sept jours sur sept. Et faire tout ce qu'il lui demanderait.

Sans exception.

***

Mason ôta sa chemise, révélant ainsi les muscles durs et secs d'un poids welter et une peau blanche, pâle, et sans tatouages.

Même après y avoir passé cinq ans et demi, il était ressorti de taule sans une goutte d'encre sur le corps. Cole y avait veillé. Il passa le gilet tactique, léger mais assez épais pour tout arrêter, jusqu'à une balle de Magnum calibre 44, et enfila le pull-over à col roulé noir par-dessus. Avec le pantalon noir et les chaussures noires à semelles en caoutchouc, c'était bien l'uniforme d'un professionnel. Il prit le passe-montagne noir, en fit un bonnet et la posa sur ses cheveux coupés ras. Puis il abaissa le masque, l'ajusta autour de ses yeux, se regarda une fois dans la glace. Et, satisfait, le remonta.

Quintero descendit le sac de toile noire de son épaule et le déposa sur la table. Mason ouvrit la fermeture Éclair et regarda dedans.

— Tout ce dont tu auras besoin y est, lui dit Quintero. N'oublie pas : ces gars-là sont les meilleurs. Forme physique maximale, et ils savent se servir de leurs armes.

— Et y en a combien ?

— Entre dix et douze. Pas assez pour t'arrêter.

Mason hocha la tête et enfila les gants de plongée.

— Et c'est quoi, la chose la plus importante que je t'ai dite ? reprit Quintero.

— Éviter le vingtième étage. Parce qu'à 10 heures pile, ça sautera.

— Et quand ça se produira, tu pourras ressortir.

Mason acquiesça.

— Redis-moi le plan. Étape par étape.

— Le camion de livraison. Il arrivera au parking à exactement 21 h 35…

***

Nick Mason le regarda y entrer par Columbus Drive. Le véhicule s'arrêta devant une grande porte métallique, le chauffeur attendant que le garde la fasse coulisser. Cela donna vingt secondes à Mason pour se glisser sous le châssis, s'agripper aux supports de l'échappement et se décoller du ciment, son sac en toile fermement ficelé à son dos. Minces et flexibles, les gants de plongée lui assurèrent une bonne prise et lui évitèrent de laisser des empreintes sur toutes les surfaces, y compris celles sous le véhicule.

Le camion fit deux cents mètres avant de s'immobiliser, la porte du parking se refermant derrière lui. Une fois le moteur coupé, Mason se laissa descendre sur le sol et y resta immobile, le sac en toile à côté de lui.

21 h 37, les trois quarts des bureaux en rez-de-chaussée étaient fermés, et le coup de feu terminé dans les restaurants. Mason attendit que le chauffeur quitte le véhicule, et le suivit une dizaine de mètres en arrière. Il fut bientôt dans le bâtiment.

L'Aqua. Quatre-vingt-deux étages, un des immeubles les plus remarquables du centre-ville de Chicago, au nord du Loop, avec des balcons ondulés qui l'entourent des quatre côtés tels des clapotis de vagues. Et à l'intérieur, de la tonalité générale bleu vert à l'aquarium d'eau de mer dans l'entrée, le thème qui se poursuit dans tout le décor.

Mason avança rapidement, mais sans se précipiter, en sachant très exactement où trouver le monte-charge. La cible étant au quarante-troisième étage, il appuya sur le bouton du quarante-deuxième, puis sur celui du Secours pompier pour y monter sans un seul arrêt.

Une fois au quarante-deuxième, il sortit de l'ascenseur et entra dans le couloir vide. Sur le sol devant une des chambres, il aperçut un plateau de room service en plaqué argent, s'en saisit, le débarrassa de tout ce qu'il contenait et le garda. Puis il gagna l'escalier au bout du couloir et monta au quarante-troisième.

Il entrouvrit un rien la porte palière et examina le couloir. Le marshal était assis sur une chaise devant la chambre, sept ou huit portes plus loin. Jeune, la trentaine. Trapu. On se barbait plus qu'on faisait vigilance. Mason ouvrit son sac de toile, en sortit le Mossberg 500. Modèle avec poignée pistolet et canon court. Capacité : six projectiles. Équipé de ce que le fabricant appelle assez artistement des munitions « contrôle des foules », provoquant des « traumatismes non létaux, mais incapacitants » à l'impact.

Des traumatismes incapacitants.

En d'autres termes, qui poussent le blessé à préférer mourir.

« Ne tuer qu'un seul bonhomme et laisser les autres vivants, va falloir dépasser ça », lui avait dit Quintero.

Mason n'avait pas répondu. Il avait chargé le fusil.

« Ce flingue dans tes mains, tu crois vraiment qu'il se soucie du type qu'il y a devant ? »

Mason l'avait regardé.

« Faut être pareil que lui, avait précisé Quintero. Avant que ces âneries n'aient ta peau. »

Mason sortit le semi-automatique H&K USP du sac et le glissa dans sa ceinture. Chargeur quinze balles de 9 mm, une seizième déjà chambrée. Pour finir, il prit la matraque électrique et l'accrocha à sa ceinture. Quinze centimètres de long, trois livres d'aluminium renforcé, avec « niveau police » de douze millions de volts, assez pour bloquer tout le système neuromusculaire. En guise d'assurance supplémentaire.

Il laissa tomber le sac vide par terre, se mit des bouchons d'oreilles, se prit un dernier petit instant pour respirer, se concentrer sur ce qui allait se produire parce qu'une fois que ce serait parti, il faudrait tout enchaîner rapidement, un mouvement après l'autre, sans la moindre hésitation.

Il ouvrit la porte palière et emprunta le couloir. Le plateau de room service cachait le semi-automatique à sa ceinture

– positionné à 11 heures pour un tir croisé de droitier –, ainsi que la matraque et les trois quarts du fusil.

— Hé ! cria le marshal en se levant. Y a pas l'droit d'être ici.

Moment d'indécision alors qu'il tendait la main vers sa radio. Mason laissa tomber le plateau, lui braqua son fusil sur la poitrine, eut juste le temps de voir ses yeux s'agrandir au moment où il pressait la détente et lui expédiait le projectile dans le ventre, juste au-dessous du gilet tactique.

Le marshal s'effondra, se roula en boule. Il ne se relèverait pas sans aide et beaucoup d'antidouleurs. Mason abaissa son passe-montagne sur son visage et s'approcha. De près, le bonhomme avait l'air encore plus jeune – un gamin qui n'avait rien à faire à monter la garde tout seul à cet endroit. Mason fouilla dans sa veste, ôta le Glock de son holster et lui prit sa radio. Puis il sortit le stylo de sa poche – la pointe en avait été remplacée par un adaptateur de courant continu, le corps contenant un circuit imprimé capable de lire un code de porte d'hôtel à 32 bits et de le répéter à un lecteur de carte en moins d'une seconde.

Mason savait que le temps lui était compté. Quelqu'un avait sûrement entendu le coup de feu et devait déjà appeler la réception.

« Le marshal dans la chambre est le chef de l'équipe. Un vrai homme de fer. Huit heures d'affilée, et on ne lâche jamais le client. Ni pour dormir, ni pour manger, ni pour aller aux toilettes, bordel… À moins de l'y traîner avec soi.

« On prend tout ça personnellement, et on sait tirer. Ils ont un de ses cartons affiché au stand de tir. Bref, on ne déconne pas. »

Mason enfonça le stylo dans le port de chargement au pied du mécanisme de verrouillage de la porte et le témoin vert s'alluma. Il poussa la porte, prêt à la défoncer d'un coup de pied si jamais elle se bloquait à la chaîne, mais rien ne l'empêcha de s'ouvrir en grand.

Mason entra, en restant collé au mur. Aucun mouvement dans la pièce. Le seul éclairage était celui, rougeâtre, qui tombait de la fenêtre. Il fit encore quelques pas dans la chambre, le doigt droit sur la détente du fusil. Au fur et à mesure qu'il jetait un coup d'œil dans la petite cuisine, puis dans la chambre, puis dans la salle de bains, la vérité devint évidente :

Il n'y avait personne.

Ni marshal. Ni cible.

La pièce était un leurre.

« Comment savons-nous que le comptable y sera, si c'est un témoin sous protection fédérale ?... On a un marshal infiltré. McLaren a été déplacé à Chicago pour une déposition avant le procès. Ken McLaren, l'ancien comptable en chef de Darius Cole. Un ex-agent de l'IRS[1]. Génial dans l'art de faire passer l'argent outremer, de le “redomicilier” en l'investissant dans des affaires qui ont toutes l'air légales sur le papier, et de le faire revenir sans avoir à payer le moindre impôt. Pendant pas loin d'une décennie, il avait fait gagner des tonnes de fric à Cole.

« Mais un jour, son fils s'étant fait prendre sur le campus de l'université de Chicago avec un plein sac (modèle dealer de drogue) de pilules d'extasie, ils lui avaient fait planer ça au-dessus de la tête jusqu'à ce qu'il accepte de témoigner contre Cole.

— On se prépare donc à le rejuger ? avait dit Mason.

— T'as pas à te soucier de ça. Tout ce dont tu as à te soucier, c'est de...

— Je sais. Je le butte et je file.

— Et on ne pense pas au deuxième truc avant d'avoir terminé le premier. »

Mason regagna le couloir et attrapa le marshal qui se tenait l'abdomen, toujours roulé en position fœtale. L'homme hurla

1. Service des impôts fédéraux.

de douleur lorsque Mason le traîna dans la chambre et en referma la porte.

— Où est-il ?

Le marshal ne répondit pas. Mason lui colla le canon de son fusil sur la tempe.

— Un… Où est-il ?

— Va te faire foutre !

Mason fit passer le canon de son fusil de la tempe du marshal à sa jambe, pressa la détente et lui expédia le projectile en silicone dans le muscle de la cuisse. Le marshal recula sous le choc puis, son traumatisme se muant en message cohérent lui arrivant au cerveau une demi-seconde plus tard, il se remit à hurler.

Mason lui laissa quelques secondes, le temps qu'il s'épuise. Puis il lui recolla le canon du fusil sur la tempe.

— Deux… Où est-il ?

— Là-haut, répondit le marshal en bafouillant et tentant de retrouver son souffle.

— Là-haut où ?

— Dix étages. Cinquante-troisième.

— Quelle chambre ?

— Je sais pas.

Mason lui recolla le canon sur la cuisse.

— 5307.

Mason s'empara des menottes accrochées au ceinturon du marshal, lui en referma une sur le poignet droit et le traîna sur quelques mètres, jusqu'au bar où se trouvait un repose-pied traditionnel près du plancher. Il y attacha l'autre menotte, attrapa le téléphone du comptoir et le jeta dans l'évier de la cuisine. Puis il se baissa pour piquer le portable du marshal et lui murmura à l'oreille :

— S'il n'y est pas, je te ferai regretter de ne pas être mort.

Il reprit le plateau du room service en repartant, regagna l'escalier et monta dix étages. Et entrouvrit la porte palière.

Le couloir était vide.

Pas de type devant la chambre – pas moyen de savoir laquelle.

Mason s'avança vite jusqu'à la 5307 et ressortit son stylo. Une fois encore, il fut surpris lorsque la porte s'ouvrit sans résistance, et eut à peine le temps de comprendre comment le marshal l'avait piégé que la porte dans son dos s'ouvrit violemment.

— On ne bouge plus!

Mason se retourna in extremis pour encaisser le tir. Il sentit l'impact de la balle lorsqu'elle fut stoppée par le gilet, la force du choc se répandant par tout son corps comme s'il avait reçu un sac de ciment dans la poitrine. Il pressa la détente de son fusil en tombant en arrière, mais le coup partit trop haut. Déjà, le marshal s'avançait d'un pas et ajustait son deuxième tir lorsque Mason fit feu à nouveau. Cette fois, il l'atteignit à l'aine, le bonhomme s'effondrant aussitôt pour atterrir sur les jambes de Mason.

Qui le repoussa. Le type était plus âgé, avait le poil grisonnant et le visage marqué… Il était probablement marshal depuis trente ans, au moins. Avait juré de protéger son client au prix de sa vie. L'homme serra son entrejambe à deux mains et, les yeux fermés, aspira l'air à petits coups entre ses dents serrées. Mason lui prit son Glock et sa radio et le traîna jusqu'à l'appartement de l'autre côté du couloir.

À peine meublé, cet appartement. Un divan, une télé, une table basse, des tas d'espaces vides, et nulle part où se cacher. Il entra dans la cuisine. Puis dans la chambre et regarda sous le lit, et dans la penderie après. Il passa ensuite dans la salle de bains et ouvrit le rideau de la baignoire.

Où diable est passé McLaren?

Mason revint dans la pièce principale, y resta immobile un instant, se rappela où il était et ce qui faisait l'Aqua de l'Aqua : ses balcons à tous les étages, jusqu'au sommet. Il gagna le rideau et le tira.

Le comptable était bien dehors, à se presser fort contre la rambarde en fer tout au bout. Ce n'était pas le genre d'homme auquel s'attendait Mason. Il n'avait rien d'un épouvantail qui pousse des mines de crayon sur du papier, mais tout du type qui passe manifestement beaucoup de temps à la salle de sport, même si les biceps qui moulaient sa chemise ajustée n'étaient là que pour en jeter. Mason ouvrit la porte coulissante, sentit l'air froid sur son visage. Et trente-trois étages plus bas, entendit la circulation dans Columbus Drive. Une sirène hurlait au loin, très probablement celle d'une voiture de police en route pour l'immeuble tandis qu'un million de lumières de la ville scintillaient autour d'eux. En d'autres circonstances, c'eût été un bel endroit où se trouver.

Le comptable se redressa et regarda Mason droit dans les yeux tandis que celui-ci sortait son semi-automatique de sa ceinture.

L'heure n'était plus à l'usage des forces non létales.

Déjà Mason levait son arme lorsqu'il vit quelque chose dans le regard de McLaren, se retourna un rien trop tard et sentit l'impact sur son avant-bras droit. À peine son semi-automatique tombé sur le sol et éloigné d'un coup de pied, Mason se retrouvait face au marshal ressuscité. *J'aurais dû m'assurer qu'il était hors d'état.* Ces mots lui résonnaient dans la tête lorsqu'il se découvrit un problème plus important encore au moment où le marshal le frappait à la mâchoire. Mason se releva, lui lança le pied droit dans les parties et l'expédia au tapis à nouveau.

Il avançait la main vers la matraque accrochée à sa ceinture lorsque le comptable le plaqua par-derrière, l'élan les renvoyant tous les deux dans la grande pièce. Les bras de McLaren l'enserraient toujours et Mason atterrit à plat sur la table basse, qu'il écrasa. Il se tortilla, voulut attraper son adversaire par le cou, mais, avec ses vingt-cinq kilos de plus que lui, celui-ci s'était mis à lui marteler sauvagement la tête de ses poings. Il sentit l'alliance du bonhomme lui entailler une joue, sentit encore un autre coup lui arriver à côté de l'œil. McLaren essayait de lui en coller une dans les côtes lorsqu'il poussa un cri de douleur : sa main venait de se briser sur le gilet tactique de Mason. Alors Mason, qui tenait toujours sa matraque, l'appuya sur la tête du comptable.

Les deux hommes roulaient encore sur le sol quand, juste à temps, Mason vit le marshal ramasser le fusil. Il l'attrapa, le lui arracha et lui brisa au moins un doigt lorsque l'arme faisant feu, il en sentit la chaleur à travers ses gants au moment où la télé explosait. Il appuya sur le bouton de sa matraque et la lui enfonça dans le cou. L'engin expédia aussitôt douze millions de volts dans le corps de l'officier qui se figea jusqu'à ce que Mason l'éloigne et lui en flanque un coup sur la tête – et le mette au tapis une dernière fois.

Mason se redressa, ramassa tout son équipement et essuya le sang sur sa joue.

« Assure-toi qu'il sache, et sache bien qui t'envoie, lui avait dit Quintero.

— Tu crois qu'il aura le moindre doute là-dessus ? »

— Je te paierai, lâcha McLaren qui se remettait lentement debout, une main appuyée sur le côté de la tête, à l'endroit où Mason l'avait frappé. Quoi que te file Cole, je double la somme.

— C'est pas toujours qu'une histoire de fric, lui renvoya Mason en levant à nouveau son semi-automatique.

C'était la seule étape qu'il n'avait pas préparée. Qu'il n'avait ni préparée ni voulu envisager. Il savait que cet instant viendrait, savait qu'alors tout le reste virerait au gris, que la cible serait face à lui et qu'il presserait la détente, tout ne devenant plus qu'une question de pure technique : on se concentre sur ce qu'on a devant, et on laisse la cible ne plus être que du flou. Encore une respiration et on presse la détente, doucement.

— Je t'en prie, reprit le comptable tandis que Mason tirait à trois reprises.

Poitrine, poitrine, tête.

Le corps dégringola.

Mason regarda sa montre. Il était 21 h 57. La pièce appât lui avait coûté un temps précieux.

Il n'avait plus que trois minutes avant qu'explose la bombe de Quintero.

CHAPITRE 2

Mason laissa le comptable mort dans une mare de sang, enjamba le corps du marshal inconscient et ouvrit la porte. Puis il entendit des pas et des voix sur sa gauche, et prit à droite.

Il rouvrit la porte palière et commença à descendre, toujours armé de son fusil, son semi-automatique glissé dans sa ceinture. Il avait son passe-montagne encore abaissé sur le visage, il le remonta pour se dégager la bouche et pouvoir respirer en dévalant les volées de marches l'une après l'autre.

Dix étages de descendus. Puis vingt. Leurs numéros défilaient dans une espèce de brouillard lorsqu'en consultant sa montre, il constata qu'il lui restait moins de deux minutes. Arrivé au palier du vingt-septième, il s'arrêta une seconde pour reprendre son souffle.

Puis il entendit les couinements d'une radio de l'autre côté de la porte, se figea et se préparait à reprendre sa cavalcade lorsque le battant s'ouvrant brutalement, il se retrouva face à face masquée avec un marshal. Qui à peine revenu de sa surprise, hurla :

— On ne bouge plus !

Mason l'atteignit sous sa veste tactique. Le projectile en silicone le plia en deux et lui fit lâcher son arme. Mason se jeta à l'abri de la porte, réarma son fusil à pompe et en un geste parfaitement fluide ressortit pour abattre un deuxième marshal dans le couloir. Après quoi, il se recala derrière la porte, réarma encore une fois et reconnut la légère impression de creux d'un chargeur vide.

Merde. Les six projectiles avaient été tirés.

Il resta derrière la porte, laissa un troisième marshal s'approcher jusqu'à ce qu'il puisse voir le canon de son Glock. Alors il écrasa la porte sur les bras du bonhomme, lui arracha son pistolet et le frappa avec au visage. Puis, pour en finir, il lui appuya le bras sur la gorge, passa l'autre derrière son cou, et bloqua la prise. Dix secondes d'une pression régulière sur la carotide, pour couper l'afflux de sang. Et le laisser s'effondrer.

Et regarder sa montre.

Une minute.

À nouveau il discerna des voix au-dessus de lui. Autres bruits de pas. Il continua de descendre les marches, une volée après l'autre. Jusqu'à ce qu'il entende une autre voix crier dans son dos et, une demi-seconde plus tard, un coup de feu et le bruit métallique d'un projectile ricochant sur la rambarde, à quelques centimètres de sa main. Il se jeta contre le mur et s'empara du semi-automatique à sa ceinture. Pas le temps de penser à la question arme létale, pas létale ou autre. Il ne fit qu'imaginer ce qui arriverait s'il hésitait : les marshals qui le coincent, lui ordonnent de lâcher son arme, l'emmènent menotté, premier pas d'un parcours qu'il avait déjà effectué. Sauf que cette fois, ce serait toute son existence qu'il passerait en prison.

Quoi qu'il ait à faire, il n'allait pas permettre que cela arrive.

Il y avait maintenant des voix au-dessous de lui, d'autres qui partaient en échos au-dessus et se faisaient plus fortes. Il ouvrit la porte en grand et se rua dans le couloir. Il n'avait plus d'autre choix.

Il avait parcouru quinze mètres lorsqu'il se rendit compte de l'endroit où il se trouvait.

Au vingt et unième étage.

« Et comment suis-je censé sortir de là, bordel ? avait-il demandé à Quintero. Ces armes ne sont pas exactement silencieuses.

— Le vingt et unième étage est en rénovation, et sera donc vide la nuit. Il y a des explosifs dans une des chambres et ça pétera à exactement 22 heures. E-xac-te-ment. Assure-toi que ta montre est pile à l'heure.

— Et si c'est à cet étage que je suis ?

— Il y a quatre-vingt-deux étages dans cet immeuble, bordel ! Tu n'en as qu'un à éviter ! Alors, à 22 heures, tu cours et tu t'en sortiras. »

Mason ne se donna pas la peine de regarder sa montre. Il savait n'avoir plus que quelques secondes.

— Lâche ton arme !

Il se retourna et ne tira avec son automatique que pour se mettre à couvert. Mais alors, il sentit un nouvel impact, cette fois en haut de l'épaule, une douleur très différente de celle qu'il avait ressentie lorsqu'il avait été frappé au gilet. Vive au lieu de sourde, et concentrée en un seul point chauffé à blanc.

Je suis touché. Les mots sonnèrent creux et très lointains dans son esprit. Rien d'urgent, juste une information. Juste un problème qu'il n'avait pas encore le temps de résoudre. Il fit feu à nouveau et vit le marshal battre en retraite derrière la porte, et se tourna pour voir un autre marshal arriver de la direction opposée.

— À terre ! À terre !

Il tourna la poignée de porte la plus proche, ouvrit celle-ci d'un coup de pied et traversa la pièce en courant. À peine s'il vit le mur en placo et les pots de peinture alors qu'il tirait sur la fenêtre de derrière en courant, la brisait en milliers d'éclats de verre juste avant de passer sur le balcon et d'en enjamber la rambarde.

L'instant suivant ne fut que chaleur, lumière et bruit qui oblitérèrent tout le reste. Le souffle de l'explosion le poursuivit, aussi soudain et immédiat qu'un animal gigantesque lancé à ses trousses dans l'air froid de la nuit. Il attrapa la rambarde d'une main, sentit qu'elle lui échappait, la rue vingt et un étages en dessous attendant de recevoir son corps.

Une deuxième vague frappant encore plus fort que la première, il dut tout lâcher et commença à tomber. Par pur instinct, il tendit le bras en avant lorsqu'une autre rambarde en fer brûlant stoppant sa chute, il s'y agrippa. Il était maintenant un étage au-dessous de l'explosion, le froid tel celui d'un plongeon dans l'océan, mais alors il sentit ses doigts se mettre à en glisser à nouveau. Suspendu là, à essayer de se hisser par-dessus la rambarde, il entendit l'incendie qui faisait rage au-dessus de lui. Une autre fenêtre explosa. Des sirènes hurlaient au loin. Il baissa la tête et vit les lumières bleues des voitures de police vingt étages sous lui.

Tout cela paraissait très lointain, tout sauf la douleur à son épaule droite et les dix centimètres de métal froid que, dernier ancrage l'empêchant encore de dévisser, il sentait à travers le gant qu'il portait à la main gauche.

Il rassembla ses forces et tenta de lever le bras droit.

Rien. Son bras était mort.

Il sentit du sang couler dessus. Son gant droit en était trempé, des gouttes tombant de ses doigts. Et de seconde en seconde, sa main gauche s'engourdissait. Et sa prise s'affaiblissait. Il ne pourrait pas tenir plus d'une minute. Peut-être deux, mais…

Mourir ainsi après tout ce qu'il avait traversé…

Il pensa à sa fille, se représenta son visage, la vit traverser le terrain de foot en courant. Il dit son nom haut et fort – *Adriana* – en bravant les hurlements du vent qui tourbillonnait autour de lui. Et encore une fois, il tenta de remonter le bras droit jusqu'à la rambarde.

Ça y est.

Il l'avait maintenant sous les aisselles et, ses pieds se démenant au bord du balcon, enfin il trouva une prise et bascula par-dessus, s'effondra et resta sur le dos à reprendre longuement son souffle. Il y avait encore plus de sirènes dans la rue, les hurlements des voitures de police se mêlant aux basses des avertisseurs des camions de pompiers. En une seconde, l'Aqua était devenu le centre du monde. Il se remit debout et toucha son épaule droite de la main gauche. Il ne sentit pas le sang à travers son gant, mais vit du rouge vif lorsqu'il l'ôta.

Il essaya la fenêtre. Celle-là n'était pas verrouillée. Il traversa un autre appartement, s'arrêta pour fouiller dans un panier de linge sale, y trouva une chemise rouge. À manches courtes et trop grande de trois tailles, mais il l'enfila par-dessus sa chemise noire, dont tout le côté droit était maintenant trempé de sang. Il s'arrêta encore un instant, sentit la pièce tourner autour de lui et dut appuyer la main contre le mur pour se stabiliser. Enfin, il franchit la porte et se retrouva dans le chaos du couloir. L'alarme incendie braillait, les lumières de secours lui tournaient tout autour. Une dizaine de personnes se dirigeaient vers la cage d'escalier, il se joignit à elles en remontant son passe-montagne pour s'en refaire une calotte. Et se demandant s'il avait la moindre chance de se fondre dans la foule.

Il y avait au moins cent personnes dans l'escalier. De tous âges et de toutes races, mais tous avec une chose en commun : la panique aveugle face à quelque chose de *vrai*. Tous l'éprouvaient. Il ne s'agissait pas d'un exercice. Quelque part dans les étages au-dessus, on trébuchait sur des marshals inopérants et cela ajoutait encore à la panique générale. Mais là, au vingtième, tout n'était plus qu'une question de survie : descendre ces marches et passer dans la rue.

Mason resta dans la foule jusqu'à ce qu'une fois encore il doive s'arrêter un instant et s'adosser au mur. Et lorsqu'une vieille femme lui toucha le bras et lui demanda si ça allait, il se détourna et se remit à marcher. La foule ne cessait de grandir tandis qu'encore plus de gens descendaient en flots de chaque étage, tels les affluents d'une rivière, jusqu'au moment où enfin ils arrivaient au rez-de-chaussée et se déversaient dans l'entrée.

Les instructions de Quintero lui revenaient :

« Il y a une sortie juste en face de la porte. Quinze mètres et tu es dehors. »

Il resta en arrière, regarda la grande entrée par l'embrasure de la porte. Une demi-douzaine de marshals s'y tenait, n'arrêtant personne mais étudiant attentivement les visages de tous ceux qui quittaient le bâtiment. Il les vit stopper un type qui avait à peu près son âge et sa taille et l'examiner avant de le laisser filer.

« S'il y a un problème, tu as une autre sortie sur ta droite. Trente mètres plus loin. »

Il regarda dans cette direction, et vit un autre groupe de marshals la surveiller.

« Ton troisième choix est le tunnel. Mais si tu y descends, tu n'en auras plus d'autres. »

Il se tourna vers les portes en verre donnant sur le passage-piétons en sous-sol, soit l'espèce de labyrinthe de tunnels qui courent sous la plus grande partie du Loop. À l'entrée se trouvait un flic du coin qui repoussait les gens vers la grande sortie.

« Ne prends le tunnel que si tu ne peux pas faire autrement. »

Un centimètre après l'autre il s'enfonça dans l'entrée en restant collé au mur, jusqu'à ce qu'il voie le flic parler avec un couple entre deux âges. Il rabaissa son passe-montagne sur son visage et fonça. Le flic avait commencé à se tourner lorsque Mason lui asséna un direct du gauche. Le flic avait à peine eu le temps de lever les mains en l'air. Mason enjamba son corps, ouvrit la porte en grand et descendit les marches conduisant au tunnel.

« Prends vers le nord. Puis vers l'ouest. Il y a des escaliers pour les rues Water, Columbus et Stetson. »

Il avait l'épaule en feu et entendit quelqu'un dévaler les marches à sa poursuite.

« Après, tu prends à gauche à tous les croisements. Si ça devient vraiment merdique, cherche le tunnel abandonné juste avant Michigan Avenue. »

Il essayait de garder le plan des tunnels bien clair dans son esprit, mais n'arrêtait pas d'avoir la tête qui tournait, et le plan des lieux avec.

Plus de voix, plus de pas qui courent et partent en échos sur les murs carrelés. Tout avait maintenant l'air bleu dans la lumière artificielle, avec, semblait-il, des flics partout dans le labyrinthe alors qu'il se mettait à courir, son cœur pompant fort et du sang s'infiltrant dans sa chemise.

Je suis perdu. Je n'ai plus la moindre idée d'où je...

Là!

Il vit des planches de contre-plaqué couvrant ce qui avait jadis été un tunnel pour trains de marchandises. Découpée dedans, une porte fermée par un cadenas. Il fit feu sur la serrure, la rata le premier coup, ajusta sa vision et tira à nouveau. Puis il ouvrit la porte d'une poussée et s'enfonça dans les ténèbres. De l'eau qui dégoutte, des rats qui s'agitent tout à côté de lui, une odeur de poussière d'une autre ère. Il attrapa sa matraque électrique pour y allumer la lumière à son extrémité, mais il y avait beau temps que celle-ci s'était déchargée.

Il tituba, avança en trébuchant entre les rails, aperçut enfin une faible lueur au loin. À une rue de là à peine, mais on aurait dit une étoile perdue dans le lointain du ciel. Les craquements du bois derrière lui, encore plus de voix, le maigre faisceau d'une lampe torche qui le cherche.

Il se releva, vit la lumière qui grandissait et enfin trouva l'échelle en bois conduisant à la rue. Arriva en haut, poussa fort de l'épaule droite contre la trappe sans même penser à ce qu'il faisait et s'évanouit presque lorsque la nausée déferla en lui. Trappe ouverte, brutal éclat d'un lampadaire qui l'aveugle un instant.

Après, tout ne fut que flou indistinct. Descendre la rue en se détournant du bruit des sirènes et des lumières clignotantes des voitures de police qui passent. Dieu sait comment, mémoire musculaire et cran pur et simple, il retrouva sa voiture. S'installa au volant, mit le contact et ne rata un véhicule après l'autre que de quelques centimètres en se glissant dans la circulation.

Et commit sa plus grosse erreur de la soirée.

En prenant vers le nord.

CHAPITRE 3

Dès qu'elle ouvrit la porte, Lauren vit le sang.

Elle tenta de le rattraper lorsqu'il s'effondra dans l'embrasure. Il tomba durement sur le sol. Enfermé dans une autre pièce, le chien se mit à aboyer.

— Ah mon Dieu ! Mais qu'est-ce qui s'est passé ? s'exclama-t-elle.

Il ne répondit pas. Elle sentit sa chemise détrempée, vit les gouttes de sang se répandre sur le parquet en bois dur. Dans une de ses poches, un portable sonnait. Elle referma la porte derrière lui et le tira dans l'appartement, dos contre le mur. Il poussa un gémissement lorsqu'elle commença à lui ôter sa chemise.

— Qui t'a fait ça ? lui demanda-t-elle.

Et s'arrêta en découvrant son gilet tactique noir.

Sa surprise ne dura qu'un instant, puis se mua en autre chose. Elle savait depuis toujours que ce jour viendrait. Quand il partait, il ne pouvait lui dire ni où il allait ni ce qu'il allait y faire… Tout ce qu'elle savait était qu'il détestait ça. Et maintenant, quoi qu'il ait fait ce soir-là, cela allait le tuer. Il allait mourir, là, sur son parquet.

— Ce n'est pas trop grave. Tu vas t'en sortir, dit-elle en sentant que c'était tout à la fois un mensonge et une prière.

Elle défit les attaches en velcro de son gilet et le lui ôta, lentement. Il poussa une autre plainte, elle découvrit la blessure à son épaule. Un trou aux bords déchiquetés juste au-dessus de la clavicule, près du cou. Le sang se remit à couler, lui dégoulina sur la poitrine. Elle suffoqua, la nausée et la panique la submergeant presque. Elle les repoussa. Courut chercher son portable et des serviettes à la cuisine, dérapa sur le plancher ensanglanté, mais ne tomba pas. Une fois de retour, elle appuya d'une main les serviettes sur sa blessure. Et de l'autre, elle appela les secours.

Mason tendit la main et fit tomber son portable qui glissa par terre.

— Non, dit-il d'une voix rauque, comme s'il ne pouvait pas reprendre son souffle. Pas d'appels.

— Tu vas te vider de ton sang.

— On n'appelle pas le 911. Laisse-moi juste…

— Tu es fou ?

Il lui attrapa le poignet.

— Nick, je t'en prie ! lança-t-elle en essayant de se dégager.

Il ne la lâcha pas. Il perdait conscience.

Son portable se remit à sonner. Cette fois, elle le sortit de sa poche et regarda l'écran.

APPEL MASQUÉ

— Ne réponds pas, dit-il d'une voix pâteuse tandis que déjà ses yeux se fermaient par à-coups.

Ne jamais toucher à son téléphone : telle était une des promesses qu'elle lui avait faites. Et celle de ne jamais lui demander où il était allé et ce qu'il avait fait.

— Il faut que je réponde, dit-elle en le lui arrachant des mains. Tu mourras si je ne le fais pas et ça, il n'en est pas question.

***

Il flottait dans un océan de ténèbres. Au-delà de la lumière, au-delà de tout bruit. Alors que lentement il remontait à la surface, il entendit des mots proférés au loin. Des mots qui ne voulaient toujours rien dire.

« Je m'appelle Lauren. Nick s'est fait tirer dessus. Il a besoin d'aide. Il m'interdit d'appeler le 911. Qu'est-ce que je dois faire ? »

Il se détourna de la surface et replongea dans les ténèbres. Y resta une minute, une heure, ou un jour avant de se sentir remonter. Il y avait des bruits… Des coups frappés à la porte, les aboiements étouffés d'un chien, une femme qui criait… et cela le rapprochait de la surface. Puis il la traversa et vit un visage penché sur lui.

Quintero était agenouillé par terre devant lui et tenait une bouteille en plastique marron. Et lorsqu'il versa l'eau oxygénée sur sa blessure, la douleur lui tenailla à nouveau tout le corps, chacun de ses muscles se tendant si fort que ce fut comme s'il avait une attaque.

— Qu'est-ce que… tu… fais ?… Comment… suis-je arrivé ici ? demanda-t-il les yeux perdus dans le vague.

— Je sais pas, mec. Mais t'as merdé.

Quintero versa encore du liquide clair dans un bol. Les chaînes qu'il avait autour du cou se balançaient à chaque geste qu'il faisait, ses muscles se bandant et animant le monde de tatouages qu'il avait sur les bras.

— Lauren, dit-il quand tout lui revint.

— Je suis là.

Sa voix lui arrivait quelque part dans son dos. Il s'efforça de la voir, mais Quintero lui posa une main sur la poitrine pour le stabiliser.

Pourquoi suis-je venu ici ? se demanda-t-il. *Parce que c'est mon refuge. Dès cette première nuit où elle m'y a amené, cet endroit est devenu celui où je peux aller et faire comme si rien d'autre dans ma vie ne peut me rattraper.*

Et maintenant, je l'ai détruit.

— Venez, tenez-moi ça, lança Quintero à Lauren en lui tendant un tampon de gaze. Appuyez-le sur son épaule.

Elle ne bougea pas.

— Il va saigner à mort si vous ne m'aidez pas, reprit-il, plus fort mais calmement.

Mason le vit dans ses yeux : Lauren le connaissait. C'était son cauchemar. L'homme qui le suivait partout. Celui qui lui donnait les ordres. L'obstacle entre lui et la vie qu'elle voulait.

Elle ne bougea pas.

— C'est OK, lui dit Mason. Tu peux l'aider.

Il se concentra sur son visage, ses lèvres, ses yeux marron maintenant envahis par la peur et l'inquiétude. C'étaient ses cheveux bruns coupés court qui avaient attrapé son regard dès qu'il était entré dans son magasin pour y acheter Max – la façon dont ils disaient sa jeunesse et son indépendance. Une existence sans soucis. Mais pour finir, ç'avait été son honnêteté et son essentielle bonté qui l'avaient séduit, tout ce qu'elle avait et qui semblait représenter ce que jamais il ne pourrait avoir pour lui-même.

— Prenez ça, lança de nouveau Quintero à Lauren. Et appuyez-le sur son épaule.

Elle s'exécuta, mais ne s'agenouilla pas, ses yeux se portant sur la bosse qu'il avait au dos de sa chemise défaite. Mason vit ce qu'elle pensait dans ses yeux. Elle ne connaissait rien aux armes. Les haïssait. Mais…

— Fais ce qu'il te demande, lui dit Mason. *Et n'essaie pas des trucs idiots.*

Le charme était rompu, toute idée d'aller prendre l'arme de Quintero anéantie. Elle se mit à genoux et appuya la gaze sur sa blessure, le coton d'un blanc immaculé se teintant immédiatement de rouge, déjà humide dans sa main.

— Plus fort, ordonna Quintero.

Mason regarda les ténèbres par la fenêtre, la nuit et le réverbère qui brillait, solitaire au-dessus du trottoir. Une lumière bleue passa en tremblant le long du mur. Une voiture de patrouille qui enfilait la rue en dessous. Il suivit la lueur, reconstitua le trajet qui l'avait amené là, de l'Aqua à cet immeuble d'appartements, juste au coin de Wrigley Field[1].

— Ma voiture, dit Mason. Elle est probablement foutue.

— T'étais censé la ramener à l'atelier, lui renvoya Quintero en hochant la tête.

Mason n'allait pas le reprendre là-dessus. En repoussant doucement la main de Lauren, il essaya de voir sa blessure, mais elle était trop près de son cou pour qu'il y parvienne.

Lauren jeta la gaze trempée de sang sur le parquet. Quintero la regarda, l'air glacial et menaçant.

— Allez reprendre du coton et revenez ici, dit-il.

— Ça ira, dit Mason à Lauren. Garde ton calme. Il sait ce qu'il fait.

Quintero reversa un peu d'eau oxygénée dans le bol en métal. Puis il y laissa tomber une pince à épiler et un scalpel.

— Vous, dit-il en pointant Lauren du doigt. Fini les bandages. Allez me chercher des aiguilles. Et du fil. Costaud.

Il ne lui en fallut pas plus. Elle se releva.

— Tout ça, c'est que des conneries, dit-elle. J'appelle le 911.

Elle sortit le portable de Nick de sa poche, mais avant même qu'elle puisse y entrer le premier chiffre, Quintero était debout.

— Regardez-moi, dit-il en lui montrant ses yeux. Vous pouvez ou m'aider ou le laisser crever sur votre parquet. C'est à vous de voir. Mais il y a une chose que vous n'allez pas faire et ce sera d'appeler une ambulance. C'est compris ?

Elle acquiesça d'un signe de tête, mais elle avait toujours l'appareil dans la main. *Trois chiffres*, pensa-t-elle. Elle pourrait les entrer avec le pouce. 9 - 1…

1. Stade de base-ball des Chicago Cubs.

Quelqu'un avait claqué des doigts. Lorsqu'elle releva la tête, Quintero la tenait en joue. Elle s'étouffa.

Il claqua encore des doigts. Lui tendit sa main libre.

— Le portable.

— Donne-le-lui, dit Mason en essayant de se redresser.

Elle le lui donna.

— Aiguille et fil. Tout de suite.

— Nick, dit-elle en le regardant, retenant ses larmes et refusant de céder.

— Va lui chercher du fil, dit-il. Ça ira.

Elle hocha la tête et quitta la pièce. Dès qu'elle fut partie, Quintero aida Mason à se remettre en position assise et sortit la pince à épiler du bol d'eau oxygénée.

— Qu'est-ce qui s'est passé aujourd'hui ?

— J'ai eu la cible. Mais j'ai eu du mal à dégager.

— Tu n'aurais pas dû venir ici.

— T'inquiète pas pour elle. (Il ne voulait même pas dire son prénom devant lui.) Sors-moi d'ici, c'est tout.

— T'es pas encore en état de bouger.

Il ouvrit grand les bords de la plaie et y plongea la pince à épiler. La douleur réexpédia Mason dans les ténèbres. Quintero lui appuya sur l'omoplate.

— Pas de blessure de sortie. La balle est toujours à l'intérieur. Le gilet a dû la ralentir.

— Alors sors-la.

— Sans déconner ! Parce que tu crois que c'est la première fois que je fais ça ? Ferme-la et tiens-toi tranquille.

Et il replongea la pince à épiler dans le bol.

— Ça va faire un mal de chien.

Mason serra fort les paupières et attendit. Sentit le froid du métal, puis le même éclair de douleur, en double, en triple. Un fer à souder qui lui déchire les terminaisons nerveuses, lui expédie des pluies d'étincelles dans toutes les directions.

— On ne bouge pas, murmura calmement Quintero.

Mason était déjà ailleurs et ne pouvait l'entendre. Il garda les yeux fermés, compta les secondes jusqu'à ce que brusquement la douleur s'apaise et qu'il puisse reprendre son souffle. Alors il entendit la balle tomber dans le bol et rouvrit les yeux.

— Calibre 40, dit Quintero.

— Va me falloir un meilleur gilet.

— Ou ne plus te faire tirer dessus.

— La cible n'était pas dans la bonne pièce, lui renvoya Mason, la colère prenant le dessus sur la douleur. Ta source avait pas les bonnes infos.

— Et tu as géré, dit Quintero en s'emparant du scalpel.

— Qu'est-ce que tu fais ?

— Faut nettoyer les bords de la plaie pour pouvoir recoudre.

Mason referma les yeux, sentit les mêmes éclairs d'électricité lui traverser à nouveau le corps tandis que Quintero grattait et tranchait.

Lauren revint dans la pièce avec une bobine de fil et plusieurs aiguilles.

— Tenez, dit-elle en les tendant à Quintero.

Il lui en prit une. Et fit la grimace.

— C'est ce que vous avez de mieux ?

— Je recouds des jeans déchirés, moi, pas des blessures par balle.

Il ignora sa remarque et prit soixante centimètres de fil dans la bobine.

— Vaudrait mieux ne pas regarder, dit-il.

— Je reste.

Quintero hocha la tête, glissa la main dans la poche de sa chemise et en sortit une paire de lunettes pliables. Les posa bien assises au bout de son nez. Étrange fut le moment de silence tandis qu'il passait avec toute l'adresse d'une couturière le fil dans le chas de l'aiguille, lui, l'ex-membre de gang avec le tatouage rouge et vert de La Raza sur le bras et trois anneaux dans les oreilles.

Mason referma les yeux une dernière fois en sentant l'aiguille lui transpercer la peau. Il essaya en vain de ne pas imaginer Quintero en train de pousser l'aiguille à travers toutes les couches de sa peau, de la faire passer de l'autre côté de la blessure, et de la remonter tout droit dans d'autres couches de sa peau. Il sentit la traction du fil lorsque Quintero le tira, et sa peau qui brûlait lorsqu'il s'arrêta pour nettoyer le sang et reverser de l'eau oxygénée sur sa blessure.

— J'ai encore besoin de votre aide, lança Quintero à Lauren en se mettant à bander la plaie. Déchirez-moi cet adhésif en bandes de trente centimètres de longueur.

— Je suis désolé, dit Mason en la regardant par-dessus l'épaule de Quintero.

Et ce « désolé » n'avait jamais sonné aussi inadéquat, songea-t-il en voyant un millier de choses passer dans le regard de Lauren. Il espéra que le pardon en fasse partie.

Lorsqu'il en eut fini avec la dernière bande d'adhésif, Quintero remit Mason sur ses pieds et passa le bras gauche par-dessus son épaule.

— Et maintenant, on y va.

— Minute, dit Lauren en s'interposant entre eux et la porte. On y va où ?

— Dans un endroit plus sûr.

— Plus sûr pour qui ?

— Pour nous tous, répondit-il, et il regarda Mason. Allez !

Lauren referma la porte derrière eux et considéra le bordel sanglant qu'était devenue son entrée. Elle tomba à genoux et serra fort les bras autour d'elle. La montée d'adrénaline avait disparu et la laissait sans force. Mais ce n'est pas ce qui la fit sangloter. Ce fut que même si Mason s'en sortait…

Elle pourrait bien ne plus jamais le revoir.

***

Quintero l'aida à descendre les marches. Scruta vite la rue, ouvrit la porte de l'immeuble et accompagna Mason jusqu'à son Escalade noire garée une demi-rue plus loin.

— Ma voiture…

— Problème réglé.

Quintero se glissa dans la circulation. S'arrêta à un feu rouge alors qu'une voiture de police franchissait sans bruit l'intersection, ses lumières bleues lançant des éclairs.

— T'as vraiment merdé, reprit-il en quittant le croisement. Ça va nous retomber sur le nez à tous.

— Comment ça, « tous » ?

— Tu connais les règles. Tout le monde est dans le coup.

Après ce qu'il avait traversé ce soir-là, Mason eut besoin d'un moment pour enregistrer.

— Ton boulot était de liquider le comptable. Le mien d'aller à Elmhurst en voiture. Et d'y attendre de tes nouvelles… ou pas.

Mason se redressa sur son siège. Elmhurst voulait dire deux choses :

Son ex, Gina.

Et sa fille, Adriana.

C'était une menace à laquelle il avait déjà eu droit : « Tu rates ton coup, elles meurent. » L'équation était simple. Mais ce soir-là, avec une balle extraite de son épaule et son sang partout dans l'appartement de Lauren, la menace semblait Dieu sait comment plus réelle. Ce soir-là, il en était venu à deux doigts de perdre nettement plus que quelques décilitres de sang.

Il descend de ce véhicule, se dit-il alors que toute la scène lui déboulait dessus d'un coup. *Il s'avance jusqu'à la porte. Elle est fermée à clé, mais c'est à peine si ça le ralentit. Un pied dessus, juste à côté du pêne dormant. Lorsque tout le monde se réveille, il est déjà en haut des marches. Brad a peut-être un flingue, mais peut-être pas. Mais aussi fort qu'il veuille protéger sa femme et sa belle-fille, il n'a aucune idée de la façon de s'y prendre. Pas contre un type comme Quintero.*

Il prend sa première balle en plein front.

Gina se met à hurler. Dans une autre chambre, au bout du couloir, une pièce que Mason n'a même encore jamais vue, Adriana s'est redressée sur son lit.

Pleure-t-elle ? Essaie-t-elle de se cacher ? De s'enfuir en courant ?

Mason arrêta le film dans sa tête avant le plan suivant.

— Ne menace jamais plus ma famille ! lança-t-il. Jamais.

— Ne me donne pas de raison de le faire, lui renvoya Quintero en regardant droit devant lui, et je n'y serai pas obligé.

Dès l'instant où il était sorti de prison, Mason s'était mis à réfléchir à ce qu'il lui faudrait faire pour se libérer de cette deuxième vie dans laquelle il se trouvait.

Il avait observé. Et attendu.

Mais ce soir-là, alors que Quintero l'emmenait dans les rues sombres du North Side de Chicago, il sut qu'observer et attendre, c'était fini.

Je vais te fumer, se dit-il. *Toi. Darius Cole. Et tous ceux qui travaillent pour toi.*

Je vais tous vous fumer.

CHAPITRE 4

Moins de cinq heures après avoir été réveillé par un coup de téléphone en pleine nuit, l'U.S. marshal Bruce Harper se trouvait à plus de mille cent kilomètres de chez lui et contemplait le plus gros échec de son existence.

Harper n'avait pas fait que donner vingt-sept ans à l'United States Marshals Service, l'USMS. Il avait aussi passé ces dix dernières années comme directeur adjoint du Witness Security Program[1] – ou « WITSEC » ainsi qu'on l'appelait à Arlington –, à superviser des centaines de marshals adjoints dans quatre-vingt-quatorze districts du pays. Plus tôt dans sa carrière, il avait travaillé pour Gerald Shur, le fondateur du WITSEC, et lui parlait encore au moins une fois par semaine. Il craignait déjà l'appel qu'il allait recevoir de Shur car, en cinquante ans d'existence, le WITSEC avait protégé plus de dix-huit mille clients et pas un seul d'entre eux – en tout cas aucun qui avait obéi au règlement –, n'avait été tué.

Jusqu'à maintenant.

Leur premier témoin assassiné.

Et cela s'était passé pendant son mandat.

1. Programme de protection des témoins.

À présent, alors qu'il traversait le couloir explosé du vingt et unième étage de l'Aqua – la scène avait tout d'une zone de guerre avec ses murs noircis et trois portes à la file défoncées et gisant par terre –, il essaya de tout reconstituer.

Il entra dans la pièce où les engins incendiaires avaient été placés. Une douzaine de pots de peinture introduits en fraude, tous scellés, et remplis de gazole. Les marshals coopérant avec le FBI dans l'enquête, Harper venait d'apprendre qu'on avait déjà retrouvé les images des caméras de surveillance montrant deux entrepreneurs en peinture y apportant les pots. On recherchait la liste de ceux approuvés par l'Aqua et travaillant à cet étage, et dressait encore celle de tous les employés de l'hôtel, mais Harper n'avait pas grand espoir.

Quelle que soit l'identité des individus qui les avaient montés, ces pots avaient été empilés avec le plus grand soin de façon à péter en une rapide réaction en chaîne, un seul détonateur central étant activé par minuterie numérique. Harper gagna le balcon où la fenêtre avait été projetée vingt et un étages au-dessus des rues de Chicago. La circulation du matin était déjà forte dans le Loop. Tout le monde allait au boulot, tout le monde avait déjà oublié la grande nouvelle de la veille au soir en centre-ville.

Ce n'est pas ma ville, se dit-il. Chicago, il n'y avait jamais travaillé, n'y avait jamais passé plus d'une journée à chaque fois... mais il avait la forte impression que tout cela allait changer.

Comment est-ce arrivé ?

C'était la première question qu'il avait posée lorsqu'il avait reçu le coup de fil, celle-là même qu'il ne cessait de se poser depuis lors. Mais maintenant qu'il était là en personne pour voir de quoi il retournait, elle commençait à être remplacée par une autre.

Comment se fait-il qu'aucun de mes marshals ne soit mort ?

Il y avait assez de blessés pour remplir tout un service d'hôpital : quatre marshals gravement brûlés (presque tous protégés par les portes anti-incendie quand l'explosion s'était produite à l'étage), trois autres retrouvés inopérants dans la cage d'escalier, deux avec des traumatismes au ventre et le troisième inconscient, apparemment étouffé. Le jeune du quarante-troisième étage, celui qu'on y avait posté comme leurre, avait lui aussi un traumatisme au ventre, et un autre à la cuisse gauche. Il remarcherait probablement dans deux ou trois semaines, il était assez solide pour ça.

« Le tireur portait un masque noir, lui avait dit le marshal. Harper s'était arrêté à l'hôpital pour l'interroger avant de gagner l'Aqua. Yeux marron, milieu de la trentaine, en gros. Et c'était un Southsider.

— Comment le savez-vous ?

— J'ai vécu ici toute ma vie. Je sais reconnaître un type du South Side quand je l'entends parler. »

Il ne restait plus que le marshal positionné dans la chambre elle-même : Greg Davis, un type avec presque autant d'années de service que lui. Et Harper lui aurait fait assez confiance pour lui donner ses propres enfants à garder, en plus de son fonds de pension, sauf que Davis avait été abattu avec un autre des six projectiles en silicone retrouvés dans l'immeuble. Et avait encore été électrocuté et frappé à la tête avec la matraque retrouvée dans le couloir, pas très loin du Mossberg 500.

Ce mec n'a eu aucun problème pour tuer McLaren, se dit encore Harper en regardant le 9 mm semi-automatique HK USP noirci par les flammes lui aussi retrouvé. *Mais il s'est donné un mal de chien pour ne tuer personne d'autre. Même si cela l'obligeait à porter des armes supplémentaires.*

Quel genre d'homme fait donc ce genre de trucs ?

Harper mourait d'envie de lui mettre la main dessus et de le lui demander en personne. Et il comptait bien le faire. Ce n'était qu'une question de temps.

Il monta au cinquante-troisième, où les marshals avaient un de leurs deux appartements secrets. Celui-là n'était même pas connu de l'essentiel des marshals du bureau local du district. À moins d'y garder activement un client de grande valeur, il n'y avait aucune raison d'être au courant de son existence.

Il entra dans la pièce principale. À peine s'il y avait assez de mobilier pour répondre aux besoins minimaux du client qui y passe une ou deux nuits, une semaine au maximum. Une cuisine, petite, et une table où manger. Une télé avec câble de base. Un divan et une table basse, maintenant réduite à l'état de débris de bois. C'était là que le marshal Davis avait été retrouvé étendu par terre, inconscient. À l'autre bout de la pièce, à côté de la télé maintenant détruite, c'était Ken McLaren qu'on avait découvert. Avec trois balles de semi-automatique dans le corps, deux dans la poitrine, une dans la tête.

Harper était passé devant une dizaine de types, tous en plein travail lorsqu'il était arrivé. Des fédéraux, des enquêteurs des services d'incendie, et encore d'autres marshals du district nord de l'Illinois de l'USMS. Mais maintenant il était seul et là, dans le silence qui régnait au milieu du chaos, il contemplait l'endroit exact du plancher d'où le corps avait été enlevé. Une éclaboussure de sang en arc sur le mur. Le tapis avec une tache où le sang était passé au travers. Il se retourna et sursauta en découvrant un type debout dans la pièce. Plus petit que lui de quelques centimètres, plus jeune de quelques années. Peau foncée, regard attentif. Une énergie contenue, alors même qu'il ne bougeait pas. Ce n'était ni un marshal, ni même un des agents du FBI qu'il avait croisés en venant, mais les souliers éraflés et la veste de sport bleu foncé qui avaient besoin d'un bon nettoyage à sec disaient clairement forces de l'ordre. À moins qu'il ne s'agisse d'un as de l'infiltration, le flic ne ressemble jamais à autre chose qu'un flic.

— Il vaudrait mieux que ce soit important, officier… ? lui lança Harper en le regardant droit dans les yeux.

Le type lui sortit son étoile.

— Inspecteur Frank Sandoval. Area Central Homicide.

— Si vous êtes ici pour vous foutre des Fédéraux qui ont merdé, votre temps est écoulé. Et la porte est derrière vous.

— Je vous ai laissé un message il y a deux jours. Vous auriez dû me rappeler.

— De quoi parlez-vous ?

— J'essayais de vous tirer par la manche.

— À propos de… ?

— De ceci, répondit Sandoval en s'époussetant. Dès que Darius Cole a obtenu d'être rejugé, ce n'était plus qu'une question de temps. Je suis surpris que ç'en ait pris autant.

— Des conneries, oui. Comment pouviez-vous le savoir ?

— Si vous aviez décroché, vous auriez votre réponse.

Harper prit une petite seconde pour se calmer.

— M. McLaren était dans notre programme depuis vingt ans. Et pendant tout ce temps, jamais il n'a eu le moindre contact avec d'anciens associés ou…

— Oui, oui, je sais comment ça marche. On laisse toute sa vie derrière soi, on en commence une autre ailleurs et personne ne te retrouve jamais, c'est bien ça ?

— Sauf si on ne respecte pas les règles.

Ce matin-là, Harper avait lu jusqu'au dernier mot du dossier McLaren à bord de l'avion. Le bonhomme, qui avait un jour travaillé comme juricomptable pour l'IRS[1], avait ensuite aidé Darius Cole à faire transiter des millions de dollars d'argent sale entre les États-Unis et une dizaine d'autres pays sans payer le moindre impôt. Il avait ensuite été délocalisé à Ashville, État de Caroline du Nord, après avoir témoigné contre Cole lors de son premier procès. On lui avait donné un studio et trouvé un boulot dans un centre commercial : aider tous les gens qui ont hâte de

1. Internal Revenue Service, équivalent américain de notre service des impôts.

recevoir leurs deux cents dollars de remboursement du Trésor public à remplir leurs déclarations d'impôts… mais avec un agent fédéral de probation pour le surveiller au cas où il aurait eu l'idée de se montrer créatif dans le maniement de l'argent d'autrui.

— Vous avez vos règles, Cole a les siennes, lui renvoya Sandoval. Que vous ayez collé votre témoin ici, là ou ailleurs n'avait aucune importance. Il était déjà mort.

Harper avait donné toute sa vie au programme et à l'idée que tout témoin peut être protégé – de quiconque hormis Dieu lui-même, et encore. « Tu fais ce qu'on te dit et tu seras en sécurité. » Il avait répété ça à des témoins et à leurs familles pendant des décennies et y avait toujours cru. Parce que c'était toujours vrai.

Toujours.

Sauf que maintenant, le cadavre de McLaren était la preuve même que « jamais », ça n'existe pas et que tout ce sur quoi il avait fondé sa vie était un mensonge. Ce jour-là, Bruce Harper se trouvait au beau milieu du premier échec du programme, la preuve en détrempait le tapis qu'il avait sous les pieds.

— Puisque vous avez toutes les réponses, reprit-il, pourquoi ne pas les partager avec toute la classe ? Darius Cole est enfermé à Terre Haute, un des pénitenciers les plus sûrs du pays.

— Il aurait pu arriver à ses fins depuis la Lune, bordel !

Harper hocha la tête.

— Ce n'est pas le premier criminel à avoir des contacts à l'extérieur. Comment a-t-il découvert où nous cachions McLaren ? Parce que ça, ça n'arrive pas. *Jamais !*

— C'est ce que vous allez devoir vérifier, lui renvoya Sandoval. Tout ce que je sais, c'est que si vous avez un marshal avec des faiblesses, Darius Cole, lui, l'a déjà trouvé.

Harper passa en revue toutes les possibilités. Dressa la liste de tous les marshals, marshals et administratifs, tous sans exception, qui auraient pu avoir accès à l'info.

Elle n'était pas longue.

À moins que la fuite ne soit partie de l'endroit même où il se tenait. De Chicago.

Y penser le rendait malade, mais comment l'éviter ? *S'il fallait choisir une ville pour y trouver le seul marshal compromis, laquelle retiendrais-tu… en toute honnêteté ?*

— Bon, et côté tireur ? enchaîna Harper. Vous avez un nom à me donner ou vous êtes juste venu ici pour me répéter : « Je vous l'avais bien dit » ?

— Un nom, je peux vous en donner un. Je peux même faire mieux en vous conduisant à sa villa.

— Vous êtes sérieux, inspecteur ? s'exclama Harler en le regardant. Non, parce que les plaisanteries, ça suf…

— Je sais que vous avez une sale journée, mais quand vous verrez où vit ce mec, c'est votre petit déjeuner qui risque d'y passer.

CHAPITRE 5

Le téléphone jetable dont Darius Cole allait se servir pour appeler Nick Mason ce matin-là avait déjà changé cinq fois de mains avant d'arriver à sa cellule.

Il avait entamé son périple dans une cartouche de cigarettes lâchée dans le secteur nord-ouest de la cour de la prison par un drone à quatre hélices, après un vol télécommandé de quinze cents mètres à partir de son véhicule lanceur garé sur les rives de la Wabash River. La cartouche contenait cent soixante-dix grammes de marijuana très vaguement empaquetée – le paiement à balancer, strictement pour la frime. Après avoir récupéré la cartouche, le gardien de nuit du périmètre en avait extrait la drogue, l'avait pesée et très soigneusement notée dans le registre avant de la passer à l'équipe de la contrebande. Il avait gardé le portable, les dix billets de cent dollars et la douzaine de patchs de fentanyl eux aussi dissimulés dans la cartouche, et planqué téléphone, patchs et cinq billets sur les dix sous le siège de son véhicule de patrouille. Puis glissé les cinq autres billets dans sa poche.

Le gardien de service de jour chargé de l'entretien des véhicules de la patrouille avait sorti les cinq autres billets restants de dessous le siège et les avait glissés dans sa poche à lui. Après quoi, il avait rangé le portable et les patches de fentanyl dans une grande enveloppe et l'avait jetée dans la caisse blanche du courrier.

Quelques minutes plus tard, un prisonnier de confiance l'avait déposée dans son chariot, sous les autres lettres destinées au Special Housing Unit, à savoir le mitard. Mais avant de quitter la salle du courrier, il avait ouvert l'enveloppe et en avait ôté deux patches de fentanyl. S'était penché en avant et se les était collés à l'intérieur des cuisses, ces patches ayant pour fonction de lui procurer le bonheur d'une double dose de soixante-douze heures de bonheur opiacé. Soit un paiement plus que satisfaisant pour une petite livraison supplémentaire.

Le prisonnier de confiance se sentait donc au mieux de sa forme ou pas loin lorsqu'il était arrivé à la Special Housing Unit. C'était là que la plupart des prisonniers notoires étaient détenus, certains d'entre eux ayant des « besoins spéciaux » qui leur étaient accordés : cellules plus grandes, lumière naturelle et une nourriture meilleure que celle donnée au reste des détenus... et tant pis si elle était même meilleure que celle à laquelle avaient droit les gardiens eux-mêmes !

Dernière étape du voyage, le prisonnier reconnaissant avait sorti le reste des patches de fentanyl et apporté le téléphone à la cellule personnelle de Darius Cole. Celui-ci n'avait nul besoin de ces patches, évidemment. Nul besoin d'un petit trip chimique pour s'échapper de cette prison, dans sa tête au moins. Le portable était le paiement que le prisonnier devait à Cole en échange de la permission que celui-ci lui avait donnée de vendre le fentanyl à d'autres détenus de la SHU.

Cole se servait de portables au pénitencier fédéral de Terre Haute depuis qu'il y était arrivé en 2005. Mais lorsque le président des États-Unis avait signé le décret sur la contrebande de ces appareils en 2010, un bureaucrate s'était donné pour mission spéciale d'en réduire la quantité en circulation dans la prison. Comme dans tout marché libre, la seule chose qu'il avait alors réussi à faire avait été d'en faire monter le prix. Des actions à Wall Street à la drogue dans les rues, le principe est le même. Ce n'est pas en rendant la marchandise plus difficile à obtenir qu'on l'arrête. On la rend seulement plus profitable.

Et lorsqu'un autre bureaucrate avait décidé de s'intéresser plutôt, et comme avant, à la circulation des drogues illégales, le marché du portable avait soudain été inondé. Cole en était venu à se dire que la moitié des pensionnaires de sa Special Housing Unit s'en étaient procuré un cette année-là. Et même quand on n'en avait pas, on pouvait toujours se payer du temps de parlotte au téléphone à raison de un dollar la minute. C'est alors qu'un membre de gang de Baltimore s'étant fait surprendre en train d'ordonner un meurtre depuis sa propre cellule, le marché s'était tendu à nouveau. Cole n'avait même plus pu compter sur un des gardiens qu'il avait dans la poche pour lui en faire parvenir un de l'extérieur.

Cole examina le nouveau portable et s'assura qu'il se raccordait bien au réseau et était compatible avec au moins un des chargeurs dont il disposait déjà dans sa cellule. Après quoi, il congédia le prisonnier et y entra les dix chiffres de mémoire.

***

Quatre cent cinquante kilomètres au nord, Diana Rivelli regarda l'homme qui vivait dans sa villa et se demanda s'il était toujours vivant. Elle l'avait découvert en revenant de son travail un peu après minuit – étendu sur le canapé, sans chemise et des bandages autour du cou et de l'épaule gauche. Quoi qu'il ait pu lui arriver, il respirait avec peine et une fine tache de sang commençait à traverser le pansement blanc.

Il était encore là lorsqu'elle s'était levée le lendemain matin. Il n'avait pas bougé d'un centimètre. Cela faisait maintenant presque deux heures qu'elle l'observait, attendait de voir s'il allait se réveiller et se demandait si elle pouvait faire quelque chose pour lui. Et pas pour la première fois non plus, elle se demandait aussi comment l'inconnu qui dormait à l'autre bout de la villa, qui décrochait son téléphone et disparaissait juste après sans dire un mot, avait atterri chez elle.

Elle était habillée pour aller au travail et, déjà en retard, espéra que le personnel de Chez Antonia serait prêt pour le coup de feu de midi. Mais Mason n'avait toujours pas bougé. Elle posa une main sur son cou, sentit son pouls, garda la main appuyée sur sa peau une seconde de plus, pour sentir la chaleur de son corps.

Je ne veux pas savoir ce qui lui est arrivé, se dit-elle. C'était une de ses règles, une parmi bien d'autres grâce auxquelles elle maintenait sa vie en ordre. *On ne demande jamais où va Mason. On ne demande jamais ce qu'il fait.*

Quelque part sous lui, elle entendit sonner un portable. Mason bougea et, avant même qu'il puisse ouvrir les yeux, elle avait disparu.

***

Dès qu'il leva la tête, Mason sentit les points tirer sur la peau de son épaule. Il grimaça de douleur, attrapa l'appareil, décrocha et se mit le portable à l'oreille.

— Qu'est-ce que tu veux, Quintero ?

— T'as donc été aussi nul hier soir que tu l'es maintenant ? lui lança Cole. On lâche des noms au téléphone ? Et le mauvais en plus ?

Aussitôt reconnaissable, la voix de Cole le fit se redresser. Il était dans la pièce à vivre, sur le canapé parce qu'il n'avait même pas réussi à arriver jusqu'à son lit. Il avait dû dormir dans les sept heures.

— Qu'est-ce qui s'est passé hier soir ? reprit Cole. (Ce n'était que la deuxième fois qu'il l'appelait directement.) J'aime pas beaucoup ce que j'ai entendu dire.

Mason se mit lentement debout. Il avait la tête qui tournait. Il gagna la salle de bains, le portable toujours collé à l'oreille. Il regarda son épaule pansée et les bandes multicolores qui lui remontaient dans le cou.

— Tu m'écoutes ?

— Je suis là, oui.

Il quitta la salle de bains, rejoignit le frigo et l'ouvrit. Il n'avait plus qu'une envie : boire un jus d'orange. Il s'accommoda d'une canette de bière Goose Island Ale.

— J'ai abattu la cible, dit-il. Et après, je suis parti. Dès que je serai rétabli, je...

— Vaudrait mieux se concentrer sur le problème que tu as créé.

— Vous voulez dire « m'être fait tirer dessus » ? lui renvoya Mason. Ce problème-là ?

— Mais qu'est-ce que tu veux, bordel ? Une Purple Heart[1] ? Je me suis fait tirer dessus quatre fois déjà, moi !

Mason ferma le frigo à deux portes et ouvrit sa bière. La villa était calme, comme la plupart des matins. Diana, sa colocataire, avait déjà dû partir au restaurant afin d'être prête pour le coup de feu. Il ne se rappelait même plus la dernière fois où il lui avait parlé.

— J'ai fait ce que vous m'avez demandé. Pourquoi m'appelez-vous ?

Il sortit de la cuisine, passa sur la terrasse et se tint à la rambarde tandis que la caméra l'observait, son témoin rouge clignotant. Toujours à lui rappeler où il était, même s'il y pensait

1. Médaille donnée aux soldats pour leur courage sur le champ de bataille.

rarement, maintenant. Un vent doux qui montait du lac dessinait des rides sur l'eau de la piscine.

— Je t'ai appelé pour te faire savoir ce qui aurait dû arriver après.

C'était l'instant où Mason aurait dû savoir que quelque chose allait tourner mal. Mais quelque chose d'autre l'en avait distrait alors qu'il regardait la rue en bas.

Au pied de la villa passait Lincoln Park West. Ensuite, il y avait le parc lui-même avec son zoo et ses jardins botaniques. Plus loin s'étendait le lac Michigan, tout en scintillements dans la lumière du soleil matinal. Vue parfaite à cinq millions de dollars, mais à ce moment-là, Mason ne vit qu'une chose : une berline noire garée dans la rue.

— … j'ai eu assez de femmes dans ma vie, disait Cole. Une ou deux seulement que j'aie vraiment aimées.

Mason vit s'abaisser la vitre côté passager. Un visage qui le regardait. Qui n'essayait même pas de se cacher.

C'était lui. L'homme qui l'avait expédié à Terre Haute, qui, cinq ans plus tard, s'était assis en face de lui au restaurant de Diana et lui avait promis de l'y renvoyer. Celui aussi qui lui avait pris sa clé USB avec toutes les infos sur la corruption de la Special Investigation Section[1], s'en était servi pour faire tomber tout le détachement, mais ne lui en avait pas moins promis que rien ne changerait jamais entre eux.

L'inspecteur Sandoval.

— Business d'abord. C'est comme ça.

Sandoval hocha la tête. Parla à quelqu'un d'autre dans la voiture – plus âgé, avec le visage dur d'un vieux de la vieille. Et tous les deux l'observaient par le pare-brise.

Mason leva sa bière en guise de petit salut ironique à Sandoval.

1. Voir *La Deuxième Vie de Nick Mason*, paru en 2019 dans la même collection.

— T'es toujours là ?

— Oui, oui.

Il reposa sa cannette et se détourna de la rambarde.

— Je ne t'avais pas demandé de faire ça tout seul.

Mason s'arrêta net.

— De quoi parlez-vous ?

— D'un certain détail à régler. Je ne veux pas de ça !

Tout le reste repassa au second plan. Il n'y eut plus que cette voix qui lui arrivait d'une cellule de prison dans un autre État.

— Elle n'a rien à voir avec ça, répondit Mason. Elle ne va pas…

— Tu es allé chez elle. Tu as pissé le sang partout sur son parquet et aujourd'hui, elle est en train de lire ce qui s'est passé en centre-ville.

Mason serra plus fort le téléphone.

— Écoutez-moi. Elle sait parfaitement que j'ai une autre vie…

— Sauf que si c'est vrai, on a déjà un problème.

— Elle ne sait rien d'autre. Il n'y a aucune raison de…

— C'est ta faute, lui renvoya Cole. C'est toi qui as causé tout ça en allant chez elle. Ne l'oublie pas.

Mason entendit un petit clic, puis plus rien. Il composa vite le numéro de Lauren. Ça sonna plusieurs fois, et son appel passa sur la messagerie.

— Sauve-toi de là où tu es, où que tu sois, dit-il. Mets-toi en lieu sûr et appelle-moi.

Il se demanda si elle allait même seulement rester en vie assez longtemps pour entendre son message ou si elle était déjà morte. Il s'habilla avec difficulté, serra les dents en enfilant sa chemise par-dessus son épaule. Dévala les marches jusqu'au garage, ouvrit la porte et…

Plus rien.

Merde.

Il avait laissé sa voiture chez Lauren la veille au soir et, comme Quintero le lui avait promis, il y avait longtemps qu'elle avait vécu, complètement démantibulée qu'elle était maintenant à l'atelier de cannibalisation.

Il sortit dans la rue. *Je vais obliger Sandoval à me conduire chez elle*, pensa-t-il. *Je me fous de ce qu'il dira.*

Mais l'emplacement était vide et c'est à peine s'il aperçut la berline noire tandis qu'elle disparaissait au croisement. Il scruta la rue à la recherche d'un autre véhicule en mouvement.

Rien.

Il se mit à courir, et sentit une vive douleur à l'épaule à chaque pas qu'il faisait. Le magasin d'animaux domestiques était à quinze cents mètres de là.

Je t'en prie, sois-y! Sois dans cette boutique, là, debout au comptoir. Tu n'as pas répondu au téléphone parce que tu étais occupée avec un client.

Il descendit Lincoln Park en courant et tourna à l'intersection. Encore deux blocs et il vit le magasin. Il avait la tête qui tournait lorsqu'il arriva à la porte et la poussa.

Il y avait une femme au comptoir. Mais ce n'était pas Lauren.

— Vous désirez?

— Où est-elle? Où est Lauren?

— Elle n'est pas là aujourd'hui. Elle m'a demandé de…

Il ressortit. Vit un taxi plus bas dans la rue, courut et se fit presque renverser par une voiture venant en sens inverse. Il ignora les coups de Klaxon, arrêta le taxi et monta à l'arrière. Donna l'adresse au chauffeur, sortit son portable.

— Faites vite, lança-t-il en attendant la connexion. On ne s'arrête pour rien.

Son appel fut encore une fois transféré à la messagerie. Il y mit fin et appela Quintero. Ça sonna et sonna. Pas de messagerie.

Merde. Il y est en ce moment même.

Il composa un autre numéro. Le restaurant. Demanda après Diana, informa le type à l'accueil que c'était une urgence.

— J'ai besoin que tu ailles quelque part, dit-il dès qu'il l'eut en ligne.

— Nick, je travaille.

— C'est important. Je vais te donner une adresse.

Il lui donna le numéro d'Addison Street et lui enjoignit de s'y rendre dès qu'elle pourrait. Puis il raccrocha et essaya d'appeler Lauren à nouveau. Messagerie.

C'est moi qui ai fait ça, se dit-il. *Je lui ai collé ça dans sa vie. Et maintenant sa vie est foutue.*

— Plus vite, lança-t-il au chauffeur. Je vous paierai tout ce que vous voudrez. Mais vous m'y amenez !

Le chauffeur leva les mains en l'air. Il était bloqué à un feu et n'avait nul endroit où aller. Mason calcula combien de temps il lui faudrait pour arriver à destination en courant – à condition de ne pas tomber dans les pommes. Mais le feu passant au vert, le taxi repartit. Ils trouvèrent une ouverture dans la circulation à Clark Street et roulèrent vite jusqu'à ce qu'il leur faille entrer dans Addison Street. Dès que la voiture s'arrêta de nouveau, Mason jeta de l'argent par-dessus le dossier du siège de devant et fut dehors avant même que les roues du véhicule se remettent à tourner.

Il descendit les quatre blocs suivants à toute allure, traversa les croisements devant des voitures qui le ratèrent de peu.

Arriva à l'immeuble, l'Escalade noire était devant.

Trop tard.

Il se servit de sa clé pour ouvrir la porte d'entrée, monta les marches quatre à quatre. La porte de l'appartement était entrouverte, il entendit Max aboyer quelque part à l'intérieur. Il poussa la porte et fut assailli par l'odeur de la javel. Il baissa la tête, regarda le parquet dans le vestibule et comprit qu'elle avait passé la moitié de sa nuit à nettoyer son sang.

Le chien continuait d'aboyer. Mason passa dans le salon. Il était vide.

Où est-elle ?

Arrivé dans la chambre, il vit Quintero assis sur le lit de Lauren. Il se figea, les deux hommes se regardant droit dans les yeux un instant. Le chien aboya de nouveau, brisant le charme. Il était dans la pièce voisine, celle dont Lauren avait fait son bureau.

— Vaudrait mieux pas être là, dit Quintero.

— Je te laisserai pas faire ça.

Il était parfaitement obscène que ce type soit là, dans cette pièce, à toucher son lit.

— C'est pas comme ça que ça va marcher, Mason, lui renvoya Quintero. Tu sais très bien ce que j'ai à faire.

Mason entendit du bruit dans la salle de bains, se rendit compte que c'était la douche qu'on arrêtait. Quintero s'était installé dans la chambre pour l'attendre.

— Je ne tue pas les femmes sous la douche, dit-il comme s'il lisait dans les pensées de Mason.

— Sauf qu'aujourd'hui tu ne vas tuer personne.

Quintero se leva et prit l'arme posée à côté de lui à l'abri des regards. Un Sig semi-automatique noir avec un silencieux vissé au bout.

— C'est ça, lui renvoya Quintero en lui pointant le canon de son arme sur la poitrine. Ne rends pas les choses plus pénibles.

— Allez, vas-y, tue-moi, moi aussi ! Après, tu pourras dire à Cole que tu me remplaces.

La porte de la salle de bains s'ouvrit. Quintero tourna la tête un instant, juste assez longtemps pour que Mason referme la main sur le canon du Sig et le tire vers lui. Le coup partit, le bruit en étant étouffé par le silencieux et la balle allant traverser le bois tendre de la porte de la penderie. Quintero dégringola en arrière, Mason suivit le mouvement, entendit le hurlement de Lauren alors qu'il roulait jusqu'au lit et tombait par terre. Quintero enfonça les doigts dans la plaie de Mason qui cria de douleur. Mais ne lâcha pas prise.

Les deux hommes restèrent emmêlés, le Sig telle une impasse entre eux deux. Mason savait qu'il n'aurait pas la force de tenir longtemps. Il avait Quintero sur lui, son visage l'image même de tout ce qu'il ne contrôlait pas dans son existence et là, alors que déjà il sentait ses mains glisser sur le pistolet il se demanda si ce visage n'était pas la dernière chose qu'il verrait jamais.

Mais un autre lui apparut. Celui de Lauren debout derrière eux et les dominant. Elle portait une descente de bain blanche et tenait quelque chose dans sa main. Une barre argentée, qu'elle brandit comme une épée. Elle la leva au-dessus de sa tête, et l'abattit violemment sur le dos de Quintero. Il écarquilla grand les yeux, puis le souffle lui manqua lorsque, la barre s'élevant à nouveau, elle l'en frappa encore, sur la nuque cette fois.

Mason prit l'arme de Quintero et s'apprêtait à la retourner lorsque la barre tournoya encore un coup et lui toucha l'épaule. Il s'évanouit presque, faillit laisser tomber son arme et ne vit plus rien, mais tint bon et attendit que la vue lui revienne.

— Arrête, lança-t-il à Lauren. Tout va bien, je le tiens.

Il garda le canon du silencieux pointé sur Quintero et se releva lentement. Quintero allait bouger lorsqu'il le lui enfonça dans le ventre.

— Je te tuerai s'il le faut, dit-il en se permettant d'imaginer ce qui se passerait s'il pressait la détente.

Les problèmes qu'il résoudrait. Mais ceux qui les remplaceraient.

— Nick..., dit-elle en respirant trop vite, à en être quasi incapable de parler. Pourquoi est-il encore là ?

Mason la regarda à peine un instant, mais assez longtemps pour la voir se pencher vers la commode. Elle tenait toujours la barre du porte-serviettes, maintenant tordue, dans la main gauche. Son visage n'avait plus de couleurs. La guerrière n'était plus, de nouveau elle était la femme du magasin d'animaux domestiques.

— Prends des vêtements, lui dit-il. Et tout ce qui a de la valeur à tes yeux.

— Qu'est-ce que tu racontes ? lui renvoya-t-elle en essayant de reprendre son souffle. Où va-t-on ?

— Fais-le, c'est tout. Maintenant.

— Tu tues tous ceux que tu aimes, lança Quintero toujours assis sur le parquet.

Il posa la main sur sa nuque et regarda s'il avait du sang sur les doigts.

— Elle…, reprit-il. Ta femme, ta gamine…

— Mais ça, tu ne seras pas là pour le voir, lui renvoya Mason.

Il garda les yeux sur lui et entendit Lauren passer dans son dos, ouvrir des tiroirs et y choisir des vêtements. Puis elle gagna la salle de bains pour se changer. Alors seulement il parla.

— Voilà ta version officielle, dit-il à Quintero. Tu es venu ici. Tu l'as emmenée. Tu l'as tuée et tu t'es débarrassé de son corps. Et personne ne le retrouvera jamais. Me comprends-tu bien ?

— Tu me demandes de mentir à Cole.

— Je ne te le demande pas.

Il regarda Quintero travailler ça dans sa tête. Le regarda calculer.

— Si jamais elle reparaît quelque part…

— Ça ne se produira pas, répondit Mason. J'y veillerai.

Quintero hocha la tête.

— Tu vas nous foutre dans la merde tous les deux.

Lauren revint dans la chambre.

— Où est-ce qu'on va, Nick ?

— J'ai pas le temps de discuter. Tu fais ta valise tout de suite. Et prends la cage de transport pour Max. Il part avec toi.

— Nick, je ne…

— Fais ta valise, répéta-t-il, de la dureté dans la voix.

Il ne se retourna pas pour voir l'effet produit.

— Je n'irai nulle part sans toi.

— Fais. Ta. Valise. Tout. De. Suite.

Elle déglutit, mais ne bougea pas.

— Regarde-le, dit-il en lui montrant Quintero d'un geste de la tête. Pourquoi crois-tu qu'il est revenu ici ?

— Je ne renonce pas à nous deux. C'est pas parce qu'un…

— Tu m'écoutes, oui ou non ? lui lança-t-il, une colère et une menace qu'il ne reconnut pas montant dans sa voix.

Mais c'était comme ça que ça devait se passer. L'heure était venue de brûler les ponts et de couper la route des deux côtés.

— Nick…

La barre du porte-serviettes toujours à la main, elle avait soudain l'air perdu. Quintero ne bougeait plus et les regardait.

— Je te sauve la vie, reprit Mason. Tu vas partir.

— Et nous ?

— Il n'y a pas de « nous ». Plus maintenant.

Il détesta le dire, détesta tout ce qui était en train de se passer, presque autant qu'il détestait l'imaginer avec une balle dans le crâne parce qu'il avait été assez bête pour croire qu'ils pouvaient partager quelque chose… une vie, un avenir ensemble.

Des larmes coulèrent sur les joues de Lauren. Il se détourna, l'arme toujours braquée sur Quintero tandis qu'elle faisait sa valise. Quelques minutes plus tard, il entendit la sonnette.

— C'est Diana, dit-il. Fais-la entrer.

Il l'entendit descendre les marches, puis ce fut le bruit de leurs pas qui remontaient.

— Mais qu'est-ce qui se passe, bordel ? s'exclama Diana en entrant dans la pièce et découvrant Mason assis sur le lit et Quintero par terre.

Il n'eut pas besoin de voir son visage. Il savait à quel point elle méprisait Quintero. À quel point aussi elle le craignait.

— Conduis Lauren à l'aéroport, dit-il. Mais arrête-toi d'abord au restaurant. Il y a une enveloppe avec dix mille dollars dedans scotchée sous ton bureau. Donne-la-lui. Et dès que tu l'auras déposée, tu files. Elle prendra un vol et s'en ira. Aucun d'entre nous ne saura où. Tu comprends ?

— Non, dit Lauren. D'abord, tu m'arraches le cœur, et maintenant...

— Diana, dit Mason en ignorant Lauren, est-ce que tu comprends ?

Un long silence s'ensuivit avant qu'elle ne parle.

— Oui, dit-elle.

— Mais moi, je ne pars pas, dit Lauren.

— Toi, tu ne bouges pas, lança Mason à Quintero.

Alors il se leva et rejoignit Lauren. Elle avait les yeux rouges. Elle s'essuya le visage et le regarda.

— Tu ne peux pas me faire ça. Après tout ce qu'on a traversé pour vivre ensemble.

— C'était une erreur.

— Écoute-moi, dit-elle. Je ne suis pas idiote. Je savais que quelque chose de ce genre nous attendait, d'accord ? Il y a longtemps que je m'y suis résignée. Et donc, je me fous de ce que tu pourras dire, mais je ne pars pas juste parce que...

— Hier soir, j'ai tué un type, dit-il.

Elle s'arrêta net, comme si elle avait reçu une gifle en pleine figure.

— C'est moi qui suis entré dans cet immeuble du centre-ville, dit-il. Celui en feu. J'ai trouvé le type que je cherchais et je l'ai tué.

Elle continua de le regarder sans rien dire.

— La dernière fois, c'est un flic que j'ai tué à coups de fusil. Je l'ai explosé et Diana y était. Elle peut te dire que c'est vrai.

Et avant, j'ai exécuté un autre type au couteau, je lui ai tranché la gorge et je l'ai regardé mourir dans mes bras.

Les larmes se remirent à couler sur les joues de Lauren.

— Réveille-toi, Lauren. Je tue des gens. C'est ça, ma vie. Tu restes ici, toi aussi, tu meurs.

Elle hocha la tête, toujours incapable de dire un mot.

— Diana va t'accompagner. Ne reviens pas ici. Jamais.

Lauren resta longtemps immobile jusqu'à ce que Diana la prenne par le bras et la fasse sortir de la chambre. Mason la regarda ranger le reste de ses affaires, fermer sa valise et ouvrir la chambre d'amis pour laisser entrer Max. Elle lui mit sa laisse, mais il tira dessus dès qu'il vit Mason. Il arriva à moins d'un mètre de lui avant que Lauren le ramène en arrière.

Diana se battait déjà avec la grosse cage de transport pour le chien dans une main et la valise dans l'autre. Lauren s'arrêta pour regarder Mason droit dans les yeux une dernière fois. Ouvrit la bouche comme pour lui dire une dernière chose. Mais aucun mot ne sortit de ses lèvres. Les deux femmes disparurent.

Mason se rassit au bord du lit. Quintero resta par terre. Sans rien dire.

— Tu m'emmènes à l'atelier, reprit enfin Mason. J'ai besoin d'une autre voiture.

***

Lauren regarda la femme qui conduisait. Diana Rivelli. L'inconnue qui, elle l'avait découvert, vivait avec Nick Mason. Celle aux yeux et cheveux noirs, celle d'une beauté sans âge dont elle ne semblait même pas avoir conscience. Elle lui était toujours aussi inconnue maintenant, toujours aussi mystérieuse, même après qu'elle-même s'était glissée dans la vie de Mason.

Il faut que je parte, pensa-t-elle. *Que je quitte le seul endroit que j'aie jamais connu.*

Pourquoi peut-elle rester, elle ?

— Tout ça, c'est vrai ? demanda-t-elle en s'essuyant à nouveau la figure. Les trucs qu'il a dits sur ce qu'il fait ?

— Nous faisons tous ce que nous devons faire, lui répondit Diana en gardant les yeux sur la route.

— Et moi, il faut que je parte.

— Non, vous, vous le pouvez. C'est votre chance.

— De quelle chance parlez-vous, Diana ? Toute ma vie est foutue.

— Non, vous avez toujours votre vie à vous. J'échangerais ma place contre la vôtre en un clin d'œil. Le type qui tient la vie de Nick entre ses mains… tient aussi la mienne.

— Comme si on pouvait tenir la vie de quiconque entre ses mains !

— Allez donc le dire au type qui tient la mienne ! lui renvoya Diana. Je vis peut-être dans une cage dorée, mais je ne suis quand même qu'une esclave.

— Je ne comprends rien à ce que vous dites.

— C'est que vous ne voulez pas le voir. Et vous en avez pourtant eu un aperçu. Que pensiez-vous qu'il allait faire quand il a dû vous quitter ? Livrer des fleurs ?

Lauren ne répondit pas.

Elles roulèrent en silence jusqu'à l'aéroport d'O'Hare.

— Où suis-je censée aller ? demanda-t-elle. Je retourne chez mes parents ?

— Surtout pas. Allez quelque part où personne ne pourra vous trouver. Au moins pour le moment.

Lauren la regarda et, incrédule, hocha la tête.

Elles arrivèrent au terminal. Assis sur la banquette arrière, le chien regardait par la fenêtre. Lauren descendit de la voiture avec sa valise. Un employé vint lui donner un coup de main pour la cage. Max tira sur sa laisse un instant, puis renonça et s'assit sur le trottoir.

— Promettez-moi de prendre bien soin de lui, dit Lauren debout à la portière. J'ai déjà assez à faire pour prendre soin de moi.

Diana se contenta de la regarder. Une voiture se mit à klaxonner derrière elles.

— Promettez-le-moi, répéta Lauren.

Diana acquiesça d'un signe de la tête. Lauren referma la portière et s'éloigna.

Elle n'avait aucune idée de l'endroit où elle allait se rendre. Ni de ce qu'elle y ferait lorsqu'elle y serait.

La seule chose qu'elle savait était qu'elle ne reviendrait plus jamais chez elle.

CHAPITRE 6

Bruce Harper ne devait jamais oublier le visage de Nick Mason lorsque celui-ci les avait regardés du haut de sa luxueuse villa.

Peu importait qu'il ait bousillé un programme WITSEC absolument parfait jusque-là, qu'il ait fait honte à quatre mille U.S. marshals et marshals dans tout le pays, et qu'il lui ait à jamais sali ses vingt-sept ans de carrière. Rien de tout cela ne comptait vraiment.

Ce qui comptait, c'était que si l'inspecteur Sandoval ne se trompait pas, Nick Mason avait tué un témoin qu'il avait juré de protéger, et blessé neuf de ses hommes en le faisant.

Et qu'il n'ait, lui, rien pu y faire.

Au moins jusqu'à présent.

Il s'assit en face de Rachel Greenwood, l'AUSA ou l'assistante Attorney des États-Unis pour le district nord de l'État d'Illinois. Dans les quarante-cinq ans, séduisante dans le genre boulot-boulot, cheveux ramenés en arrière et lunettes à monture invisible. C'était la première fois qu'il la rencontrait, et il essayait d'en prendre toute la mesure. Il jeta un coup d'œil à la photo encadrée posée sur son bureau. Sans doute pris lorsqu'elle était plus jeune de quelques années, le cliché la montrait avec un mari qui avait le sourire et la coupe de cheveux d'un avocat

– de droit privé, probablement –, et deux ados, un garçon et une fille. Toute la famille portait des chemises blanches et souriait au photographe, la scène se passant par une belle et heureuse journée qui ne ressemblait en rien à celle-là.

Harper s'était déjà présenté au bureau des U.S. marshals du vingt-quatrième étage, à côté du Tribunal de district. Ayant été informé qu'une AUSA voulait voir quelqu'un tout de suite, il était descendu au quatrième. Il n'était pas du genre à laisser quelqu'un d'autre se faire étriller. C'était lui qui répondrait du désastre.

Dans l'ascenseur, DEA, IRS, Post Office et Sénat, il pensa au nombre d'agences gouvernementales représentées dans cette seule rue de Dearborn. C'était bien la plus grande concentration d'autorités fédérales qui s'y trouvait, en dehors de ce qu'il y avait à Washington D.C. La dernière fois qu'il y était venu, il avait été frappé par la facilité avec laquelle un nouveau Timothy McVeigh aurait pu s'en prendre à l'administration fédérale – il lui aurait suffi d'y amener une camionnette de location avec une bombe à engrais à l'intérieur.

Mais pour l'instant, il n'avait qu'une chose en tête.

— J'apprécie que vous ayez pris le temps de descendre, lui dit Greenwood de l'autre côté de son bureau. J'en suis honorée. Le directeur adjoint du WITSEC en personne !

Ses mots ruisselaient de civilité, alors même que c'était le jour où diriger le WITSEC était tout sauf un honneur. Et elle le savait. Et savait aussi que lui aussi le savait.

— Ce n'est pas un bon jour, lui renvoya-t-il. J'ai neuf marshals à l'hôpital.

— En plus d'un témoin mort.

— C'est ma faute et j'en prends toute la responsabilité.

— Et ça me mène où, moi, monsieur le directeur adjoint ?

Harper comprit le tableau : elle ne voulait pas l'assassiner. Ce qu'elle voulait, c'était des réponses.

— Nick Mason, dit-il.

— Et ce nom serait censé me dire quelque chose ?

— Il travaille pour Darius Cole.

Il savait que ça allait attirer son attention : Darius Cole était le personnage le plus important dans la vie de l'AUSA Greenwood. Elle avait beaucoup œuvré pour lui coller perpète en offrant un marché aux deux individus qui avaient fini par témoigner contre lui. Harper n'en était pas surpris : des AUSA, il en avait rencontré dans tout le pays – certains dépassés par leur boulot, d'autres futés et ambitieux mais très clairement en attente de quelque chose d'autre. D'autres enfin étaient nés pour représenter les États-Unis d'Amérique au tribunal, même si cela signifiait traiter trop d'affaires, travailler trop souvent tard le soir pour un salaire insuffisant et pas la moindre reconnaissance. Et parmi les meilleurs, Harper le savait, on trouvait des femmes. Elles avaient un talent tout particulier pour monter des dossiers, conclure des plaider-coupables, transformer des accusés en témoins qui coopèrent en faisant tomber toutes leurs défenses et en les retournant au niveau le plus primaire, celui qui remonte au berceau : *Je suis de ton côté et je veux te protéger.*

Seulement second couteau au premier procès, elle serait maintenant la grande patronne de celui qui venait. Autant dire que, ce matin-là, elle était presque autant dans la merde que lui.

— Mason purgeait une peine de prison avec Cole à Terre Haute, reprit-il. C'est Cole qui l'a fait sortir.

— Oui, maintenant ça me revient. Il y avait des problèmes avec le témoignage. L'inspecteur a reconnu avoir...

— C'était un mensonge, la corrigea Harper. C'est Cole qui a tout manigancé. Il voulait que Mason soit dehors et travaille pour lui.

— Et travaille pour lui du genre... en tuant des témoins ?

— Entre autres choses.

Elle mit quelques secondes à enregistrer.

— Comment savez-vous tout ça ? finit-elle par lui demander.

— L'inspecteur des Homicides qui l'a mis en taule, Frank Sandoval, le coéquipier de celui qui a reconnu avoir falsifié des preuves, m'a fait voir la villa de Mason il y a une heure de ça. Il va m'aider à le coincer. Ou alors, c'est moi qui vais lui donner un coup de main. Franchement, je me fous que ce soit lui ou moi qui en récolte les lauriers.

— Sandoval peut-il relier Mason aux événements d'hier soir ?

— S'il le pouvait, on serait en train de lui passer les menottes.

— Nick Mason, dit-elle en inscrivant son nom sur son bloc-notes. C'est un type du coin ?

— D'après Sandoval, il vient d'un endroit qui s'appelle Canaryville.

— Évidemment, dit-elle en soufflant fort et hochant la tête.

— Un coin assez pittoresque de la ville, c'est ça ?

— Mon grand-père a été flic ici à l'époque de la Prohibition. Il a rencontré tous les grands gangsters. Al Capone, Bugs Moran… Il me racontait des histoires sur eux quand j'étais gamine. Le pire du lot, d'après lui, était un certain Gene Geary. C'était le tueur le plus impitoyable qu'il avait jamais rencontré.

— Laissez-moi deviner… Il était de Canaryville.

— C'est là que se trouvaient les abattoirs. Mon grand-père disait qu'on sentait la mort rien qu'en se baladant dans les rues.

Comme quoi, certaines choses ne changent pas, songea Harper. Mais il n'allait pas dire ça tout haut, pas à une femme qui dédiait sa vie à essayer de les changer.

— Ç'a été une erreur d'amener McLaren ici pour le faire témoigner, enchaîna-t-elle.

Le sous-entendu était clair : *C'était une erreur de croire que le Service serait capable de le protéger.*

— Ça n'aurait pas dû en être une, lui renvoya Harper. Rien de tout cela n'aurait dû se produire.

— Sauf que c'en était une et que c'est bien ce qui s'est passé, lui remontra-t-elle avant de penser à autre chose. Et… il n'y a eu qu'un seul type pour faire tout ça ?

Petit sous-entendu supplémentaire : *Un seul type contre combien de votre côté, déjà ?*

— C'est ce qu'on pense, oui.

— Comment a-t-il découvert l'endroit où vous cachiez McLaren ?

— On ne le sait pas encore.

Elle hocha de nouveau la tête.

— La conversation se passait si bien jusque-là…

— Qu'est-ce que vous…

— Oh, allons, dit-elle en levant la main pour l'arrêter. Vous avez déjà laissé entendre que Cole aurait soudoyé un inspecteur pour faire sortir Mason de prison. Vous savez aussi bien que moi qu'il a dû approcher quelqu'un du Marshals Service.

Harper réfléchit un instant. Se rappela ce que sa femme lui avait dit un jour : on compte jusqu'à trois avant de répondre à une question difficile.

Il n'arriva même pas à un.

— Non, dit-il, ça, ce n'est pas possible. Pas chez moi.

— Sauf qu'apparemment…

En fait, il ne voulait pas lui dire ceci : *La fuite est forcément locale. Le Service est compromis une seule et unique fois de toute son existence et, bien sûr, c'est quelqu'un de mon camp qui a fait de la corruption un grand art.*

— Écoutez, dit-il en se forçant à respirer un grand coup, on est du même côté sur ce coup-là.

— Non, pas si ce qui vous intéresse le plus, c'est de couvrir les arrières du Service. Ce dont j'essaie de m'assurer, c'est qu'il nous reste encore au moins un témoin quand on ira au procès.

— Et d'abord, comment diable Cole a-t-il fait pour obtenir qu'on le rejuge ? Je croyais que c'était virtuellement impossible.

— Ç'aurait dû l'être, lui répondit-elle. Mais il a fait quelque chose d'absolument génial. Si vous vous en souvenez, lors du premier procès, nous avions demandé à avoir un jury anonyme…

— Comme pour Nicky Barnes[1].

— Oui, Barnes a été le premier à en bénéficier. Mais il y a deux problèmes avec les jurys anonymes… Un, parfois il y a des retours de bâtons. Comme dans le procès Gotti…

— Avec le jury bloqué.

— À cause du premier juré qui avait des liens avec la famille. Si ce jury n'avait pas été anonyme, ce lien aurait été révélé et il aurait été disqualifié. Mais le deuxième problème est celui de la juridiction à laquelle il soumet sa requête… Les cours d'appel ont déjà un préjugé connu contre les jurys anonymes, fondé sur la présomption de culpabilité qui leur est inhérente. Elles instaurent donc des règles d'équité absolument ridicules pour les délibérations. Très difficiles à satisfaire. Et c'est là que se trouve une faiblesse que personne n'avait exploitée jusqu'alors. Pas même Gotti dans toutes les requêtes de nouveau procès qu'il avait soumises à la justice.

— Je ne comprends pas, l'arrêta Harper. Ce procès remonte à douze ans. Comment Cole a-t-il pu…

— Ça sort de nulle part, répondit-elle. Douze ans après, un des jurés anonymes aurait retrouvé l'avocat de Cole et lui aurait dit que les délibérations ne s'étaient pas déroulées comme il faut. Ils ont revu les détails de l'affaire à l'hôtel et ont évoqué le fait que Cole devait être coupable puisqu'on les avait bouclés dans un endroit secret… soit la seule bombe qu'on ne pouvait pas ignorer.

1. Baron de la drogue new-yorkais mort en 2012.

Harper la regarda, exaspéré.

— Vous ne croyez quand même pas ces conneries…

— Je n'ai pas entendu la requête, répondit-elle. Mais la septième cour d'appel l'a prise.

— Et donc, première mesure, Cole obtient d'être rejugé. Deuxième mesure…

— Il commence à tuer les témoins clés.

Harper réfléchit un instant.

— Et maintenant, il ne nous en reste plus qu'un.

Isaiah Wallace. L'ami d'enfance de Darius Cole et son confident le plus sûr. Le type qui a le plus contribué à le mettre derrière les barreaux. Celui dont nous avons le plus besoin si on veut l'y conserver.

En supposant qu'on puisse le garder en vie.

Avant la nuit précédente, pareille idée lui aurait paru tenir de la plaisanterie.

— En fait, on avait un troisième témoin potentiel pour le premier procès, reprit Greenwood. Je ne sais pas si vous le saviez.

— Non, je l'ignorais.

— Nous n'avons jamais essayé de le retourner. Il aurait pu relier Cole à plusieurs homicides, mais…, dit-elle en hochant la tête et laissant mourir sa voix.

— Il n'aurait pas fait un bon témoin ?

— Mon patron de l'époque m'avait dit de ne pas le chercher à moins d'y être obligée. Il a disparu quelques années plus tard, a terminé à New York et vient de se faire arrêter il n'y a pas longtemps. Si je me souviens bien, il purge sa perpète à Dannemora. Bref, je veux vraiment m'assurer que M. Wallace soit…

— On l'a transféré dans un site du WITSEC tenu secret, dit Harper. Il y sera absolument intouchable. En attendant, vous pouvez m'aider à expédier Mason en prison… Si jamais nous avons besoin de demander une écoute ou d'autoriser des heures supplémentaires…

Encore une petite réalité du maintien de l'ordre actuel : si l'Attorney General du gouvernement[1] ne veut pas poursuivre un suspect, on ne peut pas l'accuser d'un quelconque crime fédéral.

— Je serai ravie de vous aider, dit-elle. Mais en échange, il va falloir que je rencontre M. Wallace pour le préparer au procès.

— Je suis désolé, mais ce sera non.

— J'ai bien entendu ? Vous venez de me dire non ? demanda-t-elle en inclinant la tête dans sa direction.

— Je peux vous installer un flux vidéo, dit-il. Si on arrive à convaincre un juge de l'autoriser, on pourra le faire témoigner comme ça.

— Ça ne suffira pas.

— Il le faudra.

— J'ai besoin de le voir en personne. C'est lui la clé de mon dossier et je dois être absolument certaine qu'il est prêt.

— Vous voulez que je protège cet homme ou vous ne le voulez pas ? lui renvoya-t-il. Sa propre mère ne pourra pas le voir en personne. Pas avant que ce nouveau procès ne soit terminé.

— Je suis l'Attorney des États-Unis qui poursuit Darius Cole, pas la mère d'Isaiah Wallace.

— Désolé.

— « Désolé » ne suffit pas. Mon boulot était déjà bien assez difficile comme ça, marshal. Je serais en train de prendre la déposition pré-procès de McLaren en ce moment même si…

Si l'U.S. Marshals Service ne lui avait pas fait défaut.

Harper, qui ne voulait toujours pas céder, haussa les épaules.

1. Équivalent américain de notre Garde des Sceaux.

Greenwood se leva, fit le tour du bureau et s'assit au bord pour dominer Harper.

— Vous voulez vraiment faire un concours de qui pisse le plus loin entre nos agences, marshal ? lui demanda-t-elle. Si vous croyez gagner seulement parce que moi, il faut que je m'assoie pour faire pipi… (Elle se pencha et décrocha son téléphone.) Qu'est-ce que vous vous imaginez ?

— Je verrai ce que je peux faire, dit Harper. Si ça ne vous gêne pas de prendre l'avion pour y aller.

— J'irai n'importe où, lui renvoya-t-elle avec un sourire pincé. Je mettrai même un bandeau pendant le trajet.

— Mason n'atteindra pas le témoin. Personne ne pourra. Je vous le promets.

— Je sais que vous avez une rude journée, dit-elle en le gratifiant d'un autre sourire. Je vous libère.

Il lui serra la main, content de ne jamais devoir l'affronter dans un prétoire.

CHAPITRE 7

Ce n'était pas un bon jour pour être Nick Mason.

La femme avec laquelle il essayait de construire une vie avait été à deux doigts de ne plus être qu'une statistique. Une balle dans la tête, dans sa propre chambre à coucher. Une énième affaire non résolue parmi les mille qui n'ont droit qu'à des brèves dans les journaux du matin à Chicago. Et maintenant, elle était partie, et avec le chien qui les avait réunis.

Et lui, son cou et son épaule lui faisaient un mal pas possible.

Il était au volant de la nouvelle voiture qu'on lui avait donnée après que Quintero lui avait repris sa Pontiac GTO pour que ses bonshommes la lui oblitèrent à l'atelier de cannibalisation. Celle qui la remplaçait, et c'en était encore une autre dans la collection apparemment inépuisable de Darius Cole, était une Jaguar XK8 de 2004. Sa première voiture classique pas vraiment musclée, mais d'un noir de jais comme toutes les autres, et lorsqu'il pensa à son année de fabrication, tout s'éclaira : ç'avait été la voiture personnelle de Cole, achetée juste avant qu'il n'aille en prison.

Mason sortit de l'atelier de la prison du comté de Cook dans les ombres de l'après-midi, brûla deux feux rouges, poussa son véhicule au maximum dans California Avenue pour sentir la puissance du moteur, mais sans trop savoir où il allait.

Jusqu'à ce qu'il sache où il devrait aller. Voir la seule personne qui pourrait lui rappeler pourquoi il était là. Pourquoi il avait signé ce contrat et en avait accepté les termes pour avoir droit à une deuxième vie.

***

L'œil sur ses rétros et sur la route devant lui, Mason traversa prudemment le West Side. Même sans voir de poursuivants, il grilla des feux rouges, se rangea dans des allées cochères sombres et revint sur ses pas. Il essayait de laisser la violence et les menaces qui constituaient sa deuxième vie à la limite de la ville avant d'entrer dans une banlieue d'Elmhurst toute en érables et pelouses fraîchement tondues. Avec des terrains de foot et un cinéma restauré dans Main Street. Tout un monde à part.

Sa fille avait quatre ans quand il avait disparu, neuf quand il était revenu. Il n'avait toujours pas vu sa chambre au premier étage de sa maison. Il l'imagina : des rubans et des trophées de foot sur les étagères, des animaux en peluche sur son lit, des affiches sur les murs.

Il s'était déjà tenu à la porte de cette maison. Une fois. Trois pas dans le vestibule, il n'avait pas pu s'enfoncer plus loin dans son monde.

La nuit, parfois, il passait devant en voiture, regardait sa fenêtre éteinte, se représentait sa fille en train de dormir de l'autre côté des vitres. La saison de foot le voyait venir à ses matches chaque fois qu'il pouvait, rester sur la touche et la regarder courir après le ballon. Elle était rapide, mince et grande comme sa mère. Et quand la saison prenait fin, il avait l'impression d'être à nouveau privé de sa fille comme avalée par la routine de son année scolaire et des week-ends passés ailleurs avec sa mère et son beau-père. Alors il en revenait à rouler devant chez eux en voiture juste pour être sûr qu'ils étaient encore sains et saufs.

Mais aujourd'hui, il avait besoin de plus qu'un simple bonjour de loin.

Il descendit North Avenue en sachant que les élèves allaient sortir bientôt. Il aperçut le bâtiment de l'école élémentaire en retrait de Saint Charles Road, tout en verre et brique au milieu de plusieurs hectares d'une herbe parfaitement verte. Une longue file de voitures tournait autour du terre-plein circulaire devant l'immeuble. Tous ces parents qui passaient reprendre leurs enfants et considéraient la vie normale qu'ils menaient comme allant de soi ! Ils n'avaient aucune idée de ce qu'il aurait donné pour être à leur place.

Il se gara dans un parking sur le côté et regagna le terrain de sport entouré d'une clôture. Certains parents descendaient déjà de leurs véhicules et appelaient leurs gamins. Immobile, il contempla la scène qui assez bizarrement lui rappela les jours de grande activité à la cour de la prison parce que tout y était aussi clair et ensoleillé et que les voix étaient aussi nombreuses à se mêler dans l'air.

Puis, en moins d'une seconde, le monde entier se tut et disparut en arrière-plan lorsqu'il l'aperçut.

Adriana.

Elle avait les cheveux plus longs, mais toujours aussi éclaircis par le soleil que ceux de sa mère jusqu'au cœur de l'automne. Elle avait aussi les joues rouges à force de courir après un garçon. Elle entrait et sortait de la foule d'enfants lorsqu'enfin elle l'attrapa par la chemise et l'arrêta. Il se retourna pour lui faire face, la poussa et la fit tomber. Mason cessa de respirer et se rappela avoir eu la même réaction un jour qu'elle s'était fait assommer sur le terrain de foot... Sauf que cette fois il semblait bien que sa réaction soit devenue encore plus automatique : déjà il se penchait en avant, déjà il était prêt à y aller, à protéger sa fille sans penser à ce que cela pourrait signifier.

La violence, Mason avait toujours vécu avec. Il était impossible de l'éviter quand on grandissait dans les rues de Canaryville. Mais là...

La violence, maintenant, c'était lui.

Il expira longuement en voyant Adriana se remettre debout en riant. Le garçon s'échappa, elle repartit à sa poursuite. Mason la regarda, jeta un coup d'œil en arrière à l'entrée de l'école en s'attendant à y voir apparaître Gina. À moins que ce ne soit Brad qui ait décidé de passer récupérer Adriana, mais en plein milieu de l'après-midi il était probablement au boulot. À y faire son travail tout ordinaire dans quelque immeuble de bureaux du centre-ville.

Non, ce sera Gina et ça sera bien de la voir, elle aussi.

Même si cela lui faisait beaucoup de mal, il avait toujours envie de contempler son visage, de se souvenir des plus beaux jours de sa vie.

Il attendait encore, debout à la clôture, lorsqu'il lui vint à l'esprit que personne ne se souciait de sa présence. Aucun gardien en uniforme n'était venu lui demander ce qu'il fabriquait là. En fait, il ne voyait absolument aucun gardien nulle part.

Quelqu'un pourrait s'approcher d'elle, pensa-t-il. *N'importe qui. Et l'attraper, l'amener à sa voiture et l'emmener.*

Et qui donc l'en empêcherait ?

Il se retourna et examina les véhicules garés dans l'allée cochère ou dans le parking comme s'il cherchait déjà l'individu qui allait lui prendre sa fille. Il vit un pick-up, se concentra dessus. Un pick-up noir. Et en découvrit un autre. Un SUV Nissan.

Puis il la vit : l'Escalade noire. Avec les vitres teintées.

Ce que lui avait dit Quintero la nuit précédente lui revint en écho dans la tête : *Ton boulot était de liquider le comptable. Le mien d'aller à Elmhurst en voiture. Et d'y attendre de tes nouvelles… ou pas.*

Il sentit la panique lui brûler la gorge. Il y avait à peine quelques heures qu'il venait de chasser Lauren de sa vie à jamais. Pas moyen de faire autrement pour la protéger.

Et sa fille était là. Toujours à Chicago.

Toujours en danger.

— Bonjour…

La voix d'Adriana qui renverse tout dans sa tête, puis il l'entendit chercher son prénom.

— Appelle-moi Nick, dit-il. Ça te conviendrait ?

— Nick ? D'accord.

Il baissa les yeux et la vit debout à la clôture. Elle l'observait en clignant des paupières dans la lumière du soleil.

Mason la rejoignit et s'agenouilla. Jeta encore un bref coup d'œil derrière lui, puis se tourna vers elle.

— Ma chérie, dit-il, son cœur près d'exploser dans sa poitrine.

— Pourquoi t'es là ?

— Je voulais voir ton école.

— La voilà, dit-elle en lui montrant tout ce qu'elle avait derrière elle d'un grand geste de la main. Et là-bas, c'est ma maîtresse, Mme Martin.

Et d'y aller d'un hochement de tête à l'adresse de la femme debout près de la porte latérale du bâtiment. Elle regardait Adriana très attentivement, *l'observait, lui*, cet inconnu qui s'était agenouillé à côté de la jeune fille.

Va donc jusqu'à l'Escalade si tu veux voir du vrai danger, songea-t-il.

— Te voir jouer au foot me manquait, dit-il. T'es vraiment bonne.

— Je préfère le softball. Je vais y jouer au printemps.

— Tu pourrais faire les deux, dit-il en s'imaginant assis dans les tribunes en avril et en mai parce qu'il aurait la chance de la voir toutes les semaines.

— Je peux frapper la balle vraiment fort, reprit-elle. M'man dit que ça me vient de toi.

— Elle parle de moi ? lui demanda-t-il en essayant de ne pas avoir l'air surpris.

— Des fois, oui.

Ils passèrent encore quelques minutes à parler de tout et de rien. Il lui posa des questions sur le gamin avec qui elle chahutait. Elle lui en posa quelques-unes sur ce qu'il faisait, ce qui l'obligea à mentir. Cela lui fit horreur, mais il n'avait pas le choix.

Puis une voix d'homme lui arriva par-dessus l'épaule.

— C'est votre fille ?

Mason se releva – déjà il réfléchissait à ce que ça signifiait : Quintero descendu de sa voiture, là, à ça de sa fille.

Mais quand il se retourna, ce n'était pas lui ; il n'en fut pas pour autant plus heureux de croiser les yeux d'un noir intense de l'inspecteur Frank Sandoval.

— C'est votre Jaguar là-bas ? lui demanda encore celui-ci en lui montrant le parking d'un signe de tête. Sacré changement de rythme pour vous !

Mason ne lui répondit pas. Règle n° 3 : *Dans le doute, on la ferme.*

— Difficile de s'y retrouver dans toutes vos voitures, reprit Sandoval.

Mason laissa filer et se retourna vers sa fille.

— Faut qu'on cause, Mason, insista l'inspecteur.

Mason fit non de la tête.

— Qui vous êtes, vous ? demanda Adriana en passant de l'un à l'autre.

— Je suis un ami de ton père, lui répondit Sandoval en se penchant vers elle. Tu dois être Adriana. J'ai beaucoup entendu parler de toi.

— Vous n'êtes pas son ami, lui renvoya-t-elle en levant les yeux vers lui. Vous êtes un policier.

— Et comment le sais-tu ? lui demanda-t-il en souriant.

Elle se tapota la hanche droite, puis lui montra la sienne.

— Votre arme.

Sandoval boutonna sa veste.

— Vous avez une fille sacrément futée, lança-t-il à Mason.

— Et vous, vous nous interrompez, lui renvoya celui-ci.

— Je n'avais aucune intention de m'immiscer. Je voulais juste vous poser une question. Sur ce que vous m'avez donné…

Il n'eut pas besoin de se montrer plus précis. Mason ne lui avait jamais donné qu'une chose : la clé USB d'un dealer avec assez d'infos dedans pour faire tomber tout le détachement spécial de la SIS. Il ne l'avait pas fait parce qu'il avait envie de l'aider dans sa carrière, mais parce qu'il savait que Sandoval était le seul flic assez propre et têtu pour ne pas enterrer l'affaire.

— Et cette question serait… ?

— En avez-vous parlé à d'autres ?

— Si d'autres flics vous ont dans leur ligne de mire, ça n'a rien à voir avec moi.

Sandoval le regarda longuement, hocha la tête, puis s'apprêta à partir. Mais il se retourna, et sourit.

— Allez, parlez avec votre fille, mais nous n'en avons pas fini, dit-il en lui montrant sa voiture. Content d'avoir fait ta connaissance, ajouta-t-il à l'adresse d'Adriana avant de lui faire un signe d'au revoir.

Elle ne lui rendit pas son salut.

Sandoval hocha la tête et regagna sa berline. Mason le regarda s'installer au volant et remarqua qu'il était seul. L'individu qui l'accompagnait ce matin-là avait disparu.

— On s'en va à Denver, dit Adriana.

Mason s'agenouilla de nouveau.

— Quand ?

— Bientôt ! M'man dit qu'on pourrait y habiter.

Il dut cacher sa surprise à nouveau. Cette fois, ce fut nettement plus difficile.

— Et l'école ? demanda-t-il. Et le foot ? Et…

— Y a tout là-bas, dit-elle. Mais moi, j'ai pas envie d'y aller de toute façon. Je veux rester ici.

Et moi aussi, je le veux. Mais ça, il ne pouvait pas le dire à haute voix.

— Adriana !

La voix de Gina, pleine d'inquiétude. Et l'air mi-soucieux, mi-en colère.

Mason la vit venir vers eux, et le faire un rien plus vite qu'une mère qui vient juste chercher sa fille à l'école. Elle avait la coupe de cheveux coûteuse d'une femme d'Elmhurst, les habits, les bagues en diamant… mais il voyait bien toujours en elle la fille de Canaryville dont il était tombé amoureux. Celle pour qui il avait renoncé à tout – à sa carrière de voleur de voitures, de type qui avait détroussé des dealers de drogue avant de passer aux cambriolages de commerces. Tout cela, il y avait renoncé pour elle, et avait reconstruit une maison dans la 47e Rue et refait sa vie. Et même quand il avait commis la plus grosse erreur de sa vie et fini par tout perdre…

C'était pour elle et pour Adriana qu'il l'avait fait.

En tout cas, c'était ce qu'il se disait.

Qu'elle l'ait voulu ou non, Gina était de l'autre côté de la clôture et à elle seule, cette position lui disait quelque chose d'important : *Nous sommes de ce côté-ci et toi, tu es de l'autre. Et qu'il y ait des barbelés en haut ou pas, cette clôture en métal nous protège de toi.*

— Je ne faisais que passer, dit-il. J'avais envie de voir où Adriana va à l'école.

— Il peut venir à la maison ? demanda celle-ci à sa mère. Je voudrais lui montrer mon nouveau vélo.

— Non, pas aujourd'hui, répondit Gina. Il faut qu'on prépare nos valises, tu te rappelles ?

— C'est quoi, ce truc d'aller à Denver ? demanda-t-il.

— C'est Brad…, répondit-elle, puis elle hésita. Il a reçu une belle offre d'emploi.

— C'est sacrément loin de Chicago.

L'idée que sa fille puisse habiter à quinze cents kilomètres de là… Il ne voulait pas montrer à son ex combien ça lui faisait mal. Ni non plus se bagarrer avec elle. Pas là. Pas devant sa fille.

— Nick, dit-elle, c'est pas encore décidé. On allait t'appeler pour te mettre au courant.

Sauf que moi, ça m'a l'air sacrément décidé, songea-t-il.

— Tu pourras venir avec nous ? lui demanda Adriana.

Gina adressa un subtil non de la tête à Mason. Qui s'agenouilla de nouveau.

— Non, je ne pourrai pas, répondit-il à sa fille. Mais quand tu reviendras…

Il eut du mal à trouver ses mots.

— Moi, je veux venir te voir, dit-elle. Je veux voir où tu habites !

Mason regarda Gina.

— On en reparlera, dit celle-ci à sa fille. Mais là, il faut qu'on rentre.

— On en reparlera, je sais ce que ça veut dire, lança Adriana. Ça veut dire qu'on n'en reparlera pas.

S'il n'avait pas envie de monter Adriana contre sa mère, Nick voulait avoir du temps tout seul avec elle. Même une seule journée pendant qu'il en avait encore la possibilité.

Il regarda son ex-épouse y réfléchir. La guerre intérieure entre la femme qu'il avait épousée, qui savait ce qu'Adriana signifiait pour son père, et la maman ourse qui n'hésiterait pas à tuer dix hommes et donner sa vie pour elle.

Lorsqu'elle le regarda à travers le grillage, l'espace d'un bref instant toutes les années et tout ce qu'ils avaient vécu ensemble s'estompa et de nouveau elle fut Gina Sullivan Mason de Canaryville. Une femme qui voyait combien le père de sa fille voulait être avec elle.

— Oui, dit-elle enfin, peut-être qu'on pourra. Dès qu'on reviendra, d'accord ? Mais maintenant, faut y aller.

Adriana sauta de joie et fit de grands signes à Mason en s'éloignant avec sa mère. Comme il aurait voulu la serrer dans ses bras ! Mais il y avait la grille entre eux et il ne voulait pas trop tenter la chance en faisant tout un cinéma pour en faire le tour. Pour finir, il se contenta de la promesse de Gina de l'appeler dès qu'elles seraient de retour de Denver.

Il regarda Adriana monter dans le mini-van et lui fit à nouveau de grands signes de la main juste avant que la portière se referme et que le véhicule ne s'éloigne. Et là, debout à suivre le van des yeux, il essaya de comprendre ce que tout ça voulait dire.

Même un jour où tout aurait dû être bien, un jour où enfin je peux voir ma fille… il faut que j'apprenne qu'elle va déménager à quinze cents kilomètres de là.

Il ne se sentait plus capable d'affronter Sandoval. Mais croire qu'il pourrait ignorer le flic en espérant qu'il s'en aille ne marcherait pas. Il avait déjà essayé. C'était faire comme la mouche qui se bute contre la fenêtre, convaincue qu'elle est que la prochaine fois la vitre aura disparu.

Il s'appuya à la portière de la berline, côté conducteur.

— Qu'est-ce que vous voulez vraiment ? demanda-t-il.

Sandoval le regarda longuement. Puis il lui montra le sparadrap blanc qui dépassait de son col de chemise.

— Et c'est quoi, ça ? demanda-t-il.

— Me suis coupé en me rasant.

— Adriana est une jolie fille. Et futée.

— Et ça veut dire quoi ? lui renvoya Mason en perdant patience.

— Je pensais que vous aussi, vous étiez futé, mais maintenant je n'en suis plus aussi sûr.

— Vous allez me blesser.

Sandoval sourit.

— Vous viviez une vie de rêve, Mason. Votre chance a bien failli vous lâcher à l'Aqua. Mais ce n'est pas pour ça que je suis ici.

Nick garda le silence, attendit qu'il poursuive.
— Je veux Cole.
— Bien, cet entretien est terminé, dit Mason en faisant quelques pas vers la Jag.
— Sauf que là, j'essaie de vous sauver la peau, dit Sandoval. Et peut-être même aussi celle de votre fille.
Mason s'arrêta, fit demi-tour et revint sur ses pas.
— Si vous avez quelque chose à dire, dites-le.
— Je vous l'ai déjà dit une fois. J'échangerais une dizaine de Nick Mason pour atteindre votre patron.
— Le rapport avec ma fille ?
— Le type que vous avez tué à l'Aqua ? Ce… McLaren ? Ce n'était pas qu'une petite ordure de dealer ou de flic pourri. Votre patron, c'est des témoins sous protection fédérale qu'il vous fait flinguer.
Mason s'obligea à ne pas réagir.
— McLaren était le comptable de Darius Cole et un des deux témoins clés contre lui à son premier procès, enchaîna Sandoval.
Mason se détourna. Il n'avait plus qu'une envie : être au volant de sa voiture et foncer.
— Vous vous foutez de votre vie, c'est votre choix. Mais pensez à votre fille et à votre ex.
— Et l'idée, c'est quoi, Sandoval ?
— Parce que vous croyez que votre existence, c'est de la merde en ce moment ? Qu'est-ce qu'elle sera si jamais Darius Cole se repointe dans les rues, hein ? Vous savez quand même ce qui arrive aux trucs non résolus, avec lui. Dès qu'il sortira, vous serez tout aussi dangereux pour lui que l'était McLaren. Et même bien plus, tiens !
Les vérités vraies, quelles que soient les bouches d'où elles sortent, ont une certaine force de persuasion. Mais tout ça, quelque part en lui, Mason le savait avant même que le flic ait dit un seul mot.

Sandoval ne le lâcha pas.

— Parce que vous croyez que le type qui va nettoyer derrière vous va se contenter d'user d'armes non létales sur d'innocents badauds ? Non, Mason. La seule question est de savoir par qui il commencera : vous ou votre famille.

Mason en avait entendu assez. Il se détourna et s'éloigna de la berline de Sandoval, la colère lui affleurant à la peau. À l'autre bout du parking il vit le soleil se refléter dans les vitres teintées de l'Escalade. Puis le véhicule sortir du parking.

L'espace d'une horrible seconde, il crut que Quintero était en train de rattraper le minivan de Gina, mais non. Arrivé dans la rue, il tourna, et s'éloigna dans la direction opposée.

Mason monta dans sa Jaguar et partit. Il ne lui fallut que deux minutes pour s'apercevoir qu'on le suivait. Il s'était toujours douté que quelqu'un d'autre était susceptible de le faire, à tout le moins de temps en temps. Parce que même un type comme Quintero ne le pouvait pas vingt-quatre heures sur vingt-quatre et sept jours sur sept.

Encore un membre de l'organisation Cole, se dit-il. *Quelqu'un que je n'ai pas encore rencontré. Peut-être le type dont parlait Sandoval. Celui qu'ils vont envoyer pour régler les derniers détails.*

Il fut tenté de piler au premier croisement très fréquenté, de descendre de sa voiture et d'aller se présenter au bonhomme. Mais il eut une meilleure idée.

Il sortit son portable et appela le seul individu capable d'inverser ce qui l'attendait ce jour-là.

CHAPITRE 8

— Sandoval est un vrai problème, dit-il.

Assis derrière sa vitre teintée, son portable collé à l'oreille, Quintero avait vu l'inspecteur Sandoval s'approcher de Mason debout à la clôture. Tout le langage corporel de ce dernier trahissait la tension qu'il avait éprouvée à l'affronter alors que sa propre fille ne se trouvait qu'à quelques malheureux centimètres de lui.

— Pas de noms, dit Cole.

— Nos portables sont sécurisés, non ?

— Pas de noms, répéta Cole. Et on a des problèmes plus importants que ce flic.

— Du genre… ?

— Notre deuxième cible va se mettre en mouvement dans pas longtemps.

— Où ça ? demanda Quintero.

— Je te le dirai quand je le saurai. Mais tiens-toi prêt.

Quintero ne lâchait pas des yeux Sandoval qui regagnait enfin sa voiture. Et maintenant, l'ex de Mason se tenait derrière sa fille. Une vraie réunion de famille.

— Le truc que je t'ai demandé de faire à cette femme ? reprit Cole. Tu t'en es occupé ?

Quintero éloigna un instant le portable de son oreille. Cela faisait dix-huit ans qu'il travaillait pour Cole et pas une fois il ne lui avait menti. Et d'un, parce que ce n'était pas un menteur. Et de deux, parce qu'à choisir le premier homme à qui mentir, il y aurait eu mieux que Darius Cole.

Sauf que la vérité aurait été encore pire : avouer à Cole qu'on n'avait pas respecté un de ses ordres, qu'on n'avait pas tué la copine de Mason et fait disparaître son cadavre…

— Toujours là ? reprit Cole. Tu t'en es occupé, oui ou non ?

— C'est réglé.

Quintero déglutit et imagina Cole en train de décider s'il fallait le croire ou pas.

— Et la troisième cible ? enchaîna-t-il pour changer de sujet. J'ai quelqu'un à New York que je pourrais contacter.

— Cette question-là est en passe d'être résolue. Aujourd'hui même.

— Mon boulot est de résoudre vos problèmes.

— Sauf que le type est à douze cents kilomètres.

— Je te l'ai déjà dit : j'ai un contact dans la place.

— Je pense en avoir quelques-uns de plus, lui remontra Cole. Ton boulot est de résoudre les problèmes que je te demande de résoudre. Pas de t'inquiéter d'autres trucs.

Quintero regarda encore une fois Mason, et les deux autres personnes qui, un jour peut-être, deviendraient un problème que Cole lui demanderait de résoudre.

— On garde la tête claire, lança Cole qui lisait son employé comme à livre ouvert depuis une cellule de prison quelque quatre cent cinquante kilomètres plus au sud. Tu t'occupes de tes affaires et je m'occupe des miennes.

***

Le reste des affaires de ce jour-là avait déjà commencé à douze cents kilomètres à l'est, juste au moment où Cole mettait fin à l'appel. Un car des services pénitentiaires avait pris le pont à trois voies qui relie Brooklyn à la prison de Rikers Island. Il faisait de grands bruits métalliques tandis que dans le ciel des avions rugissaient au-dessus de l'eau pour rejoindre les pistes d'atterrissage de LaGuardia au plus lointain des rives de l'East River.

Un certain Sean Burke avait pris place dans la première rangée, le seul homme des soixante et onze passagers à avoir droit à un banc entier. De l'autre côté de la grille, le surveillant ne le lâchait pas des yeux, comme s'il s'attendait à le voir faire quelque chose d'intéressant. Mais sur le visage pâle et constellé de taches de rousseur de Burke, il n'y avait qu'un air las, presque à moitié endormi et à le voir entouré de types qui avaient tout du demi de mêlée ou du champion de boxe catégorie poids lourds, jamais on n'aurait cru que c'était lui le détenu le plus dangereux du véhicule.

Burke était né en 1977 à Crossmaglen, une petite ville de l'Irlande du Nord occupée. Il avait cinq ans lorsqu'il avait vu son père se faire traîner hors de chez lui à la suite d'un tir de sniper sur des soldats anglais. Son père était mort en prison et peu après, Burke s'était juré de le remplacer dans les luttes à venir. Il ne s'intéressait ni à la question d'une Irlande unie ni à aucun autre principe pour lequel combattait l'IRA. La vengeance, telle était sa motivation première, celle qui le dominait entièrement. Dans les années qui avaient suivi, celles qui l'avaient vu devenir un assassin aussi vicieux qu'intrépide, tuer, il n'avait connu que ça.

Juste après le cessez-le-feu de 1999, Burke était à deux doigts de se faire arrêter par la Royal Ulster Constabulary. Il avait alors fui le pays et gagné Chicago, où un de ses cousins avait un bar à Beverly, un quartier très fortement irlandais du South Side. La durée de son visa une fois dépassée, il était passé dans la clandestinité et s'était lancé dans des boulots payés en liquide où il avait fini par se montrer aussi vicieux et intrépide qu'il l'avait été en Irlande du Nord – et tout aussi précieux pour des organisations qui usaient de violence.

Burke n'avait jamais l'air d'un violent. Ni par le passé ni maintenant qu'il revenait à Rikers Island après son audience de transfert. Avec son petit gabarit, ses cheveux roux, son visage couvert de taches de rousseur et son expression indifférente, il ne demandait qu'à être sous-estimé. Mais sous sa tenue de prisonnier il avait des muscles qui roulaient et pulsaient. Sans un gramme de graisse, il n'avait, corps et âme, qu'un seul but dans la vie : détruire. Burke était un lion qui se faisait passer pour un chat domestique.

Le sous-estimer était l'erreur qu'avait commise son compagnon de cellule à Dannemora. Burke avait déjà purgé trois ans de sa condamnation à perpète lorsque, se moquant des avertissements qu'il avait reçus, le nouveau dans la couchette du haut avait essayé de lui piquer sa couverture par une froide nuit du nord de l'État de New York. Le résultat immédiat de l'affaire avait valu à Burke tout un nouveau jeu d'accusations, une deuxième sentence et un transfert à la prison de haute sécurité de Southport. Il n'avait plus que trois jours à passer à Rikers, où on l'avait enfermé à la Central Punitive Segregation Unit, une tour grise de cinq étages toute en cellules de mitard de deux mètres soixante-quinze sur deux mètres cinquante où résidaient les cinq cents détenus les plus dangereux de l'île. Pas de télé, pas de téléphone, et une fente très haut dans le mur en guise de fenêtre. Une heure de promenade par jour, soit le droit de marcher seul et enchaîné dans une petite cour et de regarder passer les avions au-dessus de sa tête.

Burke était depuis toujours un fan de Johnny Cash, ses cassettes fatiguées du chanteur constituant le seul lien physique qu'il avait avec son père, sa musique son seul souvenir de temps meilleurs. Il venait de s'en passer un morceau dans la tête, celui qu'il y avait en permanence à Dannemora et qu'il se mettait encore plus fort à Rikers. « Folsom Prison Blues » était sa chanson préférée et maintenant plus que jamais il savait comment on peut écouter passer un train et penser à ceux qui s'y trouvent exactement comme il pensait aux types à bord des avions qui décollaient et atterrissaient à LaGuardia.

Cela dit, il n'avait aucune intention de « baisser la tête pour pleurer ».

Lorsque le car s'arrêta au pied de la tour de la CPSU, il se leva et en descendit avec le reste des détenus. Tous étaient menottés et entravés. Ils furent conduits dans la zone de tri, puis enfermés dans l'ascenseur une demi-douzaine de bonshommes à la fois, avec un surveillant pour les avoir à l'œil tandis qu'on les amenait à leur étage. Et l'ascenseur n'avait pas de boutons – tout y était contrôlé par télécommande.

Dès qu'il y fut collé avec cinq autres détenus qui tous devaient rejoindre le cinquième, les portes se refermèrent et après une secousse, la cabine entama son ascension.

— Qu'esse-tu fous au Bing, l'p'tit blanc ?

C'était un des trois grands costauds noirs qui le lui demandait en se servant du titre non officiel auquel avait droit la CPSU. Il avait déjà entendu plusieurs surveillants parler de la tour en ces termes… et pour ce qu'il en savait, « bing » était le bruit que faisait un type qui perd la tête après vingt-trois heures de mitard par jour.

Burke regarda le Noir dans les yeux, puis le Blanc encore plus costaud debout à côté de lui.

— Tu vas le laisser me causer comme ça ? demanda-t-il à ce dernier.

Le grand costaud blanc baissa les yeux sur lui et se marra. En se moquant de son accent irlandais, il lui répéta ce qu'il venait de lui demander :

— Tou véé l'laaiisser m'causéé comme ço ?

Et de rire encore un peu avant de lui lancer avec un fort accent new-yorkais :

— Laisse-moi deviner… Tu s'rais pas un fan de ces putains de Red Sox de Boston ?

Burke le regarda droit dans les yeux.

— Je déteste tous les sports américains, dit-il. Et j'ai jamais été à Boston, sp'èce de gros tas de merde.

Et l'homme souriant encore plus fort, ce fut l'instant où Burke comprit que quelque chose déconnait sérieusement. Dans n'importe quelles circonstances ordinaires, il y aurait eu défi à relever. Mais là, à l'instant même…

Burke regarda vite autour de lui, et enfin remarqua la seule chose qui aurait dû tout de suite attirer son attention : il n'y avait pas de surveillant dans la cabine, seulement les cinq costauds – trois Noirs, un Latino et son nouvel ami blanc –, et lui, Burke. Et tout le monde était menotté et entravé.

Et l'ascenseur s'arrêta avec un grand bruit entre deux étages.

— On dirait bien qu'on est coincés, fit remarquer le Blanc.

C'est un coup monté, se dit Burke. *Mais ils ont fait une erreur : on est encore tous enchaînés.*

Parce que maintenant ce n'est même plus un combat équitable.

Il n'eut aucune hésitation. S'il avait été du genre à attendre que l'ennemi fasse le premier geste, il aurait été enterré au cimetière de Crossmaglen bien des années auparavant.

Il prit le cou du Blanc dans l'étau de ses avant-bras et se servit de la hauteur du bonhomme pour se donner son premier avantage. Le type était fort et résista alors même qu'il s'affaissait, exactement comme Burke l'espérait. En faisant de cette résistance un levier d'attaque, il se tourna et lança ses pieds enchaînés dans la gorge du Noir qui valdingua à l'autre bout de la cabine et tomba en se tenant le cou et essayant de respirer.

Alors tout ralentit pour Burke maintenant que la bagarre avait commencé. Sans cesser de se servir du Blanc pour avancer, il écrasa ses pieds dans les testicules d'un autre Noir. Mais sa résistance faiblissant, le Blanc perdit l'équilibre et entraîna Burke dans sa chute. Sauf qu'en profitant de l'élan de l'homme qui dégringolait, Burke donna un grand coup de pied dans le genou gauche du Latino. Quelque chose craqua, celui-ci partit de côté et se mit à hurler des insultes en espagnol en se tenant la jambe.

Burke se rattrapa juste avant de toucher le sol et se mit à genoux sans cesser de serrer ses menottes autour du cou du Blanc. Le dernier combattant à bord, le troisième Noir, commençait à faire tourner ses jambes enchaînées dans la direction de Burke. Mais il avait des gestes lents et lourdauds que Burke n'avait aucun mal à anticiper. Il poussa la tête du Blanc devant lui tel un bouclier, le nez du bonhomme se brisant lorsque la chaussure du Noir atteignit sa cible. Voilà qui allait déclencher le travail des conduits lacrymaux du Blanc et, Burke le savait, le mettrait au plus bas de la liste.

Le seul type encore debout, le troisième Noir, était de nouveau sur le point de frapper avec un de ses pieds enchaînés. Il n'avait toujours pas compris la leçon. Burke l'évita sans problème et lui faucha l'autre jambe. Le Noir s'effondra sur la porte de la cabine avec un bruit mou, le souffle coupé d'un seul coup. Burke lui abattit encore et encore son coude sur la trachée.

Mais le type qu'il avait frappé aux couilles était revenu dans la partie. Il s'attaqua à Burke avec ses deux mains enchaînées et l'atteignit au côté de la figure. Et recommença, mais cette fois Burke l'évita, lui enfonça l'épaule dans la poitrine et l'immobilisa. Et lui tira lui aussi à deux mains sur les couilles qu'il avait déjà en mauvais état et tira et poussa et tira et poussa. Le bonhomme s'effondra en vomissant et se tordant de douleur.

Petit décompte rapide : deux morts. Et trois types qui bougeaient encore, mais plus pour longtemps. Burke se tourna pour affronter le Latino au genou en compote. Il ouvrit les mains le plus largement qu'il pouvait et lui projeta violemment la tête dans le mur, la partie fine de son crâne y tapant suffisamment fort pour qu'il perde connaissance. Esprit de systématisation oblige, Burke l'étrangla et fit de même avec le troisième Noir en lui serrant le cou jusqu'à ce que sa trachée le lâche et que sa gorge se remplisse de sang. Burke n'avait plus qu'un seul adversaire vivant contre lui dans tout ce carnage et ces vomissures.

Il s'agenouilla à côté du Blanc au visage couvert de mucus et de sang à cause de son nez cassé.

— Hé l'ami, qui a organisé cette petite fête ? lui demanda-t-il.

— 'Te faire foutre, lui renvoya l'ami en lui crachant du sang à la figure.

Burke essuya calmement son visage, puis lui attrapa la main droite et lui retourna le petit doigt jusqu'à ce qu'il se brise dans les hurlements du bonhomme.

Comme les doigts sont commodes dans ce genre de situations ! Il est facile comme bonjour de les casser et que de terminaisons nerveuses il y a pour se connecter au cerveau !

— J'ai pas entendu, dit Burke. C'était qui ?

Et de passer au doigt suivant et de le retourner jusqu'à ce qu'il se brise lui aussi. Le Blanc hurla de nouveau.

— Je ne crois pas que ce soit un Gambino, reprit Burke. Eux, embaucher une vraie assemblée des Nations unies pour me faire ça ?

Il lui cassa un troisième doigt.

— Nooonn ! hurla ce dernier en hochant la tête. Non, non…

— Je ne le pensais pas non plus.

Et il lui brisa un autre doigt. On en était à quatre de la main droite, pendant maintenant selon des angles peu naturels. Burke les lui prit tous dans une main, les lui serra tous ensemble et lui attrapa le pouce avec l'autre main. Le Blanc hurla encore plus fort.

— Je crois savoir qui c'est, enchaîna Burke, mais j'aimerais quand même bien que tu me dises son nom.

À son arrivée à Chicago, Burke avait fini par travailler pour un gangster vieillissant du South Side jusqu'à ce que celui-ci attire l'attention d'une figure émergente du crime organisé qui faisait tout ce qu'il fallait pour consolider ses opérations financières dans l'ensemble de la ville. Le vieil homme refusant de coopérer, un plénipotentiaire lui avait été envoyé pour discuter. Burke était intervenu et avait tué le plénipotentiaire, et les deux autres qui étaient venus après lui. Le type qui les avait envoyés avait déjà démontré une certaine sagesse dans l'art de se faire des amis, ou des employés, plutôt que des ennemis. Il avait déjà acheté les services d'un membre de la Raza, un certain Quintero, et décida de faire pareil avec Burke. Au lieu de se mettre en guerre contre le petit jeune, il allait l'embaucher. Premier boulot de Burke : tuer le gangster qu'il protégeait.

Burke avait continué de travailler pour son nouveau patron et Quintero lui donnant ses missions, il avait fini par tuer plus de gens qu'il ne pouvait en compter… jusqu'à ce qu'enfin il reçoive un ordre qu'il n'avait pas eu envie d'exécuter. Il suivait un dealer concurrent depuis deux jours en n'avalant que du café et en fumant des cigarettes lorsque Quintero l'avait appelé à la dernière minute pour lui dire de laisser tomber. Burke avait quand même tué le dealer, mais seulement pour ne pas gâcher deux jours de son existence. Lorsque Quintero lui avait rappelé le prix à payer pour avoir désobéi, Burke lui avait répondu : « Tu sais où me trouver », et Cole lui avait envoyé une demi-douzaine de tueurs. Que Burke lui avait aussitôt renvoyés. Morts.

Peu de temps après, Burke avait quitté Chicago pour New York, où il avait trouvé du boulot avec une nouvelle version des Westies, le très infâme gang du quartier de Hell's Kitchen sponsorisé et protégé par la famille Gambino. Mais il s'agissait là d'une nouvelle génération de criminels nés et élevés à New York et même s'ils avaient tous des noms irlandais, Burke ne s'était trouvé rien de commun avec eux. Ils ne cherchaient qu'à s'acheter des sapes et trouver à baiser et quand Burke avait fini par tuer un lieutenant de Gambino qui l'avait pour la centième fois traité de « mick[1] », non seulement ils ne l'avaient pas

1. « Sale Irlandais. »

protégé, mais ils l'avaient donné aux flics. Pour la première fois de sa vie, Burke s'était retrouvé en prison.

Et là, soit trois ans plus tard, il attendait toujours qu'on lui donne le nom du seul être à pouvoir l'atteindre dans la tour fortifiée d'une île de l'East River.

— Cole, dit le type entre deux hurlements. C'est Cole… Cole.

— Eh bien voilà ! dit Burke en lui retournant le pouce et le séparant de la paume juste pour le plaisir.

Le type tomba en arrière en s'évanouissant de douleur.

Burke se releva et s'épousseta tant bien que mal avec ses deux mains toujours menottées. Puis il se tint un pied de chaque côté de la tête du Blanc et lui écrasa ses chaînes sur le cou.

La cabine reprit vie avec une petite secousse et se remit à monter. Impassible, Burke écouta les gargouillis du Blanc jusqu'à ce qu'enfin ils cessent. Et quand l'ascenseur arriva au cinquième, il enjamba son cadavre et tomba dans les bras d'une douzaine de surveillants qui tous l'attendaient avec des matraques et du gaz poivre.

— Enfin une vraie fête, dit-il en approuvant d'un signe de tête. On se croirait au pays.

Alors que les gardiens le travaillaient et que le gaz poivre lui fermait les yeux et la gorge, il n'arrêta pas de se poser les deux mêmes questions :

Pourquoi Cole s'en prend-il encore à moi après tout ce temps ?

Et comment je vais me sortir de là ?

***

Mason ignora la sensation de brûlure à son épaule droite qui guérissait et visa. Concentra toute son attention sur la mire, sur sa respiration et pressa la détente, le recul du fusil lui heurtant à nouveau la même épaule. Il dut fermer les yeux quelques secondes pour gérer la douleur, la reconnaître, et l'accepter. Enfin il les rouvrit et ôta ses protections d'oreille.

— Trop bas, trop bas, trop bas. Tous tes coups sont trop bas, lui lança Eddie.

— Non, lui renvoya Mason en reposant l'arme sur le banc. C'était juste où je visais.

Ils faisaient du tir dans un stand en plein air de Joliet, à quelques kilomètres de Chicago. Il y en avait d'autres plus près, mais c'était Eddie qui avait suggéré de choisir celui-là et Mason appréciait qu'on puisse très clairement le voir du parking. Lorsqu'il y avait garé sa Jag, la berline grise qui le suivait depuis l'école d'Adriana avait complètement disparu. Et lorsqu'il avait regardé à nouveau, c'était l'Escalade noire de Quintero qu'il avait repérée à l'autre bout du parking. Il n'était pas vraiment inquiet. Quintero ne ferait que constater son adresse au tir alors que son vieil ami, qui se trouvait être un ex-tireur d'élite de l'armée, lui prodiguait quelques conseils. Il n'avait aucune raison d'en douter.

— Regarde bien ma cible à moi, reprit Eddie en lui montrant sa silhouette… masse corporelle et tête. Si ç'avait été un mec, il aurait pris toutes mes balles dans le sternum. Et maintenant regarde la tienne, enchaîna-t-il en lui montrant les impacts de balle que Mason avait laissés à la hauteur de la ceinture du bonhomme. À quoi tu joues ? À lui faire les poches ?

Mason ne répondit pas, parce que c'était très exactement ce qu'il cherchait à faire. Ce qu'il avait fait à l'Aqua et avait bien l'intention de continuer à faire. Il n'aurait pas été facile de l'expliquer à Eddie parce que même s'il tuait des gens, de parfaits inconnus, il obéissait à un code : *Pas de victimes innocentes.*

Mais Eddie n'en avait pas fini.

— Chaque mètre que tu ajoutes à ton tir amplifie tous les facteurs qui l'affectent. Vent, chute, tout. Masse centrale, Nick, masse centrale ! Dès qu'on essaie de tirer comme à Hollywood, on met sa vie en danger.

Il parle comme Quintero, se dit Mason. *Et j'ai un trou dans l'épaule qui prouve qu'ils ont tous les deux raison.*

Il savait qu'Eddie essayait de le protéger. Bâti comme un char d'assaut, Eddie Callahan était son meilleur ami depuis que gamins, ils couraient dans les rues de Canaryville. Eddie était le seul du groupe à avoir un vrai jeu de parents – et ils l'avaient expédié à l'armée quand il avait eu vingt-deux ans. Il en était revenu un an plus tard. Reconnu tireur d'élite né, il n'en avait pas moins été viré parce qu'incapable de gérer des connards de sergents qui lui disaient tout le temps ce qu'il fallait faire. Avec un bon fusil, une bonne lunette de visée et une petite minute pour organiser tout ça, il était toujours capable de toucher n'importe quoi jusqu'à neuf cents mètres.

Ce jour-là, ils ne faisaient que trouer des cibles en papier avec des fusils et des pistolets semi-automatiques qu'Eddie avait apportés. L'ironie de la situation n'échappait pas à Mason : il n'avait même pas d'armes à lui parce que chaque fois qu'il en utilisait une, il la laissait derrière lui. En fait, quand il voulait s'entraîner, il devait en emprunter une à Eddie.

Lorsqu'ils en eurent fini, celui-ci lui glissa un Browing 1911 dans la main.

— Tiens, emporte ça.

— J'en ai pas besoin. Quand j'ai un boulot à faire, on me fournit le matériel.

— C'est pas pour des boulots, lui renvoya Eddie. C'est pour toi.

Mason tint l'arme dans sa main et pensa à ce que son ami venait de lui dire.

Il a raison. Je pourrais en avoir besoin.

— Merci d'être venu, lui dit-il. Qu'est-ce que tu as raconté à ta femme ?

— Que j'allais faire du tir, répondit Eddie en refermant son étui. Elle sait très bien comment je me détends.

— Tu lui as dit que je serais là ?

Eddie hésita et réprima un demi-sourire.

— OK, je le pensais pas non plus, dit Mason.

Eddie vivait maintenant dans une petite maison de Bridgeport. Dans l'échelle des quartiers du South Side, c'était un cran au-dessus de Canaryville. Il avait monté une petite affaire de réparation d'ordinateurs dans son garage, était père de jumeaux âgés de trois ans et avait une femme, Sandra – « Ne m'appelez jamais Sandy » – qui ne lui faisait pas dire ce qu'elle pensait de son vieux copain Nick Mason. Que celui-ci ait tout pris sur lui dans la catastrophe du port et qu'Eddie n'ait pas fait un seul jour de prison à cause de ça ne semblait pas entrer dans son équation.

— Écoute, reprit Mason, je vais te dire la vraie raison pour laquelle nous sommes ici.

— Je me demandais bien quand t'allais y venir.

— Je vais avoir encore besoin de ton aide, dit Mason en jetant un bref coup d'œil au parking pour voir si Quintero y était toujours. Et je suis prêt à te payer.

— Je sais ce que t'as fait pour moi, Nick. T'as pas à me payer.

— J'ai un coffre à la First Chicago, dans Western Avenue. On m'y verse dix mille dollars tous les premiers du mois.

— Qui ça ?

— C'est la première info que j'aimerais que tu me trouves. Et demain, c'est le jour du versement. Ça serait bien que tu surveilles la banque, que tu comprennes qui effectue le versement et que tu le suives… où qu'il aille.

— Comment je le saurai ?

— Vas-y à l'instinct. Ce type fait partie de l'organisation de Darius Cole. Je ne sais même pas de quelle couleur il peut être. Mais un pro, c'est un pro.

— Un pro qui fait un boulot… Je garderai l'œil ouvert.

— Prends des photos. Où que tu le suives. Note l'adresse. J'ai besoin de renseignements.

— Pas de problème. C'est les gens pour qui tu bosses maintenant ?

Mason acquiesça d'un signe de tête.

— On fait du contre-renseignement sur toute l'organisation, reprit-il. Sur tous les gens qu'on peut identifier. Ce fric qu'on me file tous les mois ? On va commencer à s'en servir contre eux. Et c'est aussi avec ça que je vais te payer.

— Je te l'ai déjà dit, Nick. T'as pas besoin de…

— Ça va être un boulot à plein temps, Eddie. Va falloir que tu expliques ça à ta femme. (Eddie prit un petit moment pour réfléchir.) Ou alors, tu lui dis rien. Sauf que tu travailles dans ton garage. Comment diable vas-tu lui expliquer pourquoi t'es toujours sorti ?

— Je lui dirai que j'ai un nouveau boulot. Que je répare des ordis ici, là et ailleurs dans toute la ville.

— Encore un truc, enchaîna Mason. Ne regarde pas, mais il y a une Escalade noire à l'autre bout du parking. Je voudrais que tu la suives quand je partirai. Et que tu trouves où habite le conducteur.

— C'est comme si c'était fait.

— Dernière chose : la prochaine fois que je ferai un boulot…

— Oui ?

— Je t'appelle. Je veux que tu ailles à Elmhurst et que tu surveilles la maison de Gina. Si je t'ai pas appelé à une heure précise, ce sera que je suis mort. Et ça, ça signifie que t'auras un dernier truc à faire pour moi.

Eddie hocha lentement la tête en attendant la suite.

— Tu me trouves l'Escalade noire, tu t'approches de la vitre conducteur et tu lui colles une balle dans le crâne.

CHAPITRE 9

L'inspecteur Sandoval était seul. Encore une fois.

Il sortait de Homan Square, le monolithe en brique rouge qui occupait tout un bloc entre Fillmore Street et un réseau de voies ferrées. Ancien hangar de la société Sears, il était aujourd'hui la propriété du Chicago Police Department. Et le siège de l'Evidence and Recovered Property Section[1], ce qui expliquait que Sandoval soit venu y déposer le sac de vêtements qu'il avait récupéré dans la 16e Rue.

« Homan », comme l'appelaient les trois quarts des flics, était aussi le siège de l'Organized Crime Bureau[2], du laboratoire de balistique et du SWAT[3]. Il avait encore abrité la Special Investigation Section, ou SIS, un détachement d'élite de stars de la police qui avait reçu carte blanche pour éliminer les armes et la drogue des rues de la ville par tous les moyens nécessaires.

Un mois plus tôt, Sandoval aurait dû se frayer un chemin dans la foule de gens qui s'étaient rassemblés autour des grilles du bâtiment. Des manifestants y brandissaient des panneaux *À bas la terreur policière !* et *Pas de Guantánamo à Chicago !* après

1. Service des preuves et éléments de preuve récupérés sur les scènes de crime.
2. Bureau du crime organisé.
3. Équivalent américain de notre GIGN.

que les journaux locaux avaient publié des articles sur le fait que des milliers de suspects y avaient été détenus pendant la décennie précédente et ce, sans avoir accès à des avocats ni le droit de contacter leurs familles. Certains, toujours selon ces articles, y auraient même été torturés… comme dans quelque vulgaire dictature du Tiers-monde.

Il franchit la grille en voiture et n'eut pas à se demander où étaient passés les manifestants. Ils avaient émigré dans d'autres coins de la ville, y compris devant la maison du maire, pour protester contre la mort d'un énième Noir abattu par la police. Sandoval ne portait plus l'uniforme, mais chaque fois qu'il se déclarait policier, il devinait ce qui n'était jamais vraiment dit : « Tu es l'ennemi. »

Chicago était une ville qui avait payé plus d'un demi-million de dollars d'indemnités aux familles des victimes de la police. Une ville où les trois quarts des flics de ronde ne voient guère de raisons de faire plus que le minimum : on répond aux appels au 911, mais on ne s'arrête pas pour agir et on ne se met pas dans une situation où on pourrait perdre son boulot. Ou la vie.

Il se gara et entra. Le guichet des éléments de preuve était au premier. À un moment donné, la SIS avait eu les bureaux du haut, d'où on peut voir toute la ville. Ils étaient maintenant vides, après que Sandoval avait donné toutes les infos qui l'avaient mise hors service. Et avaient envoyé sept de ses membres en prison.

L'identité de Sandoval, qui avait ainsi mis à bas la SIS, n'avait jamais été révélée. Pas de médailles, pas de photos dans les journaux où on l'aurait vu serrer la main du maire. Il se demandait jusqu'à quand cet anonymat allait durer, déjà il avait froid dans le dos en pensant que d'autres flics le surveillaient. C'est pour ça qu'il avait posé sa question à Mason – le seul autre homme d'où aurait pu émaner l'info. Parce que les flics sont sur la corde raide. Demandez donc à n'importe lequel d'entre eux ce qu'il pense des ripoux et il vous répondra qu'ils méritent la potence. Mais dénoncez-en un et, quelle que soit la quantité de sang qu'il a sur les mains, vous ne serez jamais qu'une ordure qui a trahi. Et pour beaucoup de flics, un traître est bien pire que celui qu'il aura dénoncé.

Il descendait le couloir lorsqu'il sentit que quelque chose le rongeait – il avait raté un truc, mais quoi ? pas moyen de l'identifier. Il reprit tout ce qu'il avait fait dans sa journée : sa visite à l'Aqua, sa rencontre avec le marshal Harper, sa conversation avec Mason à l'école. Et enfin, son vrai boulot.

Des plans avaient été montés pour qu'il passe en service de jour, mais le deuxième quart avait toujours quelque chose de satisfaisant à ses yeux. Même si cela avait accéléré la fin de son mariage, et même si cela l'empêchait quasiment de voir ses enfants pendant la semaine, il avait été secrètement très heureux lorsque son transfert avait été mis en suspens. Il avait ses matinées pour suivre Nick Mason. Après, il partait au boulot et le soleil se couchait au milieu de son service, ou avait même déjà complètement disparu lorsque c'était le plein hiver. Alors, la ville s'éveillait une deuxième fois avec un regain d'énergie lorsque les derniers rayons du soleil se reflétaient dans les vitres des buildings, alors, juste après, les lampadaires commençaient à luire sur les ponts.

C'était ça, son Chicago. Une ville qui aurait droit à plus de quatre mille fusillades rien que cette année-là. Et plus de sept cents assassinats – plus que Los Angeles et New York réunis.

Soit la ville la plus belle et la plus foutue au monde – à en avoir le cœur brisé.

Il regarda le technicien ganté dresser l'inventaire des vêtements de Derrick Moss. C'était le suspect n° 1 dans le viol et le meurtre d'une adolescente, mais lorsque Sandoval était allé lui délivrer son mandat, le bonhomme avait disparu dans la nature. Il avait laissé les vêtements qu'il portait la veille au soir. Pantalon : blue denim. Chemise : blanche. Socquettes : blanches, modèle « athletic ». Chaussures : Air Jordan blanches, flambant neuves.

— Ils trouvent toujours l'argent qu'il faut pour les Jordan, pas vrai ?

Le technicien lui sourit et attendit qu'on salue son commentaire sociétal. Sandoval se contenta de le regarder. Puis ça lui revint :

Les chaussures.

Derrick ne les portait pas parce qu'il était toujours dans la maison.

Sandoval ressortit, regagna précipitamment sa voiture, repartit vers la 16e Rue et appela son nouveau coéquipier, Tony Alonso, un inspecteur avec vingt ans de service. Il s'habillait mieux, il avait meilleure allure et le parler le plus onctueux de tout l'Area Central, mais Sandoval n'était pas convaincu qu'il soit aussi bon qu'il pensait l'être. Voire bon tout court. Pour l'heure cependant, il avait besoin de lui.

Il s'arrêta de nouveau devant la maison, une bâtisse à un étage dans un îlot à peine assez grand pour la contenir. Il reprit la radio, et rappela Alonso. N'eut droit qu'à du silence en retour, appela la dispatcheuse, demanda des renforts et lui donna l'adresse.

Il y a une porte à l'arrière et elle donne dans la ruelle, pensa-t-il en revoyant l'intérieur de la maison dans sa tête. Une ruelle parallèle à la rue, comme des milliers d'autres dans toute la ville.

Il vit la porte d'entrée s'ouvrir un instant. Et un jeune visage qui le regardait. Puis la porte se referma en claquant.

Nom de Dieu !

Il sortit son Glock 27 et traversa. Il y avait des lustres qu'il ne portait plus sa radio à sa ceinture et son micro à l'épaule. Il espéra seulement que quelqu'un se soit mis en route alors qu'il entrait dans l'étroit passage entre la maison de Moss et celle d'à côté, enjambait deux poubelles et poursuivait sa route. Une fois de retour dans la ruelle, il se tourna vers l'est, ne vit rien, se tourna vers l'ouest et aperçut brièvement quelqu'un qui disparaissait au coin.

Laisse-le filer. On ne fait pas ça tout seul.

La voix de la raison tout au fond de son esprit. Il l'ignora et continua de courir.

Arrivé au bout de la ruelle, il tomba sur un petit groupe d'hommes. Tous noirs. Mais aucun d'entre eux n'était Derrick Moss.

— Par où ? leur demanda-t-il.

Ils gardèrent le silence, le regardèrent. La vieille règle de Chicago, renforcée par les événements récents et rendue plus catégorique que jamais : *On ne donne rien aux flics. Jamais.* Même lorsqu'il les frôla, ils ne bougèrent pas.

Il rejoignit une église au coin de la rue. Sortit son portable et composa le numéro de son coéquipier.

— Où es-tu ? lui demanda-t-il dès qu'il décrocha.

— Y a une autre équipe dans la rue. Je serai juste derrière eux.

— Je suis à l'église au croisement de la 15e Rue et d'Austin Street. Suspect à l'intérieur.

Et maintenant, tu attends, se dit Sandoval. Il fit le tour de l'édifice, le surveilla au cas où le type déciderait de repartir en courant. Il arrivait sous une fenêtre ouverte au premier lorsqu'il entendit parler un vieil homme. Il ne comprit pas ce qu'il disait, mais la peur lui étranglait la voix.

Sandoval inspecta la rue dans les deux sens, jura tout bas et gagna la porte de derrière. Elle n'était pas verrouillée, il l'ouvrit.

Et se retrouva dans une resserre à peine éclairée par la lumière d'un soleil de fin d'après-midi passant par la seule et haute fenêtre de l'endroit. Il vit des chaises et du matériel audio. Une deuxième porte à l'autre bout. Il traversa la pièce, colla son oreille à la porte et entendit la même voix d'homme de l'autre côté.

— T'as pas à faire ça, disait le vieil homme d'un ton mesuré. (Très vraisemblablement le pasteur.) Laisse-moi t'aider.

Sandoval entrouvrit la porte d'un centimètre. Il aperçut l'arrière d'un lutrin et des bancs où le chœur devait s'asseoir pendant l'office. La voix était plus forte, mais il n'arrivait toujours pas à voir qui parlait.

— Ne le fais pas, Derrick. Tu peux changer ça.

Il le connaît. Il essaie de le raisonner.

Sandoval ouvrit entièrement la porte d'une poussée et entra dans le sanctuaire. Glock en avant, tenu à deux mains, parfaitement calé sur sa ligne de mire. De gauche à droite : des bancs vides, l'allée centrale, encore des bancs vides. *Où sont-ils ?* Arme complètement dirigée vers la droite, enfin il les vit. Un vieil homme, chemise noire et col de ministre du culte, et un jeune assis tout au bord du premier banc.

Derrick Moss.

— Tes mains ! Je veux les voir ! hurla Sandoval.

Moss bondit sur ses pieds et partit vers le fond du temple en courant le long du mur. Son Glock toujours pointé sur lui, Sandoval descendit l'allée centrale pour lui couper la route.

— À terre, Derrick ! À terre !

Moss s'écrasa dans la porte du fond. Verrouillée.

— À terre ! Tout de suite !

Les secondes suivantes durèrent une éternité tandis que le jeune homme se tournait vers lui, les yeux grands ouverts, sa main glissant déjà vers sa poche arrière.

— Derrick !

Deux visions de l'avenir se bousculèrent dans la tête de Sandoval : ses enfants regardant une boîte noire qu'on abaisse dans la terre tandis que des policiers en tenue saluent sa dépouille en tirant une salve en l'air. Ou une autre boîte noire qu'on abaisse dans un autre trou à l'autre bout de la ville alors que les rues s'embrasent parce qu'un énième Noir s'est fait abattre par un flic, et cette fois dans une église.

Dans une église.

La main droite de Derrick ressortit de sa poche arrière. Tandis que le doigt de Sandoval pressait lentement la détente, les mots que la mère de Moss avait eus un peu plus tôt dans la journée lui revinrent en mémoire : « Il n'a pas d'arme. Je vous en prie, ne les laissez pas tuer mon garçon. » Et ce quelque chose dans son visage, le regard vide du désespoir et de la peur…

— C'est qu'un portable ! hurla Moss. Rien qu'un portable !

Moss le laissa tomber et se mit à genoux. Sandoval souffla fort, s'avança, écrasa la poitrine du jeune homme sur le sol et lui passa les menottes. Puis il resta à genoux, une main posée sur le dos de Moss. Son cœur battait la chamade.

Tu serais mort, se dit-il. *Si ç'avait été une arme, t'étais mort.*

Il resta immobile quelques secondes de plus tandis que le pasteur venait s'asseoir sur le dernier banc, Derrick gardant la tête collée au sol.

Enfin, Sandoval entendit des bruits de pas dans l'entrée, puis la porte qui s'ouvrait violemment, le bois se fendant lorsque la serrure rendit l'âme. Une demi-douzaine d'hommes en uniforme se rua dans la salle, armes dégainées. Encore une seconde de terreur lorsqu'un flic lui braqua le canon de son flingue dessus.

— C'est bon ! dit-il.

Le flic baissa son arme. Deux autres relevèrent Moss et le sortirent de l'église. Deux autres encore prirent soin du pasteur, lui posèrent des questions et offrirent de lui envoyer une ambulance. Pas un mot à l'adresse de Sandoval.

Pas un seul.

Il sortit, respira l'air froid, vit Alonso monter les marches vers lui. Tout semblait dire qu'il s'était arrêté en chemin pour donner son costume à nettoyer, et se faire couper les cheveux en même temps qu'on lui cirait ses chaussures.

— Qu'est-ce qui t'a pris si longtemps, bordel ?! s'écria Sandoval, toute son adrénaline trouvant enfin un exutoire. T'as une idée de ce qui aurait pu se passer ici ?

— Ouais, je sais, lui répondit Alonso en s'approchant tout près de lui et le regardant droit dans les yeux. Tu devrais faire attention à pas y aller seul. Ces merdes à la superflic vont finir par te tuer !

— De quoi tu parles ?

Mais Alonso se détournait déjà en hochant la tête. Sandoval l'attrapa par les revers de sa veste.

— Hé, je te parle !

— On n'a pas besoin de cow-boys dans cette équipe ! lui renvoya Alonso.

— Et ça veut dire quoi ?

— Ce que ça veut dire, lui renvoya Alonso en le regardant à nouveau droit dans les yeux. On n'est jamais en sécurité quand on n'a personne derrière. Et toi, tu pourras jamais l'être si on n'est pas derrière toi.

Et de se détourner à nouveau. Cette fois, Sandoval ne l'arrêta pas.

Il sait, se dit-il. *Et ça veut dire que tout le monde sait aussi.*

Il y a douze mille flics à Chicago. La SIS était une honte pour tous les flics qui servent dans cette ville. Et donc, certains me serreront la main. D'autres me paieront à boire. Mais d'autres encore m'ignoreront, certains se demanderont même si je ne les surveille pas d'un peu trop près.

Mais les seuls dont je vais devoir me méfier sont ceux qui veulent me tirer une balle dans le dos.

Il regardait Tony Alonso monter dans sa voiture lorsque pour la première fois, il remarqua avec quel soin il la lustrait. Pour qu'elle ne jure pas avec son costume taillé sur mesure et sa coupe de cheveux impeccable.

Combien de flics avaient été sur le point de devenir des rock stars de la SIS, combien avaient compté les jours jusqu'à ce qu'ils. reçoivent l'appel fatal de Homan Square ?

***

Quelques heures plus tard – le soleil s'était couché et il avait fini son service –, Frank Sandoval s'assit dans la véranda de ses parents décédés. La maison d'Avondale où il avait grandi et rêvé de devenir flic, comme son père. La maison où, comme un homme qui remonte le temps, il avait fini par revenir lorsque son mariage avait capoté.

Il avait posé une bouteille de Dewar's sur la petite table à côté de sa chaise en bois et buvait seul.

Lorsqu'enfin il rentra, il s'allongea sur son lit et regarda le plafond en attendant que le sommeil le prenne. Il en avait encore la sensation jusque dans les os, là... Le moment de vérité où il aurait pu tuer un homme ou mourir...

Et avec l'étiquette d'ordure qu'il avait dans le dos pour avoir flingué la SIS, il ne pouvait pas être sûr qu'un jour ou l'autre on ne le lui ferait pas payer dans une ruelle ou un coin sombre. Et pourtant, même en cette soirée, ses seules pensées étaient pour un autre homme. Celui qui à moins de dix kilomètres de là s'était installé sur la terrasse d'une villa de Lincoln Park et contemplait le lac Michigan. Celui qui ne cesserait de le hanter tant qu'il serait libre : Nick Mason.

***

À l'autre bout de la ville, Eddie était assis dans sa Jeep et surveillait une maison sise dans le quartier dit de La Villita, le « petit village ».

Une Escalade noire était garée devant. Eddie l'avait suivie depuis le stand de tir en veillant à être toujours aux confins de l'horizon jusqu'à ce qu'ils arrivent dans le nord de Chicago.

Il avait vu le type suivre Mason jusqu'à Lincoln Park West où, la Jaguar ayant franchi la porte ouverte d'un garage en sous-sol, l'Escalade s'était rangée dans la rue.

Quatre heures durant, Eddie avait surveillé le bonhomme en se demandant comment il pouvait supporter ça. *Doit se faire payer des fortunes.* Enfin, alors que le soleil commençait à décliner, il avait vu une berline grise s'arrêter dans la rue. Le conducteur de l'Escalade était descendu de sa voiture, lui offrant ainsi sa première vision du type : entre deux âges, Latino, en T-shirt malgré le froid. Des tatouages fanés sur les bras. Il avait rejoint la berline et s'était tenu près de la fenêtre côté conducteur jusqu'à ce que la vitre s'abaisse. Puis, après que quelques paroles avaient été échangées, il était revenu à son Escalade et s'était remis au volant. Avait déboîté, pris le virage devant la villa et laissé la berline le remplacer. Eddie avait suivi l'Escalade.

Il était resté derrière elle tandis qu'elle traversait la rivière et partait vers le sud, descendait dans le Lower East Side, de plus en plus de panneaux en espagnol apparaissant alors qu'ils s'enfonçaient dans South Lawndale pour enfin s'arrêter là. Devant cette petite maison modeste avec une balançoire à bascule dans le jardin de devant.

Il nota l'adresse. Soit le premier des renseignements qu'il allait devoir rassembler pour aider Nick Mason à trouver une solution à son problème.

CHAPITRE 10

Mason attendait que tout se mette en place, mais il y avait une chose dont il avait besoin immédiatement : un endroit à lui. Hors d'atteinte de Sandoval, de Quintero, et même de Diana. Un endroit où personne ne pourrait l'atteindre. Pas même Darius Cole.

— J'ai cinq appartements à vous montrer, lui dit la femme en prenant une enveloppe posée sur le coussin à côté d'elle.

Elle s'appelait Alexa et s'était installée en face de lui dans un box au fond du restaurant. Cheveux décolorés, dents super-blanches, on essayait manifestement un peu trop d'avoir vingt ans de moins.

— Tous répondent à vos désirs et tous sont dans vos…

— Génial, dit Mason en faisant rouler la bouteille de Goose Island Ale dans ses mains. Vous choisissez.

— Mais monsieur…

— Choisissez-en un et il me conviendra. Le liquide vous sera livré à votre bureau cet après-midi.

— Ça marche, dit-elle en soulevant son verre de Martini olive pour porter un toast. Vous n'avez plus qu'à remplir le formulaire et…

— J'apprécierais que vous vous en occupiez aussi, la coupa-t-il. Et n'oubliez pas : tout est à votre nom.

Pour la première fois depuis qu'elle s'était assise, son sourire de façade disparut.

Mason le lui ressuscita.

— Il y aura un bonus pour vous, dit-il.

Alexa faisait signe à la serveuse de lui apporter un autre Martini lorsqu'il repéra Diana dans un coin sombre : elle l'observait. Il fut alors, et ce n'était pas la première fois, frappé par sa beauté sans apprêt. Dès l'instant où il l'avait vue à la villa, un jour après qu'il était sorti de prison… C'était la seule personne qui pouvait comprendre la vie qui l'attendait. Parce qu'elle en vivait une autre version elle-même.

Il y avait aussi autre chose qu'il avait remarqué chez elle : elle ne souriait jamais. Pas vraiment. Même maintenant, alors qu'elle le regardait à sa table, elle était toujours aussi mystérieuse que les ombres qui l'entouraient.

Le repas se poursuivant, Alexa se saoula et flirta de plus en plus ouvertement avec lui en imaginant le pactole qu'elle allait se faire dans cette transaction.

— Vous êtes sûr de ne pas vouloir jeter un coup d'œil à ces appartements ? On pourrait tous les tester. Voir si le plancher des chambres résiste comme il…

Mason entrevoyait Diana à de brefs instants. Elle avait tout d'une femme jalouse.

Bizarre, songea-t-il. *Je ne lui ai jamais vu cet air-là quand Laura était là. Pas une seule fois.*

— Un peu trop vieille pour vous, lui lança-t-elle après le départ d'Alexa.

— Les affaires, rien d'autre.

— Quel genre d'affaires ?

— Les miennes.

Elle eut l'air blessé – c'était la première fois qu'il lui voyait cette expression. La journée n'était décidément pas comme les autres.

— Si je n'en savais pas un peu plus long, je jurerais que vous êtes jalouse.

— Ce n'est pas impossible, mais pas de cette femme, lui renvoya-t-elle. De votre liberté. Vous, vous pouvez aller où vous voulez. Faire tout ce qui vous passe par la tête.

— La mobilité et la liberté, ça fait deux.

— Oui, mais moi, je n'ai ni l'une ni l'autre. Je suis au bout d'une laisse qui me permet d'aller de la villa à ce restaurant, et c'est tout.

— Écoutez, lança-t-il en posant sa main sur la sienne.

Il ne savait pas trop ce qu'il pouvait lui dire pour l'instant. Son appartement secret, le projet qu'il avait mis en route avec Eddie… Le plan n'était même pas encore complètement finalisé, où une mesure clairement définie en aurait précédé une autre. Cela ressemblait plus à une carte grossière avec un point de départ dans un coin et un grand X pour marquer un endroit quelque part de l'autre côté des montagnes. Un endroit qui voudrait dire vraie liberté pour lui… et, par extension, pour elle. Parce que sauver sa propre peau signifiait lui sauver aussi la sienne.

Mais il ne voulait pas susciter trop d'espoirs en elle. Cela faisait douze ans qu'elle vivait dans cette cage, soit beaucoup plus longtemps que lui, et elle avait probablement laissé bien plus de faux espoirs derrière elle qu'elle ne pourrait jamais en compter.

Elle regarda sa main posée sur la sienne. Le geste était plus intime qu'il ne l'avait voulu, mais elle ne la retira pas. Il sentit la chaleur de sa peau.

— Tenez bon, reprit-il. Ça ne durera pas une éternité.

— Il faut que je retourne travailler, dit-elle en ôtant enfin sa main de dessous la sienne, mais pas brutalement, plus simplement comme une femme qui se concentre à nouveau sur ce qu'elle doit faire.

Mason la regarda décanter une bouteille de vin à l'autre bout du restaurant avec le soin et la précision qu'elle appliquait à la moindre de ses tâches. Le masque de charme qu'elle montrait à ses clients était si différent de ce qu'il voyait d'elle à la maison. Il en vint, et là encore ce n'était pas la première fois, à se demander :

Jusqu'où je la connais vraiment ?

***

Assis dans sa Jeep à attendre l'ouverture de la banque, Eddie se demandait, lui, comment se comporterait un type qui apporte dix mille dollars en liquide à mettre au coffre.

Il regarda le premier client de la journée. Entre deux âges, costume gris, l'homme franchit la grande porte de la First Chicago Bank de Western Avenue. Eddie y fut aussitôt le deuxième. Il s'arrêta un instant dans l'entrée et surveillait le type en train de mener sa transaction à un guichet lorsqu'une autre guichetière attira son attention et lui demanda ce qu'il désirait.

— Je songe à louer un coffre, répondit-il.

L'employée appela la gérante qui lui expliqua la procédure à suivre, celle-ci comprenant une visite à la salle des coffres et le fait qu'il y serait seul pour accéder au contenu du sien en toute intimité. Eddie la remercia et l'informa qu'il allait réfléchir.

Il resta assis dans sa Jeep deux heures de plus à regarder la vitre de la porte d'entrée au cas où un autre client traverserait le vestibule pour gagner le comptoir de la gérante. Il vit trois hommes descendre dans la salle des coffres. Le premier n'avait rien dans les mains lorsqu'il s'y rendit, et en ressortit avec une petite sacoche noire. Le deuxième avait au moins quatre-vingt-dix ans et marchait avec une canne – assez peu probable comme candidat. Le troisième avait l'air prometteur : veste de cuir, chauve comme une boule de billard et anneau à l'oreille. Eddie réintégra la banque et, debout dans l'entrée, l'observa attentivement, mais l'impression qu'il s'en faisait changea lorsque le bonhomme s'assit dans le fauteuil en face de la gérante et bavarda avec elle pendant dix bonnes minutes. Il avait un sac en toile à côté de lui et resta certes assez longtemps pour déposer quelque chose et repartir, mais les bavardages ne collaient pas.

Comme a dit Nick, le gars sera un pro. On entre, on sort. Business business.

Il ne voulait pas susciter les soupçons en passant trop de temps à attendre dans l'entrée et regagna sa Jeep pour reprendre sa surveillance.

Une demi-heure plus tard, il sut enfin qu'il tenait le bon candidat.

Une berline grise venait de s'arrêter devant la banque. La même, il en était sûr, que celle qu'il avait repérée garée devant la maison de Mason la veille au soir. Il se rappela avoir vu un Blanc au volant lorsque la vitre côté conducteur s'était abaissée. Et le visage était bien le même lorsque le type descendit de voiture. Il portait un costume gris, taillé sur mesure à cause de son énorme gabarit. Cheveux coupés tellement à ras qu'il avait des airs de balle de tennis sale. Eddie attrapa son appareil photo numérique muni d'un objectif de 300 mm sur le siège arrière et prit des photos.

Le type entra dans la banque avec un sac en cuir. Puis la portière côté passager s'ouvrit et un autre individu descendit de la berline. Noir, chauve, lunettes de soleil foncées, costume d'un gris plus léger. Eddie prit encore des photos tandis que le type attendait sur le trottoir et ne cessait de scruter la rue dans les deux sens.

Huit minutes plus tard, le premier type ressortait de la banque, les deux hommes finissant par remonter dans leur véhicule, qui s'éloigna. Eddie déboîta, se fondit dans la circulation de cette fin de matinée et, derrière eux, traversa la ville du nord au sud jusqu'à ce que la berline lâche l'autoroute de la Skyway et file vers l'ouest.

Quelques minutes plus tard Eddie se garait juste à l'entrée du dépôt ferroviaire de Bedford Park, le plus important de la ville et l'un des plus grands du pays. Il y avait là des milliers de wagons venus de toute l'Amérique du Nord, des grues qui les dominaient de très haut et une énorme tour en forme de guichet au milieu de tout cela. Eddie avait suivi ses bonshommes jusqu'au nord de la gare de triage et prenait maintenant d'autres photos tandis qu'ils pénétraient dans les bureaux de l'International Exposition Services, et en ressortaient quelques minutes plus tard pour gagner un quai de chargement attenant à un hangar. Un gros camion de livraison avec rampe de chargement les attendait. Le chauffeur en descendit, manœuvra le monte-charge pour y ranger plusieurs grandes caisses tandis que l'autre type restait à côté pour surveiller, son costume de prix détonnant passablement dans le vacarme et la poussière du lieu.

Le camion une fois chargé, le chauffeur resta dans la cabine, son comparse prenant le volant de la berline. Ils quittèrent l'endroit l'un derrière l'autre. Eddie les suivit tandis qu'ils repartaient vers le sud jusqu'à ce qu'enfin tout le monde, camion et berline, s'arrête à l'arrière d'un magasin de la 111e Rue. Eddie s'immobilisa une rue plus loin, attendit quelques instants, puis vint se ranger à côté de la boutique. Il prit encore des photos en se concentrant sur le panneau à côté de la porte d'entrée :

Imperial Import/Export, LLC.

Et continua d'en prendre de tous les véhicules garés dans le parking. À côté du camion et de la berline, il y avait une Porsche Panamera couleur argent. *A dû coûter dans les quatre-vingt mille dollars*, se dit-il. *Pas vraiment ce qu'on s'attend à voir garé à côté d'un magasin anonyme en béton dans un quartier de merde de la ville.*

Il resta dans la rue et surveilla les lieux encore une heure. Puis, ne voyant personne d'autre aller et venir, il décida de voir tout ça de plus près et posa l'appareil photo avec sa grande focale sur le plancher de sa Jeep. S'il lui fallait dégager à toute vitesse, avoir un énorme appareil photo autour du cou ne ferait pas l'affaire. S'il devait prendre d'autres photos, il se servirait de son portable.

Il descendit de sa Jeep, fit le tour du pâté de maisons et s'approcha du magasin par la ruelle voisine, juste à côté d'une boutique de silencieux de voitures, de façon à voir l'aire de chargement. Une des baies était ouverte, mais il n'y avait personne à l'intérieur. Il s'approcha en cherchant les caméras de surveillance. S'arrêta au niveau du quai, sortit son portable de sa poche et prit quelques clichés des caisses qu'on venait d'y décharger. Il aurait voulu pouvoir se concentrer sur les étiquettes, mais il n'était pas assez près et dut monter par-dessus le rebord du quai.

Il avançait au milieu des caisses en prenant des photos lorsqu'il en vit une déjà ouverte. Il souleva le couvercle et découvrit des boîtes de filtres à air de voitures.

Il s'était beaucoup enfoncé dans la baie de chargement et ne s'en était pas rendu compte. *Pas bon, ça,* se dit-il juste avant d'entendre des voix.

Il se baissa à côté de la caisse tandis que les deux types qu'il avait suivis entraient dans la salle en riant grossièrement de quelque plaisanterie. Puis le Blanc sauta du quai, le Noir rabattant le rideau de fer dans un grand fracas métallique. Il se ferma brutalement, et Eddie se retrouva coincé à l'intérieur.

Il entendit démarrer le camion. Cela le laissait donc avec le seul type capable de lui tenir tête s'il fallait en arriver là. Il attendit, écouta jusqu'à ce qu'enfin il entende des pas s'éloigner et soit raisonnablement certain que l'inconnu était reparti à l'intérieur du bâtiment.

Et maintenant quoi ?

Remonter le rideau était hors de question. Le bruit serait si fort que tout un chacun dans la place – et cela faisait peut-être beaucoup – l'entendrait. Deuxième solution possible : ne pas bouger jusqu'à ce que tout le monde s'en aille. Ce qui pourrait prendre des heures.

Et puis merde !

Il se leva, gagna le couloir, se serra dos au mur en entendant une voix. S'immobilisa, attendit encore un peu, puis se remit à marcher. Sentit la sueur lui coller sa chemise dans le dos alors qu'il arrivait à une porte. La voix se fit plus forte. Il jeta un coup d'œil par l'ouverture et aperçut un deuxième type assis dans un fauteuil de bureau, devant un écran d'ordinateur, toute une rangée de moniteurs vidéo l'entourant. Il était plus jeune, blanc, et habillé plus relax, d'un jean et d'un sweat-shirt. Il ne faisait attention à rien, tout occupé qu'il était à parler au téléphone en regardant le plafond au lieu de ses écrans.

Eddie étudia les angles de la pièce pour s'assurer qu'aucun reflet ne le trahirait quand il passerait devant l'ouverture de la porte pour traverser le couloir et s'éloigner de la salle de contrôle. Il s'apprêtait à y aller lorsqu'il avisa une dernière fois l'homme au téléphone. C'est alors que son regard s'arrêta sur les moniteurs. Parce que ce qu'ils montraient lui était des plus familiers – à savoir la villa de Nick Mason. La terrasse de derrière, la cuisine, sa chambre à coucher.

Il savait déjà qu'il y avait des caméras de surveillance dans la villa. Elles étaient tellement en évidence que Nick lui avait même demandé s'il serait facile de les rendre inopérantes, si jamais le besoin s'en faisait sentir, et comment s'y prendre pour savoir qui le surveillait à l'autre bout.

Tout est là, se dit Eddie. *C'est leur centre de commandement.*

Je peux m'introduire dans leur système de sécurité aussi facilement qu'on colle un micro dans un téléphone. Pour voir ce qu'ils fabriquent.

Mais d'abord, commencer par sortir d'ici.

Il baissa la tête, passa devant l'ouverture de la porte et tourna pour prendre le couloir. Et retint son souffle jusqu'à ce qu'il y ait fait une vingtaine de pas, et en entende d'autres. Il se figea, écouta. Le bruit grandissait. Il poussa la première porte sur sa gauche. Les toilettes. Carrelage blanc et noir d'autrefois, deux cabines et un grand urinoir en porcelaine. Il resta juste derrière l'entrée, aux aguets. Les bruits de pas grandissaient encore – chaussures d'hommes qui claquent sur le sol en mosaïque. Et s'arrêtent devant les toilettes.

Merde !

La porte s'ouvrit de quelques centimètres. Eddie se déplaça aussi silencieusement qu'il le pouvait de façon à être couvert par le battant jusqu'à ce que celui qui voulait entrer le fasse. Son corps se prépara, il le sentit, l'adrénaline montait en lui. La bouche comme du coton, son cœur qui bat fort dans sa poitrine. La porte s'ouvrant entièrement, Eddie se tint prêt à démolir le bonhomme.

— Hé, mec, y a Quintero au téléphone ! lança une voix plus loin dans le couloir. Il veut te causer. Tout de suite.

Le Blanc de la salle de contrôle.

— Faut que je pisse.

— C'est ça que tu veux lui dire ?

— Putain, non !

La porte des toilettes se referma.

Eddie écouta le type emprunter le couloir pour rejoindre la salle de contrôle. Et attendit un peu avant de passer une tête et de voir si la voie était libre. Elle l'était, il gagna l'avant du bâtiment et en sortit sans rencontrer personne d'autre.

Il sauta dans sa Jeep et dégagea. Dès qu'il fut certain qu'on ne le suivait pas, il se rangea sur le bas-côté et appela Mason sur son portable.

***

Quinze cents kilomètres plus au sud, alors qu'il regardait dans les yeux le type qui avait jadis été le second d'une des plus grandes entreprises criminelles du pays, Harper vit une chose et une seule :

La peur animale à l'état brut.

Il avait pris place à la table de la minuscule salle à manger du studio que le type occupait dans une petite ville appelée Liberty, juste à la sortie d'Houston, État du Texas. Rachel Greenwood était assise à côté de lui. En face se tenait un Isaiah Wallace qui avait vieilli à la manière d'un attaquant de la National Football League : jadis grand et costaud, il en était maintenant réduit à marcher avec une canne après une vie difficile passée d'abord à protéger son pré carré, puis à surveiller les arrières d'un Darius Cole en pleine ascension pour enfin ne plus être qu'un homme qui se cache, qui toujours se demande si le coup frappé à sa porte ou le bruit de sa clé mettant le contact sera le dernier qu'il entendra jamais. Pour l'heure, il avait pour nom Harold Douglas. La plupart des clients du WITSEC gardaient ou bien leur prénom ou leurs initiales, mais Isaiah Wallace n'était pas un client comme les autres.

— J'ai toujours su que ce jour viendrait, dit-il en attrapant le bord de la table et s'y accrochant comme un homme qui bascule déjà dans l'abîme alors même que sa résidence était surveillée par six marshals lourdement armés – sans parler d'un directeur adjoint de l'USMS et d'un Attorney des États-Unis. Je sais que je devrais essayer de ne pas le montrer, ajouta-t-il d'un ton aussi las que l'air qu'il avait, de faire comme si ça me laissait de marbre, mais je suis trop vieux pour me mentir sur ces trucs-là. J'ai passé bien trop de nuits à l'attendre.

— Monsieur Wallace, lui renvoya Greenwood. Il se pourrait bien que vous soyez l'homme le plus à l'abri de toute l'Amérique. Juste après le président.

En venant, Harper et Greenwood avaient discuté des avantages et des inconvénients qu'il y aurait à lui révéler que Ken McLaren avait été abattu à Chicago – pesé le risque qu'il y avait à ainsi le terroriser contre celui de ce qui pouvait se passer s'il découvrait qu'on essayait de lui cacher la vérité.

— Vous ne croyez pas qu'il va le lire dans le journal ? lui avait-elle demandé.

— La dernière fois que je l'ai vu, il ne m'a pas fait l'effet d'un type qui lit le journal.

— Peu importe qu'il le lise ou pas. S'il a accès à Internet, il le sait déjà.

Harper savait qu'elle avait raison. Internet était une de ses plus grandes inquiétudes permanentes, un danger que son vieil ami le directeur Shur n'aurait jamais pu imaginer lorsqu'il avait fondé le WITSEC. Cela rendait toute isolation de témoins cent fois plus difficile.

— Et en plus, enchaîna-t-elle, il se doutera forcément de quelque chose lorsqu'il verra six marshals garés devant chez lui.

Ce qui était très exactement arrivé. Harper l'avait vu sur le visage de Wallace dès qu'il avait poussé sa porte. Le premier effondrement qu'il avait remarqué en lui après douze ans de sa nouvelle vie.

Harper n'avait pas pris part au premier procès – à l'époque, Wallace n'était qu'un client de plus parmi les centaines qui bénéficiaient du programme chaque année –, mais l'histoire de Greenwood lui faisait regretter de ne pas s'être trouvé à l'antenne de Chicago le jour où Wallace avait changé de camp. Ils tenaient déjà McLaren et s'en servaient pour le faire craquer.

« Cole et vous pouvez tomber tous les deux, monsieur Wallace. Ou alors seulement Cole. À vous de voir et, pour être honnêtes, nous, ça nous est égal. »

Tactique d'attaque classique de la part d'un Attorney des États-Unis, et ça marchait neuf fois sur dix. Mais pas avec Isaiah Wallace. Pas avec l'homme qui avait été le confident le plus sûr de Cole depuis l'époque où, âgés de quinze ans, ils tenaient tout un coin d'Englewood. C'était Cole qui avait la vision de quelque chose de grand, et la tête pour y arriver. Wallace, lui, avait la force – en tout cas quand il était plus jeune –, et la volonté de faire tout ce qu'il faut pour garder son domaine. Et encore la foi en un Darius Cole qui, son ami, resterait à ses côtés où qu'il aille.

Et cette foi avait été récompensée au-delà de tout ce qu'il aurait pu jamais imaginer. Il avait maintenant autant de pouvoir et d'argent que n'importe quel *capo bastone* de la mafia n'en avait jamais eu dans les Cinq familles réunies.

Après l'avoir arrêté et lui avoir déroulé une liste de charges assez longue pour l'expédier en prison à vie – une prison qui, petit « va chier » supplémentaire, se trouverait à l'autre bout du pays, le plus loin possible de Cole –, ils lui avaient fait écouter une compilation des Meilleures Écoutes qu'ils avaient réalisées. Il s'agissait de toutes les conversations où, les croyant cryptées, Cole et lui donnaient des détails précis sur des livraisons de drogue, des transferts d'argent et des contrats sur les personnages clés d'organisations rivales.

Wallace n'avait pas bronché jusqu'à ce que quelqu'un lui passe accidentellement dix secondes d'une conversation même pas considérée comme élément de preuve. On y entendait seulement un Darius Cole en train de proposer à une femme, qu'il appelait « Shortcake[1] », de passer la soirée du vendredi suivant

1. « Mon petit sablé. »

avec elle – et d'y aller de petits sous-entendus pas très subtils sur ce qu'il avait prévu de faire avec elle.

C'étaient ces dix secondes qui l'avaient retourné. Parce que « Shortcake » n'était autre que Cheryl Wallace. Son épouse.

Wallace avait alors témoigné au procès, sans cesser de toiser Cole du haut du box des témoins. Cole avait récolté deux perpètes à Terre Haute, Wallace acceptant, après quelques hésitations, d'intégrer le programme de protection des témoins. C'était à ce moment-là que Bruce Harper avait rencontré ce client de haute priorité, la première chose qu'il avait alors faite étant de lui demander les cinq endroits où il préférerait être transféré. Il avait écouté ses cinq réponses, Las Vegas, la péninsule de Monterey, etc., et les avait aussitôt rayées de la liste. *Si tu veux tellement vivre dans l'un de ces endroits, c'est très probablement qu'à un moment ou à un autre tu en as parlé à quelqu'un*, s'était-il dit. Et il voulait être sûr que Wallace se retrouve dans un endroit où personne n'aurait même l'idée d'aller le chercher.

Ainsi Wallace avait-il fini par passer ces douze dernières années dans un trou à rats d'appartement quelque part dans l'espèce de nappe de pétrole étouffante qu'est le sud du Texas. Depuis longtemps divorcé de sa Shortcake et sans enfants, il menait une existence solitaire et travaillait comme manutentionnaire de nuit au Walmart[1] du coin. Ce n'était pas une vie géniale, mais cela valait nettement mieux que la prison fédérale, et relativement mieux qu'être mort. Il venait même d'être promu superviseur, avec cinquante cents en plus de l'heure.

— Vous pouvez mettre autant de bonshommes que vous voudrez devant chez moi, leur dit-il. Dehors, dedans… Vous pouvez même me coller deux marshals dans mon lit toutes les nuits ! S'il veut que j'y passe…

1. Grande chaîne de magasins d'alimentation.

— Sauf que s'il l'avait voulu, ne croyez-vous pas que ce serait déjà arrivé ? lui renvoya Harper.

— Oui, mais avant, il n'avait pas besoin que je meure. Alors que maintenant...

— On va vous mettre dans notre endroit le plus sûr. Vous y serez intouchable.

— Où ça ?

— On ne va pas vous le dire. Et on ne vous dira pas non plus quand nous le ferons. Nous ne voulons aucune fuite.

— Il va quand même falloir que je me montre au procès.

— Je vais déposer une requête pour vous faire télé-témoigner, dit Greenwood. Vous le ferez en direct, mais par flux vidéo. À des kilomètres de Chicago.

— Vous comprenez bien que vous ne reviendrez jamais ici, ajouta Harper. Pour votre sécurité, nous vous transférerons ailleurs après le procès.

— Bon et maintenant si ça ne vous gêne pas, lança Greenwood en sortant un bloc-notes grand format de sa mallette, j'aimerais parler avec vous de certains points qui pourraient être abordés pendant le procès...

Wallace y alla d'un sourire ironique et las et hocha la tête.

— Écoutez, reprit Harper, je sais que vous vous êtes organisé une petite vie ici et que...

— J'entasse des cartons à Walmart à 2 heures du matin, bordel ! Et après, je rentre me coucher dans un lit où il n'y a personne. Vous parlez d'une vie !

— C'est peut-être de ça que vous avez besoin, dit Greenwood. Là où on va vous cacher, vous pourrez...

— Mais vous ne comprenez donc pas ? s'écria Wallace en l'interrompant. Il n'y aura pas d'après le procès. Et rien ne sera abordé au tribunal parce que je n'y serai pas. Pas plus qu'on ne me verra sur un écran vidéo.

— Monsieur Wallace, je vous assure que...

— Je connais Darius Cole depuis quarante ans !

Puis il s'arrêta et ferma les yeux comme pour tout revoir de son passé. Une année après l'autre. Greenwood reposa son bloc-notes, et Harper et elle attendirent qu'il reprenne la parole.

— Vous savez ce qu'il m'a dit un jour ? demanda-t-il. Il venait de terminer sa conversation téléphonique avec l'espèce de petit cinglé d'Irlandais qui travaillait pour lui à l'époque et il m'a lancé : « J'ai pas besoin d'être l'Ange de la Mort, Isaiah. J'ai juste à l'avoir à mon service. »

Il rouvrit les yeux et ajouta :

— Ce qui veut dire que Dieu lui-même ne sera pas capable de me sauver.

***

Les ombres du soir s'allongeant à La Villita, Marcos Quintero s'était assis dans sa véranda, sa fille Gabriela sur ses genoux. Elle portait une robe à fleurs aux couleurs vives, rouge, jaune et orange. Elle venait juste d'avoir dix-huit mois.

Quintero regardait sa fille s'endormir et savait que sa femme ne serait pas contente. « Si elle dort maintenant, elle ne dormira pas quand on la mettra au lit. » Ce n'en était pas moins pour ces instants qu'il vivait un jour après l'autre, ceux où il tenait sa fille et sentait combien elle était légère dans ses bras. Tous ses *hermanos* de La Raza, combien en avait-il déjà perdu ? Comment avait-il, lui, réussi à en réchapper, à trouver une issue à cette existence, à pouvoir enfin être assis là, dans sa véranda, et à avoir eu la chance ultime d'avoir une famille et d'être père à quarante-trois ans ?

El milagro. Le miracle.

Il ne regarda pas la voiture qui descendait la rue, mais elle ne s'en inscrivit pas moins sur son radar. C'était là une des multiples raisons de sa survie : ses instincts d'animal, le fait d'être toujours conscient de ce qui se passait autour de lui. Il leva les yeux et découvrit un gros camion de livraison qui roulait à grand bruit. Il attendit qu'il disparaisse et, quand ce fut fait, une forme se tenait debout de l'autre côté de la rue.

Nick Mason.

Quintero se leva d'un coup, réintégra sa maison et tendit Gabriela à son épouse, Rosa. Puis il s'empara de son Nighthawk Custom 1911 posé juste à l'entrée, un semi-automatique « pas-question-de-rigoler » qu'il avait piqué à un membre des Latin Kings, Dieu sait combien d'années auparavant, mais qui n'en restait pas moins la seule arme qui lui inspirait confiance, et la glissa au creux de ses reins.

— *Lo que esta mal*?[1] lui demanda Rosa, mais il ne répondit pas.

Au lieu de ça, il ouvrit la porte d'une poussée, descendit les marches de la véranda et s'arrêta dans l'allée cochère. Mason se tenait toujours de l'autre côté de la rue.

Les deux hommes se firent face une minute entière sans que personne ne bouge. Un autre camion passa entre eux. Puis Mason finit par traverser.

Quintero l'attendit au bout de son allée.

— Mais tu crois faire quoi, bordel ? lui lança-t-il.

— Je te fais voir le miroir de ma vie pour que tu le regardes.

— Et ça veut dire quoi ?

— Que je veux que tu saches ce que j'éprouve chaque fois que tu t'approches de ma famille.

— Dégage. Tout de suite. Et si jamais tu t'approches encore de cette maison…

— Je reviendrai demain. Et encore après-demain.

— Je te tuerai, je le jure devant Dieu…

1. « Qu'est-ce qu'il y a ? »

— C'est pas la première fois que tu le dis et j'attends toujours.

Quintero s'avança, leurs deux visages n'étant bientôt plus qu'à quelques centimètres l'un de l'autre.

— Tu fais demi-tour et tu t'en vas. Maintenant.

Mason ne flancha pas et continua de le regarder droit dans les yeux.

— Je fais tout ce qu'on me demande, dit-il. Mais maintenant je veux quelque chose en retour. La même chose que toi. Pouvoir passer du temps avec ma famille. Seul. Sans toi ou quelqu'un d'autre pour me surveiller.

— C'est pas toi qui changes les règles, lui renvoya Quintero en sortant son Nighthawk du creux de ses reins. Ni toi ni personne.

— Ta femme et ta fille nous regardent, dit Mason en les lui montrant d'un geste du menton. Mais si tu veux vraiment me tuer maintenant, vas-y.

— *Yo mierda en la leche de tu puta madre*[1], marmonna Quintero.

— C'est pas une insulte si je sais pas ce que ça veut dire.

Quintero remit son pistolet dans sa ceinture.

— On a un nouvel arrangement, reprit Mason. Tu l'as compris, non ?

Quintero hocha la tête et sourit presque.

— Comme si je ne savais pas à quoi ça ressemble ! Tu crois que Cole ne sait pas où nous trouver ? Qu'est-ce que tu penses qu'il arrivera à ma famille si je ne fais pas ce qu'on me demande ?

— Ce qui fait qu'on a peut-être besoin de sortir de ça, tous les deux.

Sacrée mauvaise idée même seulement à l'évoquer, mais bon : ça valait peut-être le coup.

1. « Je chie dans le lait de ta pute de mère ! »

— Parce que tu t'imagines que c'est si facile ?

— On fait que causer.

— C'est une mauvaise habitude.

— T'as bien quitté La Raza, non ?

Quintero se mit à rire. D'un rire sans joie.

— Personne ne quitte La Raza, dit-il. Cole m'a acheté. Il me possède comme il te possède, toi.

— Il ne me possédera pas demain après-midi. Demain après-midi, je vais voir ma fille. Et tu ne seras pas là. Marché conclu ?

Quintero se tourna vers sa maison, fit un geste à sa femme comme pour lui dire de s'éloigner de la fenêtre et de cesser de s'inquiéter de la présence de cet inconnu dans leur allée.

— Je t'accorde une journée avec ta fille, dit Quintero en se retournant vers Mason. Une seule et c'est tout.

Mason le regarda à nouveau dans les yeux et vit qu'il lui donnait effectivement sa parole. Il acquiesça, fit demi-tour et regagna sa Jag.

Dès que Mason fut parti, Rosa descendit l'allée, Gabriela toujours endormie dans ses bras, la tête contre l'épaule de sa mère.

— *Quién era ese ?* demanda-t-elle. C'était qui ?

— *Nadie*, répondit-il. Personne.

Mais il pensait tout autre chose dans sa tête. *El Ángel de la Muerte.*

L'Ange de la Mort.

CHAPITRE 11

Lorsqu'il se réveilla ce samedi matin-là, Mason sut qu'il allait vivre un jour à nul autre pareil depuis sa sortie de prison. C'était le genre de journée auquel il avait constamment songé en regardant fixement les murs gris de sa cellule cinq ans et demi durant. Le genre de journée qu'il ne pensait jamais connaître une autre fois.

Il ne repéra personne en train de le suivre alors qu'il se garait devant la maison d'Elmhurst. Non seulement Gina avait tenu sa promesse, mais Quintero également. Il s'interdit de se dire que ce pourquoi il avait vendu son âme au diable allait bel et bien se produire : passer une journée seul avec sa fille.

Il avait quelques minutes d'avance, mais il passa de l'allée cochère à la véranda, sonna et attendit. Gina lui ouvrit et se tint là, et le regarda longuement avec l'air d'une femme qui cherche déjà un moyen de changer d'avis.

Mason, lui, tenta d'ignorer son ambivalence et de remonter dans le temps pour y revoir la fille grande et élancée dont il était tombé profondément, bêtement amoureux. La femme avec laquelle il avait prévu de vivre jusqu'à la fin de ses jours.

« Sa » Gina était-elle toujours vivante dans cette jolie femme au foyer de banlieue ? Avait-elle survécu à tout ce qu'il lui avait infligé ? Ou bien vivre au pays des minivans et des grandes maisons l'avait-elle fait disparaître à jamais ?

— Adriana sera en sécurité avec moi, dit-il. Je te la ramènerai à 3 heures.

— Non, à 1 heure.

Cette voix, il la connaissait. Et savait qu'il serait inutile de discuter. Qu'il essaie même seulement et ce serait à midi qu'il devrait lui ramener sa fille.

— Où est Brad ? demanda-t-il.

— Il est retourné à Denver. On le rejoindra en avion dans quelques jours.

— Vous allez vraiment y emménager ?

— Oui.

— C'est toujours ma fille, lui fit-il remarquer, conscient que ce n'était pas une bonne idée mais en le disant tout de même. Légalement, je ne suis même pas un ex-criminel.

Ce fut à ce moment-là que la fille de Canaryville qu'il cherchait reparut.

— Tu ne t'y opposeras pas, dit-elle d'une voix transformée.

— Comment le sais-tu ?

— Parce que c'est ce qu'il y a de mieux pour ta fille, lui répondit-elle en tendant le bras et lui passant la main dans les cheveux. Et parce que je sais aussi que tu es toujours un homme bon.

Le geste était intime et lui fit tout oublier un instant. C'était au-delà du sexuel, brèves retrouvailles entre deux personnes qui se connaissaient mieux que quiconque.

Une autre voix se fit entendre :

— C'est lui ?

Adriana fit son apparition habillée d'un blue-jean et d'un T-shirt orange. Elle avait laissé tomber la queue-de-cheval que Mason lui voyait toujours au terrain de foot, ses cheveux lui descendant maintenant jusqu'aux épaules. Elle avait l'air incroyablement adulte pour une fillette de neuf ans. Pour son Adriana à lui.

— Bonjour, lui lança la petite futée qui avait démasqué le flic, mais était maintenant toute gauche et timide.

Gina se pencha vers elle, la serra fort dans ses bras, lui dit de bien se tenir et qu'elles se retrouveraient à 1 heure.

— Je pourrais rester plus longtemps… s'il te plaît ?

— La prochaine fois. D'accord ?

— S'il y en a une !

— Vas-y, c'est tout, lui renvoya Gina.

Qui à nouveau fit face à Mason avec un air de regret et de doute douloureux.

— On revient vite, lui dit-il. Merci.

Elle acquiesça d'un signe de tête et les regarda descendre jusqu'à la Jaguar. Il avait déjà déboîté lorsqu'il jeta un coup d'œil dans le rétro et la vit debout dans l'encadrement de la porte en train de les surveiller jusqu'à ce qu'ils disparaissent.

***

Même en plein milieu de ce rêve qu'il réalisait – passer du temps seul avec sa fille qu'il croyait avoir perdue à jamais –, le doute s'insinua en lui.

Sera-t-elle vraiment en sécurité avec moi ?

Qui est-ce que j'essaye de tromper ?

Rien de ce qui me concerne n'est sûr.

Ça ne durera pas. Ce n'est pas possible.

— T'as une chouette voiture ! s'écria Adriana en le ramenant soudain à la réalité. Quand tu l'as achetée ?

— Je l'ai conduite la première fois le jour où je t'ai vue à l'école.

— Vraiment ? Qu'est-ce qui est arrivé à l'autre que t'avais ? La vieille ?

Il n'était même pas sûr de savoir de laquelle elle parlait. Mais cela n'avait aucune importance car la réponse était la même : Quintero avait ordonné à ses hommes de l'oblitérer – comme si elle n'avait jamais existé.

— Je préférais celle-là, répondit-il en faisant ronfler le moteur et s'éloignant du stop.

Elle rit.

Voilà, c'est tout ce que je veux de la vie, se dit-il. *Ce rire.*

— Où veux-tu aller ? lui demanda-t-il. T'as envie d'une glace ?

— J'ai pas le droit d'en manger avant le déjeuner.

— Bon alors, on déjeune et après, tu prends une glace ?

— Je veux voir où tu habites, dit-elle. Et déjeuner chez toi.

Il se la représenta dans sa maison. Elle adorerait, bien sûr, surtout la piscine. Mais il pensa aux caméras de surveillance, imagina quelqu'un assis devant un écran à l'autre bout de la ville, exactement comme Eddie le lui avait décrit, sauf que maintenant ce serait Adriana que ce quelqu'un observerait.

Insupportable.

— C'est une si belle voiture, commença-t-il, que… Et si on roulait un peu ? Je peux t'emmener à la plage.

— M'man dit que t'habites près du zoo.

Ça y est, je suis coincé, pensa-t-il. Mais la réponse lui vint aussitôt :

— J'ai une idée, dit-il. Mais faut que tu me promettes quelque chose…

— Quoi ?

— Là où je vais t'emmener… Tu pourras dire à personne où c'est.

Elle réfléchit un moment.

— Même pas à m'man ?

— Non, même pas à elle. Y aura que toi et moi qui le saurons.

— Ah oui ! Allons-y ! s'écria-t-elle, et elle rit à nouveau alors qu'il écrasait le champignon.

***

L'immeuble d'appartements se trouvait au sud du Loop, à une rue de Michigan Avenue. Mason fit trois fois le tour du bloc en surveillant la circulation pour être certain que personne ne les suivait. Il se gara et ils prirent l'ascenseur jusqu'au douzième.

C'était la première fois qu'il voyait sa « maison sûre ». Il n'en avait même pas encore parlé à Eddie. Alexa, l'agent immobilier, lui avait envoyé une enveloppe avec l'adresse et les clés au restaurant.

— Y a pas de meubles ! s'écria Adriana lorsqu'il ouvrit la porte.

Elle entra dans la pièce en courant, et descendit le couloir jusqu'aux deux chambres à coucher, toutes deux également vides.

Mason gagna la fenêtre et regarda au loin vers le lac. Dans une mince ouverture entre deux immeubles il aperçut un coin du Soldier Field[1].

— C'est là que jouent les Bears[2], dit Adriana en venant coller son nez sur la vitre juste sous le visage de son père.

— C'est exact.

— Papa dit qu'ils sont nuls, cette année.

Mason cessa de respirer.

— Je m'excuse, dit-elle. C'est juste que j'ai l'habitude de l'appeler comme ça.

— Pas de problème. Je suis content que tu l'aies pour prendre soin de toi.

1. Grand terrain de football américain rouvert en 2003.
2. Équipe de football de Chicago.

Ils regardaient toujours fixement dehors par la fenêtre lorsqu'il baissa la main et caressa les cheveux de sa fille. Elle lui fit un câlin. Et soudain tous les doutes qu'il avait sur cette journée disparurent.

Elle leva les yeux vers lui.

— Si t'habites vraiment près du zoo, t'entends les animaux, non ?

— Des fois. La plupart du temps, la nuit.

— Qu'est-ce que ça me plairait ! Mais pourquoi t'as aussi besoin de cet appart ?

— C'est juste pour avoir un autre endroit où aller. T'as jamais eu envie de ça ? Disons, une pièce secrète dans ta propre maison ?

Elle le lâcha, s'éloigna de la fenêtre et fit vite la roue sur l'énorme étendue de tapis.

— Depuis combien de temps tu l'as ?

— C'est la première fois que j'y viens.

— Vraiment ? demanda-t-elle, les yeux brillants.

— Oui. Tu te rappelles ce que je t'ai dit ? Ce sera notre secret, d'accord ?

— Marché conclu.

Il s'assit par terre et la regarda faire deux autres roues. Puis elle s'assit par terre à son tour, juste en face de lui, et eut à nouveau l'air timide.

— Qu'est-ce que ça te fait de déménager ? lui demanda-t-il.

— J'ai pas envie de quitter mes copines, mais m'man dit qu'il le faut.

C'est moi qui en suis la raison, pensa-t-il. *J'ai accepté ce marché pour pouvoir la revoir. Et maintenant, je la chasse. Mais elle est là, ma fille, assise juste là, et elle me parle.*

— Denver est dans les Rocheuses et m'man dit qu'il y neige, juste comme ici. Mais que la neige est pas pareille.

— C'est ce que j'ai entendu dire.

— Je viens d'avoir une idée, dit-elle.

— Oui, quoi ?

— Au lieu d'avoir une pièce secrète ici, tu pourrais l'avoir à Denver.

Un appartement à Denver – cela semblait impossible. Mais c'était le jour où, de fait, il pouvait imaginer que ça arrive.

Pile à cet instant, son portable sonna.

Tu te fous de moi ou quoi ? se dit-il en regardant l'écran. Cette intrusion violente soudaine qui lui bousillait toute sa journée et le ramenait à son existence était pire qu'un coup de poing dans le ventre, pire que n'importe quel coup de feu.

APPEL MASQUÉ

Quintero.

Il balaya l'écran et mit l'appareil à son oreille.

— Qu'est-ce qu'il y a ?

— Je suis chez toi, répondit Quintero. Où es-tu ?

Mason hésita.

— Je suis sorti.

— Ben, tu reviens.

— On avait conclu un marché, Quintero. Tu m'avais donné ta parole.

— Ma parole n'est pas le dernier mot, Mason, et tu le sais. Je t'emmène à l'aéroport, alors t'es là dans une demi-heure.

Mason fit le calcul dans sa tête et se rendit compte de deux choses :

Il lui faudrait une heure pour retourner à Elmhurst et revenir chez lui.

Et quoi qu'il arrive, il était hors de question qu'il laisse Adriana et Quintero se rencontrer.

Cela lui laissait une possibilité : le restaurant de Diana qui se trouvait dans Rush Street, à quelques rues à peine de l'immeuble en allant vers chez lui.

— J'y serai, dit-il, et il raccrocha.

— Qui c'était ? lui demanda Adriana.

— Quelqu'un avec qui je travaille. Je suis désolé, ma chérie, mais va falloir que je m'en aille.

— Mais on vient juste d'arriver !

— Je sais. Je suis vraiment navré.

— Et d'abord, où tu travailles ?

Il se leva.

— Je te dis ça dans la voiture.

Ils reprirent l'ascenseur et rejoignirent la Jaguar.

— Je travaille dans un restaurant, dit-il en entrant dans Michigan Avenue. Je me disais qu'on pourrait y passer.

— T'es chef cuisinier ?

— Non, je donne juste un coup de main.

— Tu fais quoi ?

Rien. Je ne m'y pointe même pas. Je touche un chèque pour que les impôts ne se demandent pas comment je peux habiter une villa à Lincoln Park et me balader dans des voitures de collection restaurées.

— Je fais tout ce qu'on me demande, répondit-il. C'est assez rasoir. Mais vois-tu, là, faut que j'aille faire quelque chose tout de suite. Y a une urgence au restaurant. Je vais donc devoir t'y laisser un petit moment. Ta mère viendra t'y reprendre.

— Mais j'ai pas à rentrer avant 1 heure ! C'est elle qui l'a dit.

— Je sais… Mais on refera ça dès que je pourrai…

— On pourra pas le refaire une autre fois, dit-elle en croisant les bras et regardant par la fenêtre. Je déménage à Denver.

Un silence pesant s'installa dans la voiture tandis que Mason continuait de rouler. Adriana s'était retranchée dans une timidité accrue par une nouvelle déception. Mason souffrit de la voir ainsi. Il savait que ce qui se passait avait toutes les chances de défaire les quelques légers progrès qu'ils avaient faits depuis sa libération. Il prit son portable et composa le numéro de Gina en essayant de trouver les mots justes pour lui expliquer ce qu'il était sur le point de faire.

Des mots pour l'expliquer à Adriana, il n'y en avait pas.

***

C'était le coup de feu lorsqu'il entra Chez Antonia. Une centaine de clients, la plupart en costume trois-pièces et tailleur classe, s'étaient installés à toutes les tables disponibles, une dizaine de serveurs se pressant autour d'eux. Mason appela le maître d'hôtel, demanda après Diana et s'entendit répondre qu'elle était dix fois trop occupée pour lui accorder même seulement une minute.

— Dites-lui que c'est Nick et que c'est une urgence.

Debout à côté de lui, Adriana observait tout ce tumulte.

— C'est vraiment ici que tu travailles ? reprit-elle.

— Je n'y viens pas tous les jours, mais c'est un bel endroit, non ? Je t'y amènerai un jour.

Encore une promesse qu'il ne pourrait peut-être jamais honorer.

Il attendit qu'elle lui renvoie qu'elle déménageait à Denver. Mais rien ne vint.

— Qu'est-ce qu'il y a, Nick ?

Tout droit sortie de la cuisine, Diana venait d'apparaître et s'essuyait les mains avec un torchon. Elle avait revêtu sa tenue de travail habituelle, un tailleur sombre par-dessus un chemisier aux couleurs vives, aujourd'hui rose corail.

— J'aimerais te présenter Adriana, lui dit Mason. C'est ma fille.

Diana lui montra un visage indéchiffrable. Il y vit des tas de choses – de la confusion, de l'envie, de la peine, de la colère –, puis tout s'effaça lorsqu'elle baissa les yeux sur Adriana.

— Je suis très heureuse de faire ta connaissance, dit-elle en se penchant juste assez vers elle pour lui serrer la main. J'ai beaucoup entendu parler de toi.

— Vous êtes la patronne de mon père ?

— Pas vraiment, lui répondit Diana en riant. Nous travaillons ensemble. Et nous habitons dans la même maison.

Cette fois ce fut l'expression d'Adriana qui fut difficile à déchiffrer.

— Vous vivez avec mon père ?

— Pas vraiment, non, lui répondit Diana en rougissant. Ce que je veux dire, c'est que nous ne sommes pas ensemble.

— C'est dommage, lui renvoya Adriana. Vous êtes très jolie.

— Eh bien mais… merci ! s'écria Diana en rougissant de plus belle.

Soudain elle paraissait ne plus trouver ses mots, être réduite à la timidité par une gamine de neuf ans, elle, la femme qui dirigeait toute cette affaire où maintenant tout bourdonnait autour d'elle.

— Bon alors, finit-elle par dire en regardant Mason, qu'est-ce qui se passe ?

— J'ai besoin de te demander un service, dit-il. Sa maman va venir la chercher, mais moi, faut que j'y aille tout de suite.

— Tu plaisantes ? On en est en plein repas de midi !

— Je n'ai pas le choix.

— Qu'est-ce qu'il y a de si important que tu doives…

Elle s'arrêta net en voyant son regard.

— D'accord, dit-elle. Je prendrai soin d'elle.

— Merci. Je te le revaudrai.

— Tu m'en dois déjà une, tu te rappelles ?

Mason posa un genou à terre et serra fort Adriana sur son cœur, encore et encore. Il aurait voulu tout arrêter et rester ainsi agenouillé sur le sol du restaurant, mais il se força à la laisser.

— Allez, lança Diana à Adriana. Je vais te montrer la cuisine et demander au chef qu'il te prépare ton plat préféré. Qu'est-ce que t'aimes le plus au monde ?

— Les chicken nuggets.

— Bon, eh bien, nous verrons ce qu'il peut faire, répondit-elle en la prenant par la main et l'éloignant.

Mason resta immobile, à la regarder. Elle ne lui dit pas au revoir. Elle ne lui fit qu'un geste de la main et se détourna.

***

Quelques minutes plus tard, il rentra la voiture au garage et repassa dans la rue, où Quintero l'attendait.

— T'es en retard, Mason, lui dit celui-ci en montant dans l'Escalade. L'horloge a commencé à tourner pour la cible suivante. Tu pourrais avoir déjà...

— Rien à foutre, lui renvoya Mason. Tu savais que j'étais avec...

Il s'arrêta net. Il ne voulait même pas parler d'elle. Ne voulait pas dire son prénom tout haut en présence de ce type.

— Billets d'avion, enchaîna Quintero en lui tendant une enveloppe alors qu'il déboîtait du trottoir. Un permis de conduire et une carte de crédit sous un faux nom. Tu atterris à Atlanta, tu descends à cet hôtel et tu t'y enregistres sous ce même nom.

— Qu'est-ce qu'il y a, à Atlanta ?

— Tout ce dont tu auras besoin sera au coffre. La combinaison est là-dedans.

Mason resta silencieux tandis que Quintero se faufilait dans la circulation, rejoignait le Kennedy Expressway et fonçait jusqu'à O'Hare.

Mason parla enfin lorsqu'ils s'arrêtèrent devant le terminal Delta :

— Cole se croit-il vraiment capable d'éliminer tous les gens qui pourraient témoigner contre lui ?

— C'est pas à toi de t'inquiéter de ça, Mason.

— Tu comprends que je n'arriverai jamais à vingt mètres de ce type, n'est-ce pas ? Il aura une dizaine de marshals tout le temps autour de lui.

— Si c'est le cas, tu fais ce qu'il faut, lui renvoya Quintero. Et maintenant, tu descends de ma voiture. Ton avion va décoller.

Il ouvrait déjà la portière lorsque, sentant la main de Quintero sur son avant-bras, il s'arrêta net.

— Va pas te faire tuer, dit Quintero en le regardant dans les yeux. Ça ne serait pas bon ni pour toi ni pour moi.

— Je pensais pas que ça t'inquiétait, lui renvoya Mason.

— *Vete a la mierda*[1], lui lâcha Quintero, et il dégagea au plus vite dès que Mason eut fermé la portière derrière lui.

Alors il vint à l'esprit de ce dernier que quelque chose avait changé, que les relations n'étaient plus les mêmes entre lui et l'homme qui lui donnait ses missions. Celui-là même qui devait exécuter son ex et sa fille si jamais il échouait.

Mais il n'avait pas le temps de penser à ça maintenant. Il avait un avion à prendre.

Et une autre cible à liquider.

1. « Va te faire foutre », en espagnol.

CHAPITRE 12

Nick Mason descendit de l'avion à Atlanta sous le nom de James L. Wilson, loua un SUV Ford Expedition et rejoignit un hôtel situé à cinq kilomètres de l'énorme complexe de l'aéroport afin d'y récupérer le matériel dont il allait avoir besoin pour sa mission.

Une fois dans sa chambre, il ouvrit la penderie, puis le coffre encastré dans le mur du fond. Le premier objet qu'il en sortit ressemblait à un mince sac à dos noir. Il le posa sur le lit, le déroula et découvrit les pièces détachées d'un fusil de tireur d'élite Remington à verrou, avec canon fibre de carbone muni d'un silencieux. Il le monta, dégagea la lunette et regarda au travers. L'arme lui paraissait incroyablement légère, mais il savait qu'avec des munitions OTAN de 7,62 mm, Eddie pouvait mettre une balle en plein milieu d'une pièce de vingt-cinq cents à plus de trois cents mètres. Mason, lui, disons deux cents.

Le deuxième article rangé dans le coffre était un étui plus petit contenant un semi-automatique H&K USP Tactical avec des projectiles de 9 mm. Soit du même modèle que l'arme dont il s'était servi lors de sa dernière mission à l'Aqua. Celle-là même avec laquelle il avait tué McLaren.

Puis il sortit les deux derniers objets du coffre : des jumelles Leica permettant de voir à deux mille mètres et une grande enveloppe renfermant plusieurs documents. Il étala ces derniers sur le lit, à côté du fusil de tireur d'élite.

Le premier était une photo d'identité judiciaire d'un grand Noir au visage empreint d'un mélange de dégoût et de lassitude. Il tenait droit devant lui la pancarte avec son nom écrit en lettres blanches sur fond noir :

ISAIAH JEREMIAH WALLACE

Suivait une série de tirages papier d'une qualité médiocre, les clichés ayant été pris selon des angles bizarres, probablement avec un portable. Il regardait ces images les unes après les autres lorsqu'il s'aperçut qu'il s'agissait d'un itinéraire détaillé, avec une liste de destinations et de repères de balisage, chacun d'eux devant être atteint à la minute près.

Après quoi, il tomba sur une carte ne montrant pratiquement que des routes secondaires, avec comme point de départ une petite ville à la sortie de Houston, Texas, l'arrivée se trouvant quelque part dans les Appalaches, à environ quatre-vingt-dix kilomètres d'Atlanta. Il revérifia l'itinéraire et scruta de près la carte et la destination finale.

Puis il la rejeta sur le lit et regarda par la fenêtre.

— Saloperie, dit-il.

***

Il roulait encore vers le nord lorsqu'il attrapa son portable et y entra un numéro.

— Qu'est-ce qu'il y a ? lui demanda Quintero en décrochant à la première sonnerie.

— Dis-moi que c'est une blague, lui lança Mason. Un camp de rangers ?

— Par téléphone ? Ça va pas, la tête ?

— Ce qui ne va pas avec ma tête, c'est que je ne vois absolument pas comment entrer dans un camp de rangers de l'armée.

— Tu n'as pas à le faire, lui répondit Quintero. Tu as leur itinéraire, tu t'occupes du mec avant qu'ils arrivent.

— Comment as-tu eu leur itinéraire? lui demanda Mason en l'étudiant page après page d'une main et en gardant son portable à l'oreille de l'autre.

— Ça, c'est du « j'ai-besoin-de-savoir » et toi, t'as pas besoin de le savoir, lui renvoya Quintero. Fais ton boulot et c'est tout.

— S'ils arrivent à ce camp, je suis baisé, tu le sais.

— Je le sais, oui, lui renvoya Quintero. Et toi, tu sais que si tu ne veux pas te faire baiser, faut pas laisser tomber ton savon.

Et l'appel prit fin avant que Mason ait pu ajouter quoi que ce soit. Il jeta l'appareil sur le siège à côté de lui et continua de rouler. Puis il regarda sa montre et y ajouta une heure pour le décalage horaire. Il lui restait cinq heures et les secondes s'écoulaient bruyamment dans sa tête.

***

Quatre cent cinquante kilomètres au sud-ouest, un petit convoi traversait l'Alabama. Bruce Harper avait pris place sur le siège passager d'un van de tourisme Chevy Express banalisé tout spécialement modifié pour l'U.S. Marshals Service, avec moteur turbo-diesel V8 et des vitres blindées fortement teintées.

Quatre autres marshals étaient montés à bord avec lui. Isaiah Wallace s'était assis dans la rangée du milieu, un adjoint à sa droite et un autre à sa gauche. Ils avaient changé de chauffeur toutes les quatre heures afin que celui-ci soit en forme. Ils allaient devoir faire quinze heures de route avec un véhicule pour ouvrir la route – un SUV avec deux marshals à l'intérieur –, et un autre derrière avec deux adjoints de plus pour la fermer.

Au cas où les gens de Darius Cole les auraient surveillés, Harper avait pris la précaution sans précédent de faire transporter un faux prisonnier par avion jusqu'à la côte ouest – en fait, un marshal en retraite qui ressemblait à Isaiah Wallace. Pour ce qu'en savaient les marshals, l'homme qu'ils gardaient en ce moment même était bien Isaiah Wallace. *Cela marcherait-il?* Harper n'en était pas certain, mais il ferait tout ce qui était en son pouvoir afin de réduire le risque de voir le vrai Wallace devenir la deuxième victime du WITSEC Program en moins d'une semaine.

Ce n'était pas la première fois de sa carrière qu'il se montrait créatif. Il ne comptait même plus le nombre de missions où, pour les amener au tribunal ou les en ramener, il avait fait voyager des témoins clé dans des fourgonnettes de livraison de journaux et autres camions de restauration mobile, tout plutôt que dans des véhicules ayant l'air d'appartenir aux autorités fédérales.

Mais là, les enjeux étant plus considérables que jamais. Lorsqu'il l'avait contacté à Arlington, il avait demandé à son état-major de lui trouver le meilleur lieu possible où garder Wallace jusqu'à la fin du procès. Un de ses administratifs l'avait alors rappelé une heure plus tard avec une idée.

L'homme, qui avait jadis été ranger dans l'armée avant de rejoindre l'U.S. Marshals Service, lui avait dit avoir subi un stage d'entraînement de soixante et un jours incluant des parcours du combattant et des patrouilles de nuit à Fort Benning, du rappel dans les Appalaches à Camp Merrill et du parachute à Camp Rudder, Floride, avec séances de crapahutage dans les marécages à serpents et alligators.

— La partie montagne à Camp Merrill…, lui avait dit l'administratif. Je me rappelle m'être dit que c'était un des endroits les plus isolés que j'aie jamais vus et il ne s'y trouve que des rangers à l'entraînement. Et deux petites maisons pour les hôtes civils.

Harper avait déjà placé des clients à hauts risques dans des bases militaires, mais jamais dans un endroit pareil. Dès qu'il avait entendu cette idée, il avait su où emmener Isaiah Wallace.

Il regarda sa montre.

Encore cinq heures et il pourrait se détendre.

***

À la sortie d'une petite ville du nom de Dahlonega, Mason s'engagea dans une route sinueuse conduisant aux montagnes. Il dépassa un stand où des fermiers vendaient des cacahuètes bouillies, puis les arbres se resserrèrent pour former un tunnel naturel au-dessus de sa tête. Il alluma ses phares et continua de rouler cependant que le temps fuyait lentement. Il n'avait toujours aucune idée de l'endroit où il allait tomber sur un convoi de trois véhicules à bord desquels se trouvaient, d'après ses documents, huit marshals pour protéger Wallace, en plus du directeur adjoint du WITSEC en personne, un certain Bruce Harper.

Il continua de s'élever dans la montagne jusqu'au moment où il vit un panneau indiquant que Camp Merrill n'était plus qu'à quinze cents mètres. Il s'approcha et découvrit un croisement avec l'entrée du camp droit devant. La grille était gardée par un homme de part et d'autre d'un transport de troupe de couleur verte, l'arrière du véhicule étant plein de rangers dont certains se tournèrent pour le regarder virer à droite et s'enfoncer encore plus dans la montagne. La route faisant un brusque crochet cinq cents mètres plus loin, Mason se gara sur le bas-côté.

Il sortit ses jumelles et se faufila entre les arbres pour rejoindre un endroit surélevé dominant le camp en partie caché sur un replat juste au-dessous de lui, la montagne s'élevant brutalement de l'autre côté. Le camion de transport de troupes se trouvait maintenant à l'intérieur du camp et les deux sentinelles dans leurs guérites. Il suivit des yeux le grillage autour du périmètre, aperçut quatre longues casernes disposées en parallèle, une dizaine d'autres bâtiments, une petite clairière avec un hélicoptère prêt à décoller et un château d'eau très haut au-dessus du camp. Une longue file de rangers en tenue de camouflage vert forêt attendait à la porte de ce qui devait être le mess.

Tout cela confirmait exactement ce qu'il savait déjà : *Si jamais Wallace arrive à ce camp, je n'ai aucune chance de réussir.*

Il regagna son SUV et y prit la carte et l'itinéraire. Il n'avait pas beaucoup de temps devant lui pour repérer un endroit où prendre le convoi en embuscade. Il essaya de se mettre dans la tête des marshals. Puis l'idée lui vint :

Il ne peut y avoir d'embuscade qu'entre eux et le camp.

Ils s'attendent à un assaut frontal.

Jamais ils ne penseront à une attaque par l'arrière.

Il regarda la carte et y découvrit un bout de route en S qui pouvait convenir. Il consulta sa montre et gagna l'endroit qu'il avait choisi sur la carte. Ce n'était pas parfait – la route était un peu trop large, les virages pas assez serrés et les ravins pas assez raides – mais ça pouvait marcher. Point positif : la route montait vers le camp et était bordée d'arbres. Ils seraient donc obligés de ralentir et porteraient leur attention sur la route devant eux et la base juste après – et pas sur ce qu'il leur arriverait par-derrière. En tout cas, c'était ce qu'il espérait.

L'heure était venue d'aller s'occuper de ce convoi.

***

Le soleil s'était couché depuis longtemps lorsque celui-ci atteignit Dahlonega, soit le dernier poste avant la longue et sinueuse montée pour rallier Camp Merrill. Après douze cents kilomètres de route, ils n'en étaient plus qu'à une trentaine à peine et Harper aurait dû se sentir soulagé d'être si près du but.

Mais il était tout sauf soulagé.

Dès qu'ils étaient partis ce matin-là, il n'avait cessé de tout se repasser dans sa tête : *Cet inspecteur était sacrément sûr que c'était Nick Mason qui avait tué McLaren à Chicago… Mais comment donc Mason a-t-il su où le trouver?*

Harper supposait toujours qu'il s'agissait d'une fuite locale. Un marshal de Chicago qui aurait dit ce qu'il ne fallait pas à la mauvaise personne. Ou alors c'était un pur et simple coup du hasard. Quelqu'un de son ancienne vie, dans sa ville d'enfance, qui, tiens donc, le voit entrer dans le bâtiment. Telles étaient les explications que Harper se donnait à lui-même pour le premier, et seul, désastre de cette amplitude dans l'histoire du Service.

Mais… et s'il se trompait ? Et si la fuite était survenue en interne, et pourquoi pas de son propre bureau ? L'idée lui aurait paru extravagante à peine quelques jours plus tôt. C'était pour cela qu'il s'était donné la peine de monter tout ce cirque avec la fausse cible. Mais maintenant…

Il pourrait très bien être ici, en Géorgie, à nous attendre, songea-t-il. Et si c'est le cas…

Il regarda de nouveau la carte.

C'est ici qu'il nous attaquerait. Ici même, sur la route de montagne.

— Vous allez voir une ferme sur votre gauche, lança-t-il soudain au chauffeur sans cesser de regarder sa carte. Je veux que vous tourniez à cet endroit.

— Vous plaisantez ? On est presque au camp.

Il est ici, se dit Harper. *Ici même.*

Je le sens.

— C'est un ordre, reprit-il d'un ton tout ce qu'il y avait d'officiel, et il décrocha sa radio pour alerter le véhicule de tête. J'appelle le commandant et je vais lui demander un service.

***

Mason avait pris la 400 vers le sud lorsqu'il croisa le convoi, les trois véhicules étant un bref instant éclairés par ses phares : deux SUV avec un gros van de tourisme au milieu. Exactement comme le spécifiaient ses documents. Il avait parcouru encore quinze cents mètres jusqu'à ce qu'ils disparaissent à sa vue. Alors il avait ralenti et fait demi-tour.

Il accéléra pour combler son retard en prenant soin de rester quatre cents mètres en arrière et se repassa son plan dans sa tête : *Virer le véhicule de queue de la route avant que le chauffeur du van ait le temps de comprendre.* Même s'il écrasait le champignon, jamais le conducteur du SUV de tête ne pourrait réagir aussi vite. Sur cette route étroite, le van n'aurait alors aucun endroit où aller et Mason pourrait l'éliminer. Le véhicule de tête s'arrêterait sans doute, mais à ce moment-là, Mason serait déjà descendu du sien et n'aurait plus besoin que de beaucoup de panique de leur côté et d'un peu de chance du sien.

Parce qu'une chance, il n'en aurait pas une deuxième.

Maintenant sur la dernière portion de route conduisant au camp, le convoi se déplaçait vite, mais sans imprudence. Mason se rapprocha et attendit qu'il dépasse la ferme et replonge dans les profondeurs de la forêt juste avant de ralentir pour prendre le virage. Il arrivait au moment idéal pour y aller.

Il appuya sur la pédale de l'accélérateur et raccourcit la distance qui le séparait des trois voitures.

Quatre cents mètres jusqu'à la zone d'attaque.

Puis cent.

C'est alors qu'il vit s'allumer les stops.

Mais qu'est-ce qu'ils fabriquent ?

Il vit les trois véhicules quitter la route et s'engager dans la longue allée cochère de la ferme. Avec au bout plusieurs bâtiments : une grande grange, deux hangars en métal et une maison doucement éclairée quelque part à l'intérieur. Il n'eut d'autre choix que de continuer à rouler. Il dépassa la ferme et suivit la route qui s'enfonçait entre les arbres.

Ce n'était pas par là qu'ils étaient censés passer, se dit-il. *Ils m'auraient repéré ?*

Il fonça sur huit cents mètres de plus, pila net et réussit un demi-tour serré dans l'étroite ouverture entre les arbres. Puis il fit un brusque crochet tous phares éteints et roula aussi silencieusement qu'il pouvait. Il était presque arrivé à la ferme lorsqu'il se rangea, deux roues sur le bas-côté instable. Il attrapa son fusil de sniper, descendit de voiture, referma sans bruit sa portière derrière lui, se faufila dans le sous-bois maintenant complètement dans le noir, les branches et les ronces lui égratignant le visage jusqu'à ce qu'il arrive à la lisière du bois et découvre la ferme.

Les trois véhicules s'étaient totalement immobilisés, tous feux éteints et portières closes.

Trois cents mètres, songea-t-il. *Peut-être plus : difficile d'évaluer les distances dans l'obscurité.*

Il resta agenouillé à l'orée du bois et là, tandis que l'air fraîchissait dans les ténèbres, que des insectes lui bourdonnaient autour des oreilles et que l'humidité de la terre lui remontait le long des jambes, il attendit.

Puis il entendit le bruit.

Faible au début, comme un grondement lointain, puis plus fort. Comme un battement sourd qui se mua en un vrombissement violent et assourdissant de rotors qui battaient l'air et firent tourbillonner la poussière, les cailloux et les branches mortes.

Un hélicoptère.

Saloperie.

Deux minutes plus tard l'appareil atterrissait. Et ce n'était pas n'importe quel hélico, mais un gros Black Hawk qui avait illuminé le ciel et braqué un projecteur de poursuite sur le sol en descendant. Mason appuya son arme sur une branche proche, la maintint parfaitement immobile et à niveau, et regarda par la lunette. Dans sa mire, il découvrit la longue carcasse de l'hélico, ses quatre fenêtres avec Dieu sait combien de sièges à l'intérieur, en tout cas plus qu'assez pour tous les passagers des trois véhicules.

Puis il vit s'ouvrir les portières de l'un d'entre eux et deux hommes en coupe-vent courir vers le Black Hawk, tête baissée contre les tourbillons de poussière soulevés par les rotors. Encore un long moment à attendre et à observer jusqu'à ce qu'enfin les portières du van s'ouvrant, cinq hommes sortent du véhicule. Il les vit se diriger vers l'appareil et, éclairés par le projecteur, il les prit l'un après l'autre dans sa ligne de mire. Un coupe-vent, puis un autre, encore, et encore.

Puis ce fut lui. Wallace. Le plus grand de tous, et il ne se déplaçait pas avec l'assurance exercée d'un U.S. marshal, mais tel l'animal traqué qui détale pour rejoindre un lieu sûr.

Il prit la cible dans sa ligne de mire, la balaya de gauche à droite, puis se mit en devoir de presser la détente.

Et la cible disparut. *Mais bordel de...* Il leva les yeux de son arme et s'aperçut que Wallace passait derrière l'hélico. Il allait y monter par la portière ouverte du côté opposé.

Deux marshals de plus sortirent en courant du SUV de queue. Et dès qu'ils seraient à bord, l'appareil décollerait, Wallace retrouvant la terre ferme à l'intérieur du camp quelques instants plus tard. Ce que Mason ne pourrait même pas voir parce qu'au moment où il reprendrait son véhicule pour reprendre la route, les marshals auraient déjà installé Wallace dans un des bâtiments du camp.

Sans pouvoir rien faire, Mason regarda l'appareil se mettre à trembler d'avant en arrière sur le sol, puis s'élever dans les airs.

Et tandis qu'il visait l'arrière du Black Hawk – pas moyen de voir le rotor de queue, il ne pouvait que deviner au mieux où il se trouvait –, les paroles d'Eddie lui revinrent en mémoire :

Masse centrale, Nick, masse centrale ! Dès qu'on essaie de tirer comme à Hollywood, on met sa vie en danger.

Et on était loin d'un tir « à la Hollywood ». C'était plutôt du « Marie-priez-pour-nous » ! Il se sentait certes à l'aise sur deux cents mètres, mais seulement en plein jour et en faisant un carton avec l'arme d'Eddie… et le rotor de queue oscillait à plus de trois cents mètres dans le noir.

En suivant la ligne du fuselage et en visant un peu plus haut pour tenir compte de la trajectoire de la balle, il tira une fois, la détonation n'étant qu'en partie assourdie par le canon de son arme. Le rugissement des rotors suffirait-il à l'étouffer complètement ?

Il avait rechargé son fusil par la culasse et tirait une deuxième fois lorsqu'il crut voir une brève étincelle. Il aurait touché le rotor ? Il réarma à nouveau et fit feu. Encore, et encore, les projectiles s'éjectant de son arme pour retomber ici et là dans le sous-bois. Inutile de les ramasser – ils seraient introuvables. L'hélico, avec ses patins à seulement quelques mètres du sol, cessa de monter dans les airs. Soudain il avait l'air instable, sa queue dérivant violemment vers la gauche, puis la droite. Mason retint son souffle et regarda jusqu'à ce qu'enfin l'appareil retombe sourdement sur le sol. Ses deux moteurs arrêtés, ses rotors tournant encore.

Mason continua d'attendre. Ne vit aucun mouvement. *Intelligent ça*, se dit-il. *On attend à bord, on appelle des renforts et tous les rangers du camp vont débarquer sur la route. Trouver ma voiture. Et moi.*

Il visa de nouveau l'hélico, la carlingue, juste au-dessus des hublots. Fit feu, un projectile après l'autre en rechargeant son arme aussi vite qu'il pouvait. Il voulait qu'un impact en précédant un autre, ce soit un déchaînement de bruit à l'intérieur de l'appareil. Qu'aucun de ses occupants n'ait le moindre doute : ils étaient attaqués, peut-être même par plusieurs tireurs.

Tout pour qu'ils se remettent à bouger.

Encore trois tirs et brusquement les feux de l'hélico s'éteignirent. Mason dut se battre pour voir dans le noir, seul un faible rayon de Lune traversant les nuages. Deux ombres quittèrent l'hélicoptère pour rejoindre un des SUV. Mason vit la lumière intérieure s'allumer un bref instant. Impossible d'identifier les individus, mais ça n'avait pas vraiment d'importance. Il ne voulait pas que le véhicule se remette à rouler, ou alors seulement très lentement, et visa le pneu avant droit. Un seul tir, et il vit l'air et le caoutchouc exploser.

Le SUV continua d'avancer, trois de ses roues toujours en prise sur l'herbe. Sa ligne de mire sur le pneu arrière droit du deuxième SUV. Viser, faire feu, et l'air et le caoutchouc explosèrent à nouveau. Restait le Chevy Express, mais il n'avait aucun angle de tir possible sur ses pneus. Il attendit de voir ce qu'ils allaient faire. Encore des ombres qui filent de l'hélico. Impossible de distinguer un marshal d'un ranger… d'Isaiah Wallace. Le van se remettant en mouvement, il visa le côté route du SUV en se disant que c'était par là qu'il irait. Mais au lieu de ça, il partit vers l'hélicoptère. Il fallut un moment à Mason pour comprendre qu'ils approchaient Wallace le plus près possible de l'appareil afin qu'il ne soit pas exposé, même seulement une seconde, à ses tirs. *L'erreur*, pensa-t-il, parce que maintenant il pouvait tirer sur les pneus. Il visa, pressa la détente, mais ne vit aucun impact. Il réarma encore, tira sur le pneu arrière juste au moment où le van allait disparaître derrière le Black Hawk.

Encore raté.

Il était fatigué, avait faim, et froid. Tout conspirait à lui faire rater sa cible en mouvement, surtout la mauvaise lumière. Il se secoua, ferma les yeux un bref instant. Puis il réarma à nouveau, et sentit la secousse et entendit le bruit creux d'une chambre vide.

Il n'eut pas le temps de s'insulter parce que le van s'était remis à rouler. Il en entendit les pneus patiner furieusement dans l'herbe et la poussière et le vit retrouver prise en arrivant sur la chaussée pavée. Mason était à nouveau debout lorsque le Chevy Express vira à droite. Le chauffeur repartait d'où il était venu.

Mason se fraya un chemin dans la forêt enténébrée, des branches lui fouettant le visage quoi qu'il fasse pour s'en protéger. Pas une seconde qui ne lui semble durer une éternité tandis qu'il trébuchait, se redressait et, bras en avant, regagnait son SUV garé sur le bas-côté. Il se représenta le van déjà à des kilomètres devant lui alors qu'il ouvrait sa portière et reprenait le volant.

Il remit la gomme – la poursuite avait commencé.

***

C'était Harper qui conduisait. Il ne se fiait à personne d'autre pour le faire. Ni maintenant ni lorsque la sécurité d'un énième témoin était en jeu.

Ç'avait été à lui de prendre la décision alors même que les balles frappaient la carlingue de l'hélicoptère sans qu'il ait aucune idée d'où elles venaient. Aussi fort que cela ressemble à une attaque à grande échelle, son instinct lui disait qu'une fois encore ce n'était qu'au seul et unique Nick Mason qu'on avait affaire. Ce coup-là cependant, il ne pouvait pas écarter l'hypothèse d'un complice, peut-être même de deux, voire de Dieu sait combien encore, et pour ce qu'il en savait, tous ces projectiles n'étaient peut-être qu'une couverture destinée à les clouer sur place tandis que les autres membres de son équipe se rapprochaient.

Il n'était pas prêt à attendre que d'autres rangers mettent un temps fou à descendre du camp. Il allait coller Wallace dans le van et dégager au plus vite.

Déjà, il fonçait sur la route longue et sinueuse et, en rebroussant chemin, il essaya de se rappeler combien de kilomètres il leur faudrait faire pour regagner la ville. Il accéléra un peu trop dans un virage serré, sentit le van se déporter et, mauvaise réaction, écrasa le frein – dans le rétroviseur, il vit aussitôt la peur animale ouvrir à nouveau grand les yeux d'Isaiah Wallace.

— Personne ne vous atteindra, lui lança-t-il sans tourner la tête.

Wallace garda le silence.

Arrivé à nouveau dans une ligne droite, il mit le pied au plancher. Le van avait un moteur puissant, mais il était lourdement chargé avec quatre marshals et un capitaine des rangers, si bien que Harper commença à regretter d'avoir pris autant d'hommes avec lui.

Il jeta un coup d'œil au rétro extérieur en prenant un autre virage. Personne derrière lui.

Encore une ligne droite.

C'est alors qu'il aperçut les phrases.

***

Mason y allait à fond, coupant tous les virages et frôlant les arbres. Il avait fui la police dans les rues de Chicago, en général au volant d'une voiture volée, mais cela remontait à l'époque où il était encore assez jeune et sot pour se croire capable de réchapper de tout. Maintenant, c'était fini. Un virage trop sec, ou une flaque d'huile sur la route, et il s'écraserait tête la première dans un arbre à cent ou cent vingt kilomètres-heure.

Mais il savait aussi que, dès qu'ils seraient à nouveau en ville, ses chances de réussite passeraient de un sur un million à zéro. C'était maintenant qu'il devait les rattraper.

Il accéléra encore et, bref instant de terreur, sentit la voiture partir de côté alors qu'il prenait un autre virage. Il retrouva sa prise, corrigea sa trajectoire et oscilla de droite à gauche avant d'enfin rouler droit.

Et d'enfiler un autre virage. Et croyant voir un bref éclair de rouge, il écrasa l'accélérateur dans une autre ligne droite, puis, les phalanges blanches à force de serrer le volant, il prit un énième virage serré.

Jusqu'à ce qu'enfin il voie les feux arrière du van quatre cents mètres devant lui.

Au diable la plus infime des précautions, il roula encore plus vite. Calcula qu'il devait être à trois kilomètres de la dernière ouverture entre les arbres, un peu avant que la route n'arrive à un croisement aux abords de la ville.

Les stops du Chevy Express s'allumèrent un bref instant lorsqu'il prit un autre virage. Mason tapota sa propre pédale de frein à peine un millième de seconde et sortit du tournant en ayant regagné beaucoup de terrain. Il n'était plus maintenant qu'à deux cents mètres du van et profita d'une ligne droite de plus pour prendre le semi-automatique sur le siège à côté de lui.

Encore une courbe, encore du terrain regagné. Encore un virage et il serait assez près. Il appuya sur les boutons d'ouverture des vitres de devant, elles descendirent, l'air de la nuit se ruant dans l'habitacle et lui tourbillonnant autour de la tête telle une tornade.

Ils arrivaient à un grand virage à droite, ce qui voulait dire que le van se déporterait sur la gauche, ce qui voulait dire qu'il pourrait, lui, prendre plus serré et amener l'avant de son SUV contre le flanc droit du Chevy Express. Il entra en force dans le virage, les branches frappant le cadre de sa fenêtre et l'inondant de feuilles et de brindilles. Puis, à la sortie de la courbe, il serra fort le volant pour rester à la corde et soudain le Chevy Express fut à côté de lui.

Le van revint au milieu de la route et frôla son aile avant gauche. Mason dut se battre pour garder le contrôle de sa direction et rouler droit pour pouvoir tenir son arme de la main gauche.

Saloperie de tir de la main gauche, se dit-il en visant le pneu arrière du van, et le ratant. Alors celui-ci revint sur la droite, le toucha de nouveau et il sentit tout partir. Vira sec et heurta violemment le Chevy Express dans un grand froissement de métal, l'impact le remettant bien en place et lui redonnant une chance de tirer. Le temps ralentit tandis que, la balle déchiquetant le pneu du van, son conducteur perdait aussitôt la moitié de sa vitesse et, son véhicule devenant fou, se retrouva en travers du SUV de Mason. Ce dernier sentit un autre impact, qui cette fois le força à lâcher le volant. Il vit le dessous du van droit devant lui, puis Dieu sait comment celui-ci se retourna, se remit droit, puis se retourna à nouveau, sens dessus dessous, encore et encore jusqu'à ce que Mason freine à mort et parte avec lui dans les arbres.

Ce fut le van qui tapa le premier, puis lui, son airbag lui explosant dans la figure et s'y écrasant comme un crochet du droit asséné par un poids lourd.

Alors tout s'arrêta.

***

L'espace d'un instant, tout ne fut que silence. Noir. Puis il y eut des bourdonnements et deux fins rayons de lumière s'allumèrent. Se fondirent en un. Mason se concentra sur la veilleuse à côté du pare-soleil. Il secoua la tête et attendit que la douleur arrive et l'engloutisse telle une vague répugnante. Mais en s'examinant, il constata que ses quatre membres étaient toujours attachés à son corps. Et que son cœur battait. Et qu'il respirait encore. Mais lorsqu'il essaya de sortir, sa portière refusa de bouger, l'obligeant à se tortiller à en avoir le vertige jusqu'à ce que, effet de levier aidant, il puisse l'ouvrir d'un grand coup de pied.

Il descendit de son SUV et contempla le van retourné devant lui, une de ses roues tournant encore. Il tendit la main à l'intérieur de son SUV et y reprit son semi-automatique. S'approcha du van, sortit sa cagoule et l'abaissa sur sa tête.

Il ne savait pas combien de temps il avait perdu connaissance ni non plus ce qu'il trouverait lorsqu'il s'agenouilla pour regarder à l'intérieur du van. Par la fenêtre entrouverte, il y découvrit les corps de plusieurs hommes complètement recroquevillés sur eux-mêmes. Et vit du sang, mais pas de blessures béantes. Pas moyen de savoir s'ils étaient morts ou vivants. Et pas le temps de vérifier.

Il en compta six. Cinq en coupe-vent de marshals. Et un en tenue de camouflage de l'armée.

Personne d'autre.

Mason se redressa et fit le tour du Chevy Express. De son côté, la fenêtre avait complètement disparu. Elle était assez large pour qu'on puisse passer à travers. Il se baissa encore et vit une tache de sang refléter le clair de Lune.

Wallace a quitté le van.

Il a filé.

***

Harper rouvrit les yeux, essaya de se dégager, mais découvrit qu'il ne pouvait plus bouger. Il était coincé tête en bas contre le volant. Le ranger était à côté de lui, les yeux clos.

— Capitaine ! lança-t-il, mais il n'y eut pas de réponse.

Il palpa son cou. Trouva un pouls. Le ranger était vivant.

— Comment ça va derrière ? demanda-t-il. Qui peut m'entendre ?

Rien. Il tourna la tête, et compta les corps. Il en manquait un.

Wallace. *Merde.*

Il appuya encore une fois fort sur le volant pour tenter de se libérer. Puis il entendit des bruits de pas. Se tut : quelqu'un faisait le tour du van. Quelques secondes plus tard, il vit les chaussures de l'inconnu, puis son pantalon. Puis le canon d'une arme lorsque le type se pencha pour regarder par la fenêtre. Harper se força à ne pas bouger, et aperçut son visage. Mais celui-ci était couvert par quelque chose de noir.

Mason, se dit-il. *J'en suis sûr.*

Harper attendit que l'inconnu s'éloigne. Tenta encore une fois de se dégager, sans grand succès. Le défi suivant serait d'attraper son portable. Au bout de ce qui lui parut une éternité, il réussit à le sortir de sa poche, mais l'appareil tomba bruyamment par terre. Autre impression d'éternité avant de l'atteindre à nouveau. Lorsqu'enfin il le tint dans sa main, il appela le service d'urgence des marshals. Cela valait mieux que le 911 parce qu'il savait que non seulement on lui enverrait des flics et une ambulance, mais que quelqu'un appellerait Camp Merrill. On lui avait déjà envoyé un camion plein de rangers pour sauver l'hélicoptère. Et là, tous les rangers du camp seraient réveillés pour retrouver Nick Mason.

Quelques centaines d'entre eux et tous surentraînés, et tous auraient été interrompus dans leur précieux sommeil de quelques heures pour écumer la forêt en étant d'une humeur massacrante ! Et pas pour un exercice cette fois, non, contre un ennemi réel !

Jamais Mason ne s'en sortira pas, se dit Harper. *Tout ce que j'espère, c'est qu'ils le débusquent avant qu'il ne trouve Wallace.*

Non, tout compte fait, la fuite ne peut pas être venue de Chicago. J'ai un traître parmi mes propres marshals.

***

Mason prit sa lampe de poche et suivit la trace de sang. Il ne savait absolument pas si Wallace était gravement blessé, ni non plus à quelle vitesse il pouvait se déplacer, mais il entendait déjà les sirènes des véhicules de secours dans le lointain. Il allait manquer de temps.

Il suivit la piste sur une centaine de mètres dans la forêt alors que tout s'assombrissait et devenait menaçant. Puis il s'arrêta un moment et écouta. Il avait entendu quelque chose devant lui. Il se remit à marcher, fit plusieurs mètres et s'aperçut que quelqu'un s'était battu avec le même sous-bois à peine quelques instants avant. Encore du sang par terre.

Il est tout près. Je dois être à…

Il sentit l'impact avant de pouvoir aller au bout de sa pensée. Quelque chose de lourd sur sa nuque, et il s'affaissa par terre. Son arme lui échappa des mains alors qu'il roulait sur le dos juste à temps pour voir quelque chose lui arriver sur la poitrine. Il sentit la chose lui effleurer les côtes et vit une énorme silhouette apparaître au-dessus de lui et lui bloquer la lumière du clair de Lune.

Il attrapa la jambe du type, sentit le tissu et les muscles du bonhomme. Et s'écarta juste au moment où celui-ci faisait tournoyer à nouveau sa branche, mais partait en arrière et poussait un cri de douleur en s'écrasant par terre. Mason se remit à genoux et le frappa au visage. Encore et encore – et encore une fois pour être sûr. Puis il retrouva sa lampe et s'en servit pour chercher son arme.

Lorsqu'enfin il mit la main dessus, il l'épousseta et la braqua sur l'homme qui commençait à se relever. Isaiah Wallace.

— Laisse-moi voir ta gueule, lui lança celui-ci.

Mason ôta son passe-montagne.

— Pourquoi faut-il que l'Ange de la Mort soit toujours un jeune Blanc ?

— Tu sais qui m'envoie, non ? lui demanda Mason.

Wallace acquiesça d'un hochement de tête.

— Oui, je le sais, dit-il avec quelque chose qui tenait presque du soulagement, puis il y alla d'un grand soupir. Si tu dois le faire, gamin, fais-le. Sinon, je peux trouver un autre endroit où…

Mason lui tira deux balles dans la poitrine et deux autres dans la tête. Puis il glissa son arme dans sa ceinture et se remit à marcher.

Cent mètres plus loin, il commença à entendre du mouvement dans la forêt. À gauche. À droite. Soudain ils étaient tous autour de lui.

Il accéléra l'allure en essayant de se rappeler comment rejoindre la route.

Perds-toi ici et tu tourneras en rond toute la nuit, se dit-il.

S'ils ne te repèrent pas avant.

Il tenta de retrouver les traces de sang, mais il ne voulait pas risquer de se trahir en allumant sa lampe de poche. La route, il s'en souvint, allait grosso modo du sud-ouest au nord-est, et dans une ouverture entre les nuages il réussit à voir l'étoile polaire et s'orienta. Continua d'avancer dans ce qu'il pensait être la bonne direction en s'efforçant de ne pas faire de bruit, puis il entendit des bruits de pas autour de lui.

Arrivé à un ravin, il perdit presque pied dans la terre meuble tout au bord. Quelqu'un était dangereusement proche. Il se laissa doucement glisser dans le ravin, s'immobilisa dans un creux sous les racines à découvert d'un arbre, écouta et reconnut le bruit caractéristique d'un type qui marchait juste au-dessus de lui.

Il attendit jusqu'à ce que tout soit redevenu silencieux. Et attendit encore une minute pour être sûr, puis il se laissa glisser à nouveau, jusqu'au fond du ravin. Il y avait un petit ruisseau, il le traversa lentement en veillant à ne pas faire d'éclaboussures. Passé sur l'autre bord du ravin, il continua d'avancer dans la direction de ce qu'il espérait être la route.

Et entendit encore d'autres pas autour de lui. On se déplaçait sans parler et sans se servir de lumières artificielles. Il eut l'impression d'être une proie que traquent des animaux silencieux.

C'est alors que la vérité lui vint, l'idée toute simple qu'il sentit le pénétrer jusqu'au fond des os :

Le premier ranger qui me verra me tuera.

Le policier est formé à désarmer les suspects, à les arrêter et à les ramener vivants au commissariat à moins que le recours à la force létale soit absolument nécessaire. Mais ce n'étaient pas des policiers qui l'entouraient de toutes parts dans la forêt. C'étaient des soldats à l'entraînement, des soldats furieux qu'on les ait sortis du lit pour traquer un ennemi inconnu. Que cela se passe en Géorgie et pas en Irak ou en Afghanistan n'avait aucune importance. Mason était habillé en noir, pas en vert. Il n'en faudrait pas plus.

Il continua de se faufiler vers la route. Tous les trois ou quatre pas, il s'arrêtait pour écouter. Il se hissait dans un arbre, ne faisait plus qu'un avec une branche épaisse et retenait son souffle pendant une longue minute pendant qu'un ranger passait sous lui, juste assez près pour tendre le bras dans le noir et le toucher.

Il redescendait par terre lorsqu'il dut se baisser dans le sous-bois pour laisser passer deux autres hommes.

Il pensa à Adriana, se rappela combien il avait été doux de l'enlacer avant de monter à bord de l'avion pour venir à cet endroit. D'après sa montre, cela s'était passé à peine quelques heures avant, mais donnait l'impression de s'être produit dans une autre vie.

Il faut que je sorte d'ici, se dit-il. *Je ne vais pas disparaître comme ça.*

Il continua d'avancer, de s'arrêter pour écouter, puis de repartir. Jusqu'à ce qu'enfin il arrive à la route. Il se baissa derrière un arbre tandis que des phares le balayaient. Puis, lorsque le transporteur de troupes se fut éloigné, il se mit à descendre la route en restant près du bord, alors même qu'il ne savait toujours pas s'il se trouvait au nord ou au sud et du van retourné et de son propre SUV. Cette question reçut une réponse quelques minutes plus tard, lorsqu'il aperçut deux véhicules devant lui. Deux ambulances, là, sur la scène de crime. L'une d'elles s'éloigna, l'autre la suivant de près. Puis ce fut le silence, une longue minute tandis qu'il attendait, pas très certain d'être vraiment seul. Il était à deux doigts de sortir de la forêt lorsqu'il entendit le grondement d'un autre véhicule. Une Jeep sortit du virage, ralentit, et s'immobilisa. Un seul et unique ranger en descendit et contempla le carnage.

Mason agit vite et aussi silencieusement qu'il le pouvait. Le ranger allait tourner la tête lorsqu'il lui appuya le canon de son arme sur la nuque.

— Ne bouge pas et je n'aurai pas à te tuer, lui dit-il.

— La clé est sur le contact, lui répondit le ranger. Mais tu n'iras pas loin.

Mason le frappa assez fort pour l'assommer une minute ou deux. Puis il monta dans la Jeep et la fit démarrer.

Il passa devant un groupe d'hommes en faisant rugir le moteur et les entendit hurler derrière lui. Il en doubla un autre, un des soldats manquant de peu de se faire écraser lorsqu'il mit trop de temps à s'écarter de la route. Sachant qu'il allait devoir se débarrasser de la Jeep dès qu'il pourrait, Mason approchait déjà de la ville lorsqu'il s'engagea dans la première allée cochère venue et la gara tout contre un garage.

La maison était plongée dans l'obscurité, seule y brillait une lumière laissée allumée dans la véranda. Mason essaya la porte. Fermée à clé. Un coup de pied et elle s'ouvrit, l'obstacle potentiel suivant étant le propriétaire qui allait descendre les marches avec un fusil chargé. Mais comme tout voleur de voiture expérimenté vous le dira, il y a souvent un jeu de clés près d'une porte. Mason traversait la maison silencieuse lorsqu'il les vit… suspendues à un crochet dans la cuisine. Il ressortit par la porte de derrière et trouva la voiture dans le garage. Une Toyota Camry argent, parfaitement quelconque et dont personne ne se souviendrait. Il ouvrit la portière et partit en laissant la Jeep derrière lui.

Il resta en alerte en roulant dans les rues sombres de Dahlonega, puis, arrivé à l'autoroute, il mit cap au nord. Mais pas vers l'aéroport d'Atlanta : il savait que sa voiture serait vite déclarée volée et que quelqu'un pourrait l'y chercher. Il y avait onze heures de route pour rallier Chicago, c'était bien le dernier périple qu'il avait envie de faire, mais le seul choix intelligent à sa disposition.

L'adrénaline retombait et les battements de son cœur retrouvaient un rythme normal, et il sentit les écorchures cuisantes et sanguinolentes qu'il avait sur le visage et aux bras, et la brûlure qui l'élançait au cou et aux épaules, à l'endroit où sa blessure par balle n'était toujours pas cicatrisée. Sans même parler du bourdonnement dans ses oreilles et du flou dans sa tête à la suite de la collision.

Ni de ce quelque chose d'autre qui allait lui arriver. L'espèce d'impression familière qu'il éprouvait une fois chaque boulot terminé, juste après l'instant où, une arme à la main, il se tenait devant un autre être humain et, émotions et fusibles de sa propre humanité, tout s'éteignait juste assez longtemps pour qu'il puisse presser la détente. Venait ensuite l'instant inévitable où, alors que tout se rallumait d'un coup, la prise de conscience de ce qu'il venait de faire le frappait soudainement.

Il roula toute la nuit. Conduisit et attendit.

Et cet instant ne vint jamais.

CHAPITRE 13

Pour la deuxième fois de sa carrière, Rachel Greenwood dut vraiment se retenir pour ne pas frapper un homme à la figure.

L'homme en question était un certain Jay Starr, un avocat de la défense des plus onéreux, basé à New York, qui avait fait du porte-parole de John Gotti, Bruce Cutler, une espèce de Clarence Darrow[1].

— Madame le Procureur, venait-il de lui lancer, on voudrait vous faire croire que Darius Cole est Dieu sait comment responsable du meurtre de ces deux témoins alors que ça fait douze ans qu'il est dans un pénitencier fédéral.

Ils s'entretenaient *in camera* dans le bureau du juge situé au vingt et unième étage du Federal Building, juste au bout du couloir conduisant au tribunal. Pour l'Attorney Greenwood, rejoindre le tribunal fédéral signifiait prendre l'ascenseur jusqu'au dix-septième. Sauf qu'aujourd'hui elle y était montée flanquée d'un U.S. marshal de chaque côté.

Ce n'était pas la première fois – protéger les officiers de la cour fédérale était une des tâches prioritaires du Service. Elle avait même déjà demandé une voiture avec deux marshals à

1. Célèbre avocat du socialiste Eugene V. Debs lors de la grève Pullman, il lutta contre la peine de mort.

l'intérieur pour garder sa maison la nuit. Mais cette fois, c'était différent. Son mari avait lui aussi un marshal en permanence devant son cabinet d'avocats. Et son beau-fils en avait un autre qui le suivait littéralement partout à l'intérieur de son hôpital. Et sa fille un troisième qui montait la garde devant chaque salle de cours de l'université DePaul où elle faisait ses études.

Et pour la première fois de sa carrière, il ne s'agissait pas de pure formalité. Ce n'était pas exagéré. C'était quelque chose dont, elle le sentait, elle et sa famille avaient besoin.

— McLaren et Wallace devaient témoigner tous les deux dans le nouveau procès Cole, dit le juge Oakley. Si vous avez une autre explication, je serais ravie de l'entendre.

Le juge Oakley était une Noire qui avait grandi à Chicago, une femme qui avait dû se blinder contre des rumeurs de favoritisme depuis qu'elle était sortie première de l'École de droit de Northwestern University. Greenwood, elle, avait été plus qu'heureuse d'apprendre que le sort l'avait désignée pour ce nouveau procès. Non pas qu'elle ait douté de l'issue de l'affaire – elle pensait toujours, même avec deux témoins morts, pouvoir l'emporter rien qu'avec les preuves collectées pour le premier procès –, mais parce qu'elle imaginait déjà le moment où Oakley pourrait s'adresser directement à Darius Cole. Née et élevée dans une Chicago où régnaient les gangs, la drogue et la violence de rue, elle s'était fait une habitude maintenant célèbre d'éviscérer tout dealer ou chef de gang passant dans sa salle d'audience. Après avoir proprement éreinté un Latin King de bas étage qu'elle avait condamné à vingt ans de prison, que n'allait-elle pas lancer à un type comme Darius Cole avant de le renvoyer en pénitencier fédéral pour le restant de ses jours !

— McLaren et Wallace sont deux criminels de carrière, dit Starr après avoir pris un petit moment pour formuler sa réponse. Leur passé a fini par les rattraper.

Starr était bien loin de son cabinet de Manhattan et ne s'était pas contenté de prendre l'ascenseur pour venir : une limousine l'avait conduit à l'aéroport où il avait pris un vol en première classe pour retrouver une autre limousine à son atterrissage.

Et il n'avait pas non plus besoin que des U.S. marshals couvrent ses arrières.

— Mais ils sont morts tous les deux, le reprit Greenwood, et la même semaine. Juste avant le nouveau procès…

— Ce qui est quand même une sacrée coïncidence, fit remarquer Oakley.

— Si Mme Greenwood avait des renseignements pouvant relier ces crimes à mon client, je suis sûr qu'elle les aurait déjà fournis. Et connaissant comme je les connais ses tendances un rien agressives, elle aurait déjà ajouté des charges à son encontre. Donc, vu qu'elle n'a rien fait de tel, je lui suggérerais de se taire, le seul bruit qu'on entendra alors sera celui, assourdissant, de son silence.

— Assez ! lui lança le juge. Vous êtes en mon cabinet, maître, pas au tribunal !

— J'ai un peu l'impression qu'on se ligue contre moi dans cette enceinte, lui renvoya Starr en ajustant sa cravate. Il faut m'excuser.

— Je suis certaine que ce n'est pas la première fois, dit Oakley. Mais permettez que je vous rappelle que vous êtes officier de cette cour, monsieur Starr. Si vous avez entendu parler d'une quelconque tentative de subornation, intimidation, voire d'assassinat de témoin…

— Je n'ai évidemment rien entendu de tel, lui lança Starr en l'interrompant. Et franchement, je trouve le sous-entendu préjudiciable.

— Vous voyez ces marshals devant mon bureau ? Ils sont ici pour protéger l'Attorney Greenwood. Le mien est au bout du couloir où il est allé me chercher du café. Le geste est sympa, mais je ne pense pas que cela compense le fait que j'ai soudain l'impression d'être au Mexique et de devoir présider au procès d'un patron de cartel.

— Je comprends votre souci, lui répondit Starr. Mais je vous assure que mon client n'a rien à voir avec ça.

— Tout comme Al Capone n'a jamais eu rien à voir avec le massacre de la Saint-Valentin, lui renvoya Greenwood.

— Madame le juge! s'écria Starr.

L'Attorney vit Oakley retenir un sourire. Elle ajouta:

— Je vais donc demander un délai. D'au moins quatre semaines.

Le demi-sourire du juge s'effaça, et Greenwood savait pourquoi. Pour Oakley, comme pour elle, quatre semaines de délai voulaient dire un mois de plus à vivre avec des U.S. marshals à surveiller chacun de ses mouvements, à l'accompagner jusqu'à sa voiture et à la lui démarrer.

Un mois de plus à vivre dans la peur.

— J'ai même une meilleure idée, reprit Starr. Je vais rédiger une requête en annulation de toutes les charges.

— Oh, mais allez-y donc! lui renvoya Oakley. Ce tribunal aurait bien besoin de rigoler un peu aujourd'hui.

— Écoutez, dit-il en prenant encore un instant pour ajuster sa cravate, je sais que des circonstances extraordinaires pèsent sur ce nouveau procès…

— Nous avons d'autres problèmes à régler? demanda Oakley en regardant par-dessus son épaule la porte par laquelle il allait bientôt partir.

Starr s'éclaircit la gorge et lui tendit une feuille de papier. Et une copie à Greenwood.

— Nous ajoutons un autre nom à la liste des témoins pour la défense, dit-il.

Greenwood le regarda et mit un certain temps à comprendre. Cela faisait treize ans qu'elle n'avait pas revu ce nom.

Et soudain, l'issue du nouveau procès lui parut un peu moins certaine.

***

En 2003, Rachel Greenwood venait d'entrer au bureau de l'Attorney des États-Unis du district nord de l'Illinois après avoir passé huit ans au comté de Cook. Se retrouver ainsi au niveau fédéral, c'était faire un pas de géant.

Elle avait alors trente-deux ans. Encore célibataire, elle était prête à travailler seize heures par jour si c'était le prix à payer pour devenir AUSA. Un samedi soir, tard, ç'avait été son tour de couvrir ce qu'on appelait le « jour du devoir » et pour n'importe quel AUSA, ce n'était pas la partie préférée du boulot, surtout quand tous les collègues étaient rentrés chez eux ou sortis profiter du week-end. Mais il était absolument nécessaire de le faire, les requêtes de charges fédérales pouvant être déposées vingt-quatre heures sur vingt-quatre, sept jours sur sept. Tout officier des forces de l'ordre est tenu, lors de la moindre arrestation pouvant donner lieu à des poursuites fédérales, d'appeler le bureau de l'Attorney des États-Unis pour que ces charges soient approuvées avant de pouvoir passer à l'étape suivante. Si cela se produit après la fermeture des bureaux, l'AUSA de service doit consulter les dernières directives en matière de refus pour approuver ou rejeter la requête qui lui est soumise. Et plus le bureau a d'affaires en cours, plus ces directives sont strictes – un suspect pouvant un mois être considéré comme un criminel pour possession de marijuana, et le mois suivant renvoyé à la rue avec une amende pour simple délit, tout cela dépendant du temps que l'AUSA surchargé de travail aura pu consacrer à son affaire.

Qu'ils soient du FBI, de l'ATF ou de la DEA, tous les agents fédéraux de la ville le savaient, ce qui n'empêchait pas les officiers de la police locale de Chicago de devoir appeler s'ils voulaient obtenir des charges fédérales contre quelqu'un. Ce qui expliquait que très peu d'entre eux s'en donnent jamais la peine. Mais ce samedi soir-là, c'était un flic du coin qui lui avait téléphoné, un inspecteur de ce qu'on appelait à l'époque l'« Area 5 », soit la zone 5, avant qu'on ne parle de « Nord », de « Sud » et de « Central ». Il avait arrêté un immigrant de fraîche date originaire d'Irlande du Nord, un certain Sean Burke, après que celui-ci avait censément agressé trois personnes dans un restaurant du South Side.

« Ça ne m'a pas l'air de relever du niveau fédéral, lui avait répondu Greenwood.

— Ce type a quelque chose de pas clair, lui avait renvoyé l'inspecteur. Et ça me semble grave, mais je n'arrive pas à convaincre ses victimes de coopérer. Toutes les trois ont été conduites à l'hôpital, mais aucune ne veut parler.

— Des témoins ?

— Tout le restaurant. Mais personne ne dit mot.

— Écoutez, inspecteur, je vous comprends, mais je ne vois toujours pas pourquoi vous…

— J'ai trouvé un fusil d'assaut dans son véhicule. Je ne veux lui coller cette charge que pour pouvoir le garder en taule jusqu'à demain.

— Vous n'avez pas besoin de moi pour ça.

— Bien sûr que si. Le connard de sergent sous les ordres duquel je bosse en ce moment veut que je le libère. Mais si je peux obtenir une charge fédérale contre lui… »

Cela se passait un an avant que le Congrès laisse tomber le Federal Assault Weapons Ban[1]. Posséder certains types de fusils d'assaut était alors toujours un crime fédéral. Mais ce soir-là Greenwood suivait des directives particulièrement strictes et

1. Interdiction fédérale des armes d'assaut.

savait ce qui lui arriverait si elle autorisait cet inspecteur à déposer une requête en qualification de crime fédéral pour la possession d'une seule arme en évidence sur le siège arrière d'une voiture.

« Le suspect s'est-il servi de ce fusil dans le cadre d'un crime ? lui avait-elle demandé.

— Pour ce que j'en sais, son arme n'a même pas encore été utilisée. Mais il y a longtemps que j'effectue ce travail, vous savez ? J'ai appris à faire confiance à mes instincts et mes instincts me hurlent que ce type…

— Je me suis laissé dire que pour les instincts qui hurlent, un peu de Tagamet fait beaucoup de bien. »

Greenwood avait entendu l'inspecteur rire à l'autre bout du fil. Et dans ce rire, quelque chose lui avait donné l'impression qu'il était plus réel. Qu'il avait l'air d'être vraiment ce qu'il était : un type qui essaie de faire son boulot.

« Vous savez le coup de pied aux fesses que vous allez recevoir si jamais votre sergent découvre ce que vous fabriquez dans son dos ? lui avait-elle demandé. J'espère qu'il aura encore assez de force pour botter les miennes aussi ! Allez-y, accusez-le, ce type ! »

Dès le lendemain Greenwood découvrait la punition à laquelle elle allait avoir droit pour avoir approuvé une telle requête le mois le plus chargé de l'année. On lui avait donné l'affaire, et en solo, en plus de toutes celles qu'elle avait déjà dans sa besace. Et pas le temps de s'en plaindre non plus parce qu'elle savait qu'il fallait faire vite. Elle avait donc appelé l'inspecteur à l'Area 5 pour les suites à donner à cette arrestation.

« Burke va être relâché, lui avait répondu l'inspecteur d'une voix qui n'avait plus rien de la conviction qu'elle y avait entendue la veille au soir. Je m'excuse du dérangement.

— Attendez une minute, lui avait-elle lancé. Vous ne m'aviez pas dit que…

— Oubliez tout ça. C'était une erreur. »

Et il avait raccroché. Elle était restée assise là, à son bureau, à se demander ce qui avait pu causer ce revirement aussi soudain jusqu'au moment où elle avait fini par se lever et quitter son bureau. Elle n'avait pas le temps de passer une demi-journée à se battre avec la circulation pour descendre au commissariat de l'Area 5, mais il fallait absolument qu'elle ait un face-à-face avec cet inspecteur. Et si c'était possible, elle voulait aussi voir ce Sean Burke avant qu'on le libère.

Elle donna le nom de l'inspecteur à la réception du commissariat, le sergent de service lui apprenant qu'il était parti et ne reviendrait pas de la journée.

« Motif personnel », avait-il encore précisé.

Et tout avait été dit.

Jusqu'au moment où, revenue sur le trottoir, elle y avait vu un type.

Maigre, visage grêlé et cheveux roux ébouriffés. Apparemment trop petit et trop frêle pour expédier trois bonshommes à l'hôpital. Il lui avait renvoyé son regard, l'avait observée l'observer, un léger sourire aux lèvres. Elle avait tout de suite su que c'était lui.

C'est alors qu'une Escalade noire s'était arrêtée, et Burke en avait ouvert la portière passager. Juste avant de monter, il s'était retourné vers Greenwood et lui avait adressé un petit signe de tête. Avant de disparaître.

Ce soir-là, elle avait pris un verre avec un agent du FBI, un certain Tim Flaherty. Elle le voyait de temps en temps, rien de sérieux, juste des pots après le boulot, jusqu'au soir où il était resté, et était parti le lendemain matin sans même lui laisser un mot. Officiellement donc, plus rien ne se passait entre eux, ce qui, de fait, ne lui déplaisait pas vraiment parce qu'elle n'avait pas le temps qu'il se passe quoi que ce soit. Mais elle voulait qu'il lui parle de Sean Burke.

Il lui avait promis de voir ce qu'il avait dans ses dossiers et de revenir vers elle.

Le lendemain, il l'avait appelée pour lui dire qu'il avait passé sa matinée entière à noter tout ce qu'il avait pu trouver sur Burke.

« Je suis déjà tombé à deux ou trois reprises sur un autre nom, lui avait-il dit. Chaque fois, c'est comme si je touchais un fil électrique.

— Et c'est quoi, ce nom ?

— Darius Cole. T'as déjà entendu parler de lui ?

— Je peux pas dire, non.

— Il a un casier judiciaire de délinquance juvénile qui remonte à loin, mais après il disparaît, tout simplement. Plus personne. Je vais continuer à chercher et je te dirai ce qu'il en est ce soir. Au dîner. Là où on va d'habitude ? »

Arrivée au restaurant, elle l'avait attendu une demi-heure au bar. Mais il ne s'était jamais montré. Pour finir, un autre type en costume était entré et l'avait trouvée. Grand, yeux noirs et moustache épaisse qui aurait dû disparaître avec Burt Reynolds.

« C'est vous, Greenwood ? lui avait-il lancé.

— Et vous êtes… ?

— L'agent Flaherty vous fait part de ses regrets, mais il ne pourra pas venir dîner avec vous ce soir.

— Qu'est-ce que vous dîtes ?! Qu'est-ce qui se passe ?

— Il a été appelé sur une autre affaire, importante. Et il est déjà parti.

— Où ?

— J'ai peur de ne pas pouvoir vous divulguer ce renseignement.

— Jamais il ne partirait comme ça sans me le dire », lui avait-elle renvoyé.

Ce type avait quelque chose qui l'avait frappée. De la même manière que Burke.

« Je vais vous donner ma carte, lui avait-il dit en glissant la main dans la poche de sa veste. Si vous avez d'autres questions sur Sean Burke ou Darius Cole, je vous serais reconnaissant de me les poser personnellement, d'accord ? »

Elle avait pris sa carte. *Stanley Horton, Federal Bureau of Investigation.* Avec au-dessous, l'adresse et le numéro de téléphone de l'antenne locale de Roosevelt Road.

« Bonsoir, madame », avait-il conclu avant de partir en tortillant sa moustache avec un semblant de sourire.

Assise au bar pour finir son verre, Greenwood n'avait cessé de regarder sa carte de visite. Et de s'interroger.

Elle n'avait jamais revu Tim Flaherty. Parce que jamais il n'était revenu à Chicago. Et lorsqu'une semaine plus tard, elle avait appelé l'antenne locale, on lui avait appris qu'il avait quitté le Bureau.

***

Ce même jour, elle avait pris la carte de visite de l'agent Horton toujours posée sur son bureau et l'avait collée sur son tableau blanc. Où elle avait aussi porté le nom de Sean Burke. Et juste au-dessus, celui de Darius Cole.

Les seize mois suivants l'avaient vue y ajouter d'autres noms. Burke avait fini par y être mis de côté, alors que celui de Cole restait bien au centre du tableau, seul et unique soleil autour duquel gravitait tout un système.

Depuis, elle passait toutes ses heures de veille à penser à Darius Cole et à s'ingérer dans les procédures lancées par la petite équipe d'agents de la DEA qui travaillait sur l'affaire. Écoutes, surveillances audio et vidéo, examens des poubelles… Très précautionneux, Darius Cole avait la troublante faculté de tenir son nom hors de tous les dossiers. Aussi prudente que lui, Greenwood, elle, gardait son enquête parfaitement secrète, avec ordre à tous les individus concernés de se montrer particulièrement méfiants envers toute interaction possible avec le FBI. Il n'empêche : les preuves s'accumulant petit à petit, il était vite devenu clair que l'affaire serait de type purement « coopératif », reposerait presque entièrement sur les dépositions directes d'au moins deux, et idéalement trois personnes qu'on aurait réussi à convaincre de témoigner contre lui.

La première avait été Ken McLaren, et la deuxième Isaiah Wallace. Le premier savait mieux que quiconque ce qu'il en était du fric de Cole, le deuxième le connaissait personnellement depuis son enfance. Sean Burke avait été un temps envisagé comme troisième témoin à charge possible, mais le patron de Greenwood à l'époque, l'Attorney des États-Unis qui avait poursuivi personnellement Darius Cole, était sûr que les témoignages de McLaren et de Wallace suffiraient amplement à le faire condamner. Et il avait raison.

À l'automne 2005, Darius Cole avait été reconnu coupable selon les termes du Continuing Criminal Enterprise Statute, aussi qualifié de Kingpin Statute[1], pour trafic de drogue international en plus de blanchiment d'argent, d'évasion fiscale et de meurtre. Le juge l'avait condamné à deux perpètes consécutives, le Bureau fédéral des prisons le plaçant au pénitencier de haute sécurité de Terre Haute, où il était toujours.

***

Et maintenant, douze ans plus tard, alors qu'elle se tenait dans le bureau du juge Oakley et regardait la liste des témoins de la défense qui allaient parler lors du deuxième procès de Darius Cole, Rachel Greenwood se concentrait toujours sur

1. Loi sur le statut d'entreprise criminelle spécifique au trafic de drogue (loi dite de la « cheville ouvrière »).

le nom qu'on venait d'y ajouter : Stan Horton, agent du FBI à la retraite.

Sa surprise n'avait duré que trois secondes, vite remplacée par la colère. *Tuer des témoins n'a rien de surprenant, mais qu'est-ce que c'est que ça ?*

Puis sa colère laissa place à une détermination sans faille (*Ah, ils ajoutent un témoin ? Eh bien, nous aussi !*). Elle retourna dans son bureau et décrocha son téléphone. En dix minutes, elle localisait Sean Burke à la prison de Rikers Island. Et moins de deux minutes plus tard, elle apprenait qu'il avait non seulement tué son compagnon de cellule à Dannemora, mais qu'il venait encore de tuer cinq autres détenus en attendant sa nouvelle condamnation à Rikers, avec transfert à Southport dans un avenir tout ce qu'il y avait de plus proche.

C'est de pire en pire, se dit-elle en cherchant le numéro de téléphone de l'Attorney des États-Unis pour le district sud de New York. *Mais au moins aurons-nous un peu prise sur lui. Il ne pourra certes pas sortir après six homicides, mais on devrait pouvoir lui offrir une prison nettement plus vivable que celle de Southport.*

Nous allons avoir besoin de le protéger. On le tient à l'écart de la population générale et on le place dans une unité de Haute Protection.

Déjà elle pensait au petit sourire hautain de Jay Starr et comment il allait changer d'air lorsqu'il verrait qui elle avait ajouté à la liste.

Oui, maître. Sean Burke.

Et oui, c'est un assassin. Ce qui nous donne un assassin qui témoignera contre un autre. Et m'aidera à être sûre que Darius Cole reste à jamais sous les verrous.

CHAPITRE 14

Après avoir fait onze heures de route d'affilée pour traverser, de nuit, les Appalaches, puis avoir filé dans les longues plaines de l'Indiana, Nick Mason prit le Skyway Bridge et retrouva sa ville natale dans les premières lueurs matinales de ce dimanche-là. Il ne put s'empêcher de se rappeler le moment où, après cinq ans et demi de taule, il avait emprunté ce même pont. Ce jour-là, il n'avait aucune idée de ce à quoi ressemblerait sa nouvelle vie. Mais maintenant, soit à peine quelques mois plus tard, il ne le savait que trop.

Est-ce que je recommencerais ? se demanda-t-il.

Il n'avait pas de réponse à cette question. Pas que ç'aurait eu la moindre importance de toute façon. Il ne pouvait pas revenir en arrière.

Près du campus de l'université d'État de Chicago, il trouva un parking très encombré et y abandonna la Camry couleur argent. Puis il prit la Red Line, arriva en ville, descendit à l'arrêt Clark Division, et fit le reste de la montée de Lincoln Park West à pied pour regagner sa villa. Il avait besoin d'une douche, d'un lit et d'une Goose Island bien fraîche, et peu importait dans quel ordre. Mais lorsqu'il franchit la porte d'entrée et monta les marches en bois poli de l'escalier, Diana l'attendait. Elle avait revêtu sa tenue de travail parce que Diana

Rivelli portait toujours sa tenue de travail. Mais cette fois, elle avait quelque chose de différent, quelque chose qu'il remarqua malgré son épuisement. Quelque chose dans ses yeux qui l'arrêta net.

— Il faut qu'on parle, lui lança-t-elle.

Durant les huit années de son mariage avec Gina Sullivan, ça n'avait jamais été sa phrase préférée.

— On dit plus tard ?

— On dit maintenant ? lui renvoya-t-elle.

— Écoute, dit-il. Je suis désolé d'avoir…

— Tu m'as laissé ta fille de neuf ans au restaurant, et en plein coup de feu de midi !

— Je n'avais pas le choix.

— La dernière fois que tu m'as fait ce coup-là, j'ai dû aller sauver Lauren et l'expédier Dieu sait où. As-tu la moindre idée de ce que tu as infligé à cette femme ? Elle ne pourra plus jamais revenir ici, Nick. Jamais.

— La fréquenter était une erreur. Je sais.

— Si tu l'avais su, tu ne l'aurais pas fait !

— Écoute, répéta-t-il en prenant le temps de se calmer, je viens de faire onze heures de route. Et si toi, tu avais la moindre idée de ce que j'ai dû endurer là-bas…

— Je ne veux pas savoir où tu étais, ni ce que tu y faisais.

— Tu le sais parfaitement.

— Tais-toi, c'est tout, lui renvoya-t-elle en se détournant. Je t'ai dit que je ne voulais pas le savoir.

— C'est mon boulot, Diana. Tu sais ce que je fais. Nous travaillons tous les deux pour le même homme.

— Nous ne travaillons pas pour lui, Nick.

Il attendit qu'elle développe, mais elle était soudain à court de mots, pour l'instant au moins.

Elle lui tournait le dos, mais il l'entendait respirer, à deux mètres de lui, il entendait presque battre son cœur.

Il s'approcha d'un pas et posa la main sur son épaule. Il la sentit tressaillir, mais elle ne se dégagea pas.

— Qu'est-ce qu'il y a ? lui demanda-t-il.

— Il est ici.

— Qu'est-ce que tu dis ?

— Darius… Il est ici. À Chicago. Ils l'ont transféré pour son procès.

— Comment le sais-tu ?

— J'ai reçu un appel du Bureau fédéral des prisons. Darius avait dû leur demander de m'avertir. Mais ça n'a pas d'importance. Je pense que je le savais déjà. Dès que je me suis réveillée ce matin…

— Diana…

Il posa l'autre main sur son autre épaule et essaya de la regarder dans les yeux, mais elle les garda baissés sur le sol.

— Je sens qu'il est ici, reprit-elle. Dans cette ville.

— Où est-il incarcéré ?

— En centre-ville.

Ce qui voulait dire au MCC, le Metropolitan Correctional Center de Van Buren Street. Du diable s'il n'était pas passé juste devant en métro. Monolithe triangulaire des plus étranges avec ses fentes étroites dans des murs gris que rien d'autre ne brisait, le bâtiment ne ressemblait à aucun autre de ceux qui l'entouraient. En 2012, deux braqueurs de banque avaient confectionné une corde avec des draps et, comme dans un vieux film, avaient descendu dix-sept étages en rappel pour retrouver la rue. Une caméra de surveillance les avait filmés en train de monter dans un taxi. L'un des deux hommes avait été repris une semaine plus tard, l'autre était resté dans la nature quinze jours de plus. Personne ne s'était évadé de cette prison avant eux, et plus personne ne l'avait jamais fait depuis.

Mais bien sûr, Darius Cole ne descendrait pas en rappel le long de ce mur. Ce n'était pas son style. Non, Darius Cole allait trouver un moyen de tourner cette révision de procès en sa faveur et de ressortir du tribunal en homme libre.

— C'est toi qui l'aides, reprit-elle comme si elle lisait dans son esprit. Je sais très bien que tes boulots n'ont pas d'autre but. Le type qui a été tué en centre-ville il y a quelques jours de ça… Il avait travaillé pour Darius.

— Je croyais que tu ne voulais pas entendre parler de tout ça.

— Combien de ces marshals as-tu tués, Nick ?

— Aucun. Tu n'as pas regardé les infos ?

Il sentit monter la colère. Il avait reçu une balle dans l'épaule qui avait bien failli le tuer pour ne pas prendre plus de vies que nécessaire.

— Darius va bientôt franchir cette porte, reprit-elle en baissant les yeux sur l'escalier. J'ai toujours su qu'il le ferait, quoiqu'on ait pu en dire. Et c'est toi qui vas faire en sorte que ça arrive.

— Il n'y a pas que moi qui y trava…

— Ça fait douze ans que je suis seule, Nick. Ce restaurant n'était qu'un endroit où blanchir le fric de Darius et maintenant, c'est un des meilleurs de la ville. Tout ça, je l'ai fait seule et c'est autour de ça que j'ai construit ma vie. Et maintenant, tout va partir en fumée.

— Diana, dit-il, il n'est pas encore sorti. On a le temps de réfléchir.

— Moi, c'est déjà fait. Je m'en vais.

— Non, non. Pas encore, dit-il en resserrant son emprise sur ses épaules.

— Ta fille m'a dit que ton ex allait l'emmener à Denver. C'est vrai ?

— Oui.

— Ce qui fait qu'elles seront parties. Et tu as déjà renvoyé Lauren. Et même son chien. Comment se fait-il que ce soit moi qui doive rester ?

— Parce que c'est toi qui l'as choisi, lui renvoya-t-il. Tu as conclu un pacte avec le diable, exactement comme moi.

— Non, Nick. Ce n'est pas pareil. Ton pacte à toi n'inclut pas que tu couches avec lui.

Il laissa passer.

— Il n'y a aucun moyen de sortir de ça, reprit-elle. Pas en restant ici.

— On ne peut pas s'en aller. Tu connaîtrais un seul endroit où il ne pourrait pas nous retrouver ?

— Qui te parle d'un « nous » ?

— Tu ne peux pas faire ça toute seule, dit-il en la faisant pivoter, les mains sur ses hanches.

Jamais encore il ne s'était tenu aussi près d'elle. Jamais encore il ne l'avait tenue ainsi. Malgré la panique qu'elle éprouvait et l'épuisement qu'il ressentait, quelque chose se passait entre eux.

— Diana, enchaîna-t-il, c'est à ça que je travaille. Tous les jours. J'essaie de trouver une issue.

— J'ai déjà fait ma valise.

— Va la défaire. Tout de suite.

— Pourquoi ? Que crois-tu qu'il…

— Il faut que tu me fasses confiance. Une issue, nous en trouverons une.

— Et pourquoi faudrait-il que je te fasse confiance, Nick ? Tu n'es qu'un…

Elle hésita, comme si elle cherchait ses mots.

— Qu'un tueur à gages.

— Ne dis pas ça.

— Il n'est pas question que je reste ici à attendre. Ça fait douze ans que je suis seule. Une prisonnière au mitard. C'est ça qu'il m'a fait, Nick. Darius m'a fait ça. Et, à présent…

Elle s'arrêta pour trouver les mots justes.

— Je ne serai pas ce qu'il veut que je sois. Plus maintenant. Plus jamais. Lorsqu'il sortira, je serai à des milliers de kilomètres d'ici.

Et d'un bond elle se dégagea pour gagner la porte. Il fit un pas de côté pour lui bloquer la route.

— Ça ne marchera pas, dit-il, et tu le sais.

— Écarte-toi, Nick!

Il ne bougea pas. Et alors qu'il la regardait dans les yeux, il se rappela la première fois où il l'avait vue, dans sa salle de bains. Il était sous la douche et elle était sortie de nulle part, une serviette de toilette à la main. Il ne savait pas alors à quel point elle allait faire partie de sa vie quotidienne sans jamais vraiment l'y laisser entrer. Telle une intime, mais inconnue.

Certaines nuits, il ne pouvait s'empêcher de se demander, alors qu'elle dormait seule dans son lit à l'autre bout de cette maison…

Le téléphone sonna, brisant le charme.

Il fit un pas de côté pour répondre, mais elle ne fit, elle, aucune autre tentative pour s'enfuir.

— Quoi encore? demanda-t-il.

— C'est pas fini, lui répondit Quintero. J'arrive dans cinq minutes pour te ramener à l'aéroport. Tu vas à New York.

***

Douze cents kilomètres à l'est, Sean Burke s'était mis en mouvement. Mais c'était tout ce qu'il savait. Il ne savait pas dans quel genre de véhicule il se trouvait ni avec combien d'hommes. Et du diable s'il savait où il allait ou combien de temps il faudrait pour y arriver… parce qu'un bandeau lui entourait la tête comme s'il était une espèce de putain de terroriste enfermé à Guantánamo.

Quarante-cinq minutes plus tard, le véhicule s'arrêtait. Ça faisait loin de Rikers Island, même avec la circulation. Il entendit coulisser une portière, puis sentit quatre mains le prendre par les bras et le faire descendre sans douceur.

Il était menotté dans le dos, mais n'avait pas les pieds dans des fers. Il sauta sans savoir de quelle hauteur et faillit perdre l'équilibre lorsque le sol le surprit.

— Doucement, entendit-il quelqu'un lui dire d'une voix cassante. On ne voudrait pas que notre petit copain se fasse mal.

Il sentit de l'air froid sur son visage, entendit le bourdonnement lointain d'une circulation. On lui faisait traverser une surface en béton, il sentit qu'il foulait des feuilles en marchant. Une petite brise monta, les faisant trembler et lui expédiant des frissons dans le dos.

Je suis loin d'un axe important, pensa-t-il. *Toujours en ville, ou pas loin. Et s'ils m'amenaient ici pour me tuer...*

Il croyait ces gardiens capables de tout. De lui coller une balle dans le crâne ici et maintenant, et de raconter à leurs superviseurs qu'il avait tenté de s'enfuir. Il ne paniqua pas parce que la panique est inutile. Il allait devoir considérer tout le tableau, histoire de voir où ça menait. Et garder tous ses sens en éveil.

On le poussait sur d'autres surfaces en béton, il fit un pas dans de l'herbe, puis revint sur le béton. Il était dans un chemin. Dans un parc ? Pas à Central Park – il aurait entendu des gens autour.

Environ une centaine de mètres plus loin, une main se posa sur sa poitrine et l'arrêta. Il entendit une clé tourner dans une serrure. Une porte qui s'ouvrait. Encore une fois, il fut poussé en avant et sentit un changement d'air en entrant quelque part. C'était rance et antiseptique, et ça lui rappela quelque chose d'ancien. Une école ? Un musée ?

Il entendit s'ouvrir une porte d'ascenseur, écouta les pas, et compta deux hommes avec lui.

— T'essaies quoi que ce soit, lui lança l'homme à sa gauche, tu te fais taser.

Burke sourit en se voyant lui arracher son Taser et le lui foutre dans le cul. *Cela serait-il considéré comme une tentative de quelque chose ?*

Il sentit que l'ascenseur descendait. On l'emmenait sous terre. La porte de la cabine s'ouvrant, il fut encore poussé, puis immobilisé un instant pendant qu'une autre porte s'ouvrait, et sentit comme un appel d'air. Et il entendit des voix. D'une demi-douzaine d'hommes.

— C'est lui ? Non mais, tu te fous de moi ?

Il fut à nouveau poussé sur un sol, mais carrelé, jusqu'à ce qu'enfin on l'arrête et cette fois lui ôte son bandeau de la figure.

— On ne bouge pas, lui lança quelqu'un. On ne se retourne pas.

Burke cligna des yeux dans la lumière artificielle. Il se trouvait devant une porte de cellule en métal, munie de l'ouverture standard pour faire passer les plats et les menottes. Alors, cette porte fut ouverte, et lui jeté à l'intérieur. Il y avait un lit avec un maigre matelas et un bloc évier-toilettes. Petit conduit de ventilation grillagé haut dans le mur en béton. Et pas de fenêtres.

Il avait vu pire. Bien pire.

La porte fut claquée et il entendit le verrou s'enclencher. Lorsque la fente dans la porte fut entrebâillée, personne ne lui demanda de la rejoindre à reculons et d'y passer les mains pour qu'on puisse lui ôter ses menottes.

— Bienvenue au bunker, lui lança le type.

Puis la petite porte se referma et Burke se retrouva seul.

***

Mason attendait au terminal United de LaGuardia lorsqu'il vit la Subaru toute rouillée stationner, moteur au ralenti, dans la file. Comme il ne bougeait pas, le véhicule s'approcha et s'arrêta devant lui. L'homme au volant avait une cinquantaine d'années et des cheveux clairsemés ramenés en avant en une vilaine mèche. Visage rougi par le soleil, la vieillesse, l'alcool et Dieu sait quoi encore. Il portait un imperméable marron clair et regarda droit devant lui jusqu'au moment où il tendit le bras pour lui ouvrir la portière passager.

— T'attends un carton d'invitation ? lui lança-t-il.

Mason jeta un coup d'œil à la banquette arrière et y vit une valise. Il referma la portière avant, ouvrit celle de derrière, et monta.

— Je suis quoi, ton putain de chauffeur ?

Mais dès que Mason eut refermé sa portière, il déboîta sans un mot de plus.

La Subaru puait la cigarette. Mason étudia le bonhomme de derrière tandis qu'il continuait de conduire sans jamais tourner la tête.

C'est un marshal, lui avait dit Quintero. *Trente-deux ans de service. Vient d'être transféré du WITSEC, voudrait prendre sa retraite, mais certaines de ses habitudes l'en empêchent. Très motivé pour nous aider.*

Mason n'avait aucune envie de savoir quelles étaient ces habitudes. Ni non plus jusqu'à quel point il était motivé. Il se concentra sur la valise. Deux serrures à combinaison, une de chaque côté. Il entra les bons numéros, appuya sur les boutons et les deux serrures s'ouvrirent. Il souleva le couvercle.

— Putain de Dieu ! s'écria-t-il en découvrant une carabine automatique M4A1 avec trois chargeurs grande capacité et un gilet tactique noir auquel étaient accrochées six grenades – trois à fragmentation d'un côté, trois assourdissantes de l'autre.

Pour sa dernière tâche, on lui avait confié un fusil de sniper avec une lunette, soit une arme de précision qui exige de l'habileté.

Cette fois, on lui donnait les moyens d'être une armée à lui tout seul.

— Où m'emmenez-vous ? demanda-t-il en refermant la valise.

— Sous terre, répondit le chauffeur en tournant la tête pour jeter un coup d'œil en douce au contenu de la valise. Et tu vas y rester… d'une manière ou d'une autre.

***

Burke écouta très attentivement les bruits de l'autre côté de la porte. Il avait déjà différencié les voix et en avait compté cinq ou six au total. Il ajouta ce renseignement au tableau général qu'il s'était construit dans sa tête : il avait fait en gros dix pas pour passer de l'ascenseur à la porte intérieure, et trente de plus jusqu'à sa cellule, avec un virage au milieu ou à peu près.

Environ trois heures après son arrivée, le guichet se rouvrit et un plateau de nourriture y fut glissé. Sandwich de dinde, paquet de chips et Coca. Rien à voir avec de la bouffe de prison, il se dit qu'il ne devait pas y avoir beaucoup de détenus avec lui. De fait, il se pouvait même qu'il soit tout seul dans les lieux.

Il ôta les oignons de son sandwich et ne put s'empêcher de penser que puisqu'ils allaient lui chercher à manger dehors, ils auraient pu lui rapporter une Guinness au lieu d'un Coca coupé à l'eau. Cela étant, la partie la plus intéressante de l'affaire était, et de loin, le plateau. Jamais encore il n'en avait vu de pareil dans une prison ordinaire. Il était en métal et, en appuyant sur un bord, il le sentit plier.

Voilà qui fera parfaitement l'affaire.

Lorsque le guichet se rouvrit quelques minutes plus tard, il y glissa le plateau et se mit sur un genou pour regarder par la fente. Il vit la ceinture du type qui lui reprenait son plateau et, derrière lui, un mur de casiers et un banc en bois.

Il n'avait toujours aucune idée de l'endroit où il se trouvait. Mais une heure plus tard, la fente se rouvrant à nouveau, on lui ordonna de s'en approcher à reculons pour qu'on lui passe des menottes. Il obtempéra, mais au lieu de l'extraire de sa cellule, on lui enjoignit d'aller se tenir face au mur du fond, dos à la porte. Qui s'ouvrit. Et il entendit quelqu'un entrer.

— Vous pouvez vous retourner.

C'était une voix qu'il n'avait encore jamais entendue.

Il pivota et découvrit un homme d'âge mûr vêtu d'un coupe-vent avec le sceau des U.S. marshals sur la poitrine. Il avait apporté une chaise pliante avec lui et la tenait de la main gauche parce qu'il avait le bras droit en écharpe. Il avait aussi un pansement blanc au front, juste au-dessus de l'œil gauche.

— Je vais vous ôter vos menottes, dit-il en lui en montrant la clé. Qu'on puisse parler entre hommes.

Burke le laissa faire. Il lui fallut un peu plus longtemps à cause de son bras, mais il était clair qu'il avait déjà fait ça avant.

— S'il vous plaît, asseyez-vous, reprit l'homme en glissant les menottes et la clé dans sa poche.

Burke s'assit sur son lit et le regarda déplier sa chaise et s'y asseoir à un mètre de lui environ.

— Je suis le marshal Bruce Harper et le patron du WITSEC, dit-il. Savez-vous ce que c'est?

— Protection des témoins.

Harper acquiesça d'un hochement de tête.

— Techniquement parlant, mes clients sont tous hors du système carcéral. Dans votre cas, c'est au Bureau fédéral des prisons de s'en occuper.

— Où suis-je?

Il regarda Harper réfléchir à sa réponse.

— Vous êtes dans une cellule de haute protection. En fait, dans la plus sûre qu'on ait jamais construite. Vous êtes le tout premier à l'occuper.

— Je devrais m'en sentir honoré ?

— J'ai cru comprendre que vous aviez tué cinq prisonniers à Rikers.

— C'était eux ou moi.

— J'ai aussi cru comprendre que vous avez jadis travaillé pour Darius Cole.

Burke se contenta de le regarder. Ce nom lui brûlait l'esprit, ne cessait de le hanter depuis que ses codétenus avaient essayé de le tuer dans l'ascenseur.

— La révision de son procès commence dans deux jours, enchaîna Harper.

L'information le frappa plus fort que n'importe quel Taser de gardien.

— Cole va être rejugé ?

— Pourquoi seriez-vous ici sans ça ?

— Je parie que vous allez me le dire.

— Je ne sais pas si vous en avez conscience, mais le bureau de l'Attorney des États-Unis pensait vous demander de témoigner contre lui à son premier procès.

La surprise était encore plus grande.

— Personne ne m'a jamais parlé de ça, dit-il. Parce que si on me l'avait demandé, j'aurais dit non.

— On peut se montrer très persuasif dans ces cas-là.

— Je ne suis pas une balance.

— Peut-être, mais Cole ne semble pas en être aussi sûr.

— Vous savez les deux plus grosses insultes qu'on peut jeter à la face d'un Irlandais ? La première est de le traiter d'Anglais. Et la seconde de balance.

— Comment avez-vous mis fin à vos relations avec Cole ? reprit Harper. Je devine qu'il n'y a pas eu de petit pot de départ. Ni de montre en or.

Il m'a envoyé une demi-douzaine de bonshommes pour m'assassiner, se rappela Burke. *Mais moi, je les ai tous tués.*

Il n'empêche : je n'aurais quand même pas témoigné. Mon père serait sorti de sa tombe et m'aurait tranché la gorge si je l'avais fait.

— Je veux vous demander quelque chose, enchaîna Harper. Parce que les deux hommes qui, eux, ont témoigné contre lui, eh bien… ils sont tous les deux morts, maintenant.

Le tableau devenait plus clair. Burke se pencha en avant pour écouter le type qu'il avait en face de lui. Pour en boire toutes les paroles.

— Le deuxième contrat a été exécuté hier soir, précisa Harper. Et j'y étais.

Il sourit en lui montrant son bras en écharpe d'un geste du menton.

— Connaissez-vous un certain Nick Mason ?

Le sourire de Burke s'effaça. Il avait l'impression que ce nom allait devenir important aux yeux de ce type, et il n'aimait pas que celui-ci lui soit inconnu.

— Non, répondit-il, ça ne me dit rien.

— Mais vous savez le genre de types qu'embaucherait Cole pour faire ce genre de travail.

— Cole « n'embauche » pas des gens, dit Burke. Il en fait l'acquisition. Il les possède. Pour toujours. En tout cas, c'est comme ça qu'il voit les choses.

— Serait-il juste de dire que cet individu vous a effectivement remplacé en qualité d'assassin personnel de Cole ?

— Je ne suis pas très sûr que quiconque puisse me remplacer, mais on dirait bien que ce Nick Mason fait de son mieux.

Harper le regarda avec un malaise dont il n'avait pas encore fait montre depuis qu'il était entré dans la cellule.

Se demanderait-il s'il n'a pas fait une bêtise en m'enlevant mes menottes ? songea Burke.

— Faites pas attention à mes vantardises, dit-il. Ces jours-là sont loin derrière moi.

— Ils ne l'étaient pas hier soir à Rikers Island, lui remontra Harper, mais moi, ce que je veux savoir sur ce petit nouveau, sur ce… Nick Mason, c'est ce que vous pensez qu'il va faire, à présent.

— Ça, c'est facile. Si je suis le prochain sur sa liste…

— Il ne pourra pas vous atteindre ici…

— C'est ce que vous deviez croire pour les deux autres types.

— Je ne pense pas que vous compreniez bien où vous vous tenez en ce moment, dit Harper. Personne ne saura jamais où vous trouver. Personne. Et même si quelqu'un le faisait, il ne pourrait pas y entrer. Et même s'il y entrait, vous avez six gardiens armés devant votre porte.

Six hommes armés hein ? pensa Burke. *Merci pour l'info.*

— Une fois exilé à Sainte-Hélène, reprit Harper, Napoléon a passé le restant de ses jours dans cette petite île au milieu de l'océan Atlantique, soit à cinq jours de voile de l'Afrique et avec cinq cents soldats anglais pour le surveiller. Ce qui a sans doute fait de lui le prisonnier le mieux gardé de toute l'histoire de l'humanité.

Et Harper se renversa sur sa chaise avant d'ajouter :

— Jusqu'à aujourd'hui.

Burke attendit la suite. Il savait qu'il y avait plus.

— Et donc, maintenant que vous savez à quel point vous êtes en sécurité, je vous demande ce que vous allez faire pour Cole.

Burke ne répondit pas.

— Vous témoignez au tribunal, on vous garde en toute sécurité… à jamais.

— Quoi, dit Burke en lui montrant les murs de béton autour de lui d'un geste de la tête, vous allez me garder ici ?

— Dès que nous aurons remis Cole en taule jusqu'à la fin de ses jours, vous serez transféré dans une autre cellule de haute protection. Mais nettement mieux que celle-ci. Et nettement plus agréable qu'une cellule de population générale à Southport.

— Peut-être, mais je serais quand même toujours en prison jusqu'à la fin de mes jours.

— Ça vaut mieux que d'être mort.

— Vous n'êtes jamais allé en prison, vous, lui renvoya Burke. Faut que je prenne le temps de réfléchir.

— Pas trop longtemps, dit Harper en se relevant. N'oubliez pas : le procès commence dans deux jours. Et il va y avoir besoin d'un peu de temps pour vous préparer.

Burke se leva et attendit de voir la réaction de Harper. N'importe quel gardien aurait maintenu Burke assis jusqu'à ce que la porte se referme. Mais Harper n'était pas un gardien de prison.

— Je vais rester ici jusqu'à la fin de la journée, dit-il. Prévenez les gardiens dès que vous serez prêt à terminer cette conversation.

Burke regarda Harper regagner la porte et y frapper trois coups. Regarda la porte s'ouvrir et cette fois, il vit mieux la salle de l'autre côté. Avec tous ses casiers. Et ce qui ressemblait à une mallette posée contre un mur.

Une mallette à armes.

Je ne sais pas où je suis, se dit Burke, *mais quand ils ont bâti cet endroit, ils pensaient manifestement à une seule chose : empêcher quelqu'un d'entrer.*

Pas à y garder quelqu'un à jamais.

***

Deux heures plus tard, Burke avait tout calculé dans sa tête, sa décision se fondant sur deux faits solides comme le roc.

Facteur n° 1 : Qui que soit ce Nick Mason, il le cherchait. Et qu'il se trouve dans un sous-marin au fond de l'océan ou ailleurs, il s'était mis en route.

Facteur n° 2 : il n'allait pas, lui, Burke, rester là à attendre.

Lorsque le plateau du dîner arriva, il avala la nourriture sans tarder. Il n'avait pas vraiment faim, mais dès que tout se mettrait en branle, il n'aurait aucune idée de l'endroit où il pourrait manger à nouveau et donc… mieux valait prendre autant de calories que possible pendant qu'il le pouvait pour garder la forme et l'esprit clair. Quand il en eut fini, il posa le pied sur un bord du plateau et l'aplatit. Puis il le frotta contre le mur en béton après avoir pris soin de choisir celui du dehors afin d'étouffer au maximum tout bruit qui pourrait porter dans le reste du bunker.

Puis il frappa à la porte. Pas le temps d'attendre qu'on lui demande de rendre son plateau, il fallait agir maintenant.

— Appelez-moi le marshal Harper, lança-t-il quand le guichet s'ouvrit. Je veux conclure un marché.

Et il fut très heureux de ne pas entendre le gardien lui demander de se tourner pour le menotter. Harper avait dû imposer une nouvelle consigne et elle devait faire beaucoup suer ses hommes. Pour lui, Burke, ce n'était qu'un obstacle en moins.

Il entendit des pas, et la porte qui s'ouvrait.

L'heure était venue.

CHAPITRE 15

Au fur et à mesure qu'il étudiait le plan du bunker souterrain, Mason emmagasinait des centaines de détails en essayant de les organiser en un tout qui ne se réduirait pas, et d'entrée de jeu, à une mission suicide.

La voiture était garée dans l'ancien champ de foire de Flushing Meadows, dans un parking vide en face de la gigantesque Unisphere. Creuse, grise et entourée par le lit asséché de ses fontaines, elle s'élevait à plus de trente mètres dans les airs. Au-delà se dressaient le pavillon abandonné, telle la réponse de New York au Colisée de Rome et, juste à côté, les deux tours qui semblaient se soutenir, la plus haute montant à quatre-vingt-dix mètres dans le ciel. Au sommet de chacune avait été installée une plateforme panoramique ressemblant à une énorme soucoupe volante qui aurait calé avant de tomber en ruines.

Il examina encore une fois les plans du bunker, puis se focalisa sur la photo d'identité judiciaire de Sean Burke. Pâle et maigre comme il était, Mason eut du mal à l'imaginer en machine à tuer. Mais il savait, et plus que tout autre, qu'on peut découvrir de vrais tueurs nés dans les endroits les plus surprenants.

C'est donc le type qui a fait mon boulot autrefois, pensa-t-il. *Et Dieu sait comment, il s'en est sorti vivant. Dommage que je n'aie pas la chance de lui demander comment il a fait.*

Il rassembla tout le dossier Burke et le remit dans la mallette. Puis il regarda les plans une fois encore, se remémora par où passait le conduit d'aération... Il sortait de l'autre côté du bunker, à quinze mètres de l'entrée, mais rien n'indiquait la taille de l'ouverture. C'était quelque chose qu'il allait devoir déterminer sur le moment.

Il enfila ses gants noirs et son passe-montagne enroulé en calotte. Puis il sortit le gilet tactique de la valise et le passa. Avoir des grenades accrochées à lui était nouveau et peu agréable... comme s'il s'approchait d'un check point ennemi pour y commettre un attentat suicide !

Sauf que c'était peut-être très exactement ce qu'il allait faire.

Il glissa le chargeur dans le M4, en glissa deux de plus dans les poches de son gilet, un de chaque côté. Assis à la place du conducteur, le marshal fumait une cigarette en silence et regardait les feuilles que le vent soufflait en travers du parking.

— Combien de types ? lui demanda Mason.

— Qu'est-ce que j'en sais ?

— Et vous savez quoi, au juste ?

— Je sais où c'est, connard.

Mason essaya de lui faire baisser les yeux, mais le type refusait de le regarder en face.

— Autrefois, c'était un abri antiaérien, poursuivit-il à regret. Aujourd'hui, c'est une cellule de haute protection. Seuls quelques types du Bureau fédéral des prisons en connaissent l'existence. Et encore moins de marshals.

Et de tirer une taffe bien amère.

— Rien que ceux en qui ils ont vraiment confiance, reprit-il en regardant par sa vitre. Comme moi.

Mason attendit qu'il en dise plus. Il devait se retenir de ne pas tendre le bras pour lui arracher sa clope de la bouche.

— C'est la dernière fois que je fais ça, conclut le marshal. Tu peux le dire à ton patron.

Il baissa sa vitre, l'air froid se ruant dans l'habitacle alors qu'il jetait sa cigarette dans le vent, et s'arrosait de braises incandescentes. Il jura, et les épousseta.

— C'est pas comme ça que ça marche, lui renvoya Mason. Mais si vous voulez le lui dire en personne, allez-y donc.

Le marshal se tourna vers lui.

— Parce que tu te crois meilleur que moi ? C'est pas moi qui me prépare à tuer de chouettes types dans ce bunker.

— Ferme-la et montre-moi où c'est.

— Là-bas, répondit le marshal en lui indiquant le chemin abandonné conduisant à l'ancien champ de foire. T'as qu'à suivre la route de brique jaune.

— La sortie du conduit d'aération est à quinze mètres de l'entrée, et c'est où ?

— Tu sais quoi ? Moi, j'ai fini. Comme je te l'ai déjà dit, j'ai assez de sang sur les mains comme ça.

Mason pesa le pour et le contre. S'il le virait de la voiture, ça ne lui ferait qu'un problème de plus. Mais s'il l'y laissait…

— Passe-moi les clés, dit-il.

— Pourquoi ?

— Pour que tu sois toujours là quand j'aurai fini.

— Pas question que j'te file les clés.

Mason soupira et hocha la tête en lui collant le canon du M4 dans les côtes. Le marshal fouilla un moment dans ses poches, puis les lui tendit.

— Bon alors, reprit Mason, l'entrée…

— C'est dans l'une des deux tours.

— Ça, je l'ai vu sur le plan. Mais laquelle ?

— Je sais pas. À toi de voir. C'est du cinquante-cinquante.

Mason jura dans sa barbe en descendant de la voiture.

— Enlève ton manteau, reprit-il en ouvrant la portière côté conducteur.

Et lorsque le marshal hésita, il l'attrapa par le colbac et le sortit du véhicule.

— C'est mon plus beau manteau, gémit le marshal en enlevant son Mackintosh gris. Essaie de pas me le rendre plein de trous.

— Tu restes assis dans la bagnole jusqu'à mon retour, lui ordonna Mason en l'enfilant par-dessus son gilet. Si tu te sauves, je te retrouverai.

Le marshal frissonna dans le froid, remonta dans la voiture et referma sa portière. *Il est en train de parier que je n'en reviendrai pas vivant*, songea Mason en traversant le parking. *Il est en train de s'inventer une histoire comme quoi, c'est moi qui l'ai forcé à m'amener ici.*

Puis il se sortit le marshal de l'esprit, glissa le M4 sous son manteau et se concentra sur ce qui l'entourait. Il ne voyait personne dans le coin – cette partie-là du parc étant essentiellement abandonnée, sauf que bien sûr, personne ne serait venu traîner là par une journée aussi grise et venteuse. Cela étant, il se sentit toujours exposé en avançant tandis que le vent lui faisait une petite tornade de feuilles autour de la tête.

Quoi qu'il arrive, se dit-il, *ça risque fort de n'être qu'une énième version du même cauchemar.*

Dans toutes ses autres missions, il avait fait tout ce qu'il pouvait pour ne tuer personne en dehors de sa cible. Alors même qu'il marchait, sa blessure à l'épaule lui rappelait jusqu'où il s'était mis en danger pour ne pas ôter la vie à des innocents.

Mais cette fois, à mesure qu'il s'approchait des tours menaçantes plus plombé d'armes qu'un soldat des Opérations spéciales, il sut que son code moral allait être oblitéré à jamais. Et que même s'il en revenait vivant, il serait un autre homme.

Je n'ai pas d'autre façon d'en réchapper. Ou je les liquide tous, ou ce sont eux qui me flinguent.

Il s'arrêta un instant près de la grande Unisphere avec son globe très haut au-dessus de lui alors qu'il se tenait dans le bassin vide des fontaines. Les tours étaient à deux cents mètres de là, et montaient encore plus haut, une seule lumière clignotant au sommet de la plus élevée pour avertir les avions qui passaient à côté. En dehors de ça, elles paraissaient complètement désertes.

Mason savait qu'il n'avait aucun moyen de s'en approcher sans être vu par les caméras de surveillance. Et il devait y en avoir. Il se demanda s'il aurait pu se déguiser mieux – s'il n'aurait pas dû porter quelque chose qui lui donne des allures de sans-abri à la dérive. Avec un Caddie pour cacher ses armes.

Il jeta un coup d'œil à la voiture derrière lui et décida de jouer le coup avec la main qu'on lui avait distribuée. Vite, en gardant les yeux bien ouverts sur tout mouvement, bruit et autres, tout ce qui pourrait trahir une réaction des types à l'intérieur du bunker, il s'avança vers les tours.

Quinze mètres de l'entrée. Je ne sais même pas à quoi l'ouverture va ressembler, ni si elle sera assez grande.

Il examina le sol en marchant, fit le tour des deux bâtiments, et finit par la trouver à l'autre bout. Un tuyau, d'environ un mètre vingt de haut et disons... de vingt centimètres de diamètre surmonté d'un chapeau pour empêcher la pluie et les débris d'y tomber, tout cela ancré dans une plaque de métal à peine plus large.

Je ne peux pas passer là-dedans. Et si j'essaie d'agrandir l'ouverture à la grenade... autant appuyer sur la sonnette tout de suite.

Lui restait le plan B. En rejoignant la plus grosse des deux tours, il trouva deux portes en verre, regarda à travers et découvrit une porte d'ascenseur et les premières marches d'un escalier en colimaçon qui devait monter jusqu'en haut. Aucune caméra de surveillance qu'il aurait vue, mais quand il manœuvra la poignée, la porte ne bougea pas.

Il gagna l'autre tour – un peu moins haute –, et s'arrêta devant la poubelle à côté de la porte. Il regarda dedans et y découvrit une dizaine d'emballages de fast-food et des gobelets de café. Il tendit la main et en attrapa un. Même à travers ses gants, il sentit qu'il était encore chaud.

C'était donc la bonne tour.

Il resta hors de vue aussi longtemps que possible en se collant le dos au mur. Attendit, écouta, n'entendit que le bruit du vent et des feuilles. Il rabattit le passe-montagne sur sa figure et se remit en marche.

Il y avait une deuxième double porte en verre, comme dans la première tour. Puis une porte d'ascenseur et un escalier identiques. Mais cette fois, il vit la caméra de surveillance installée sur l'ascenseur. Le témoin rouge était allumé. S'il y avait quelqu'un en train de regarder attentivement un écran vidéo dans le bunker, c'était lui qu'il observait.

Aucune importance. Il y a une entrée et une sortie et, quoi qu'il arrive, je vais devoir me battre d'un bout à l'autre.

Il essaya la porte, elle ne bougea pas. Il n'avait aucune envie de rester là les deux ou trois minutes qu'il lui faudrait pour crocheter la serrure, il défonça le verre avec le canon de son M4. La vitre une fois brisée, il passa la main dans le trou, poussa la targette et ouvrit. Ota le manteau du marshal en passant dans le rayon d'action de la caméra. Il n'y avait plus besoin de cacher quoi que ce soit, cela ne ferait que l'encombrer. Il s'immobilisa un autre instant, attendit qu'on réagisse à son entrée.

Rien.

Il se remémora le plan. L'ascenseur qu'on prend pour rejoindre la plateforme d'observation quatre-vingt-dix-neuf fois sur cent – il pouvait aussi descendre au bunker, mais seulement avec une clé spéciale. Le marshal compromis n'avait pas été capable de lui en fournir une copie, mais même s'il avait pu, il n'était pas question d'emprunter l'ascenseur et de regarder les portes s'ouvrir sur tous ceux qui l'attendraient. Le plan montrait un autre escalier datant de l'époque où l'édifice avait servi d'abri antiaérien. La porte scellée dans le mur était peinte du même vert années cinquante que tous les bâtiments administratifs de cette période. Il essaya la poignée, la sentit se bloquer sur une serrure. Il recula d'un pas, ouvrit d'un coup de pied et entra.

Ses yeux finissant par accommoder dans le noir, il vit des boîtes de fusibles, des coupe-circuits et un panneau de contrôle pour l'ascenseur.

Pas d'escalier.

Il n'avait pas vu d'autre accès dans l'entrée. Cette armoire électrique était la seule possibilité. À moins que…

Il fit lentement quelques pas. Au troisième, il sentit le sol lui opposer une résistance légèrement différente. Il posa un genou à terre, repéra un anneau encastré et souleva la trappe. Il venait de trouver la sortie secrète en cas d'urgence.

Il descendit les marches en béton dans le noir, son M4 devant lui, et enfin vit une faible lumière, qui grandit au fur et à mesure qu'il s'approchait du dernier étage. Puis, alors qu'il prenait le virage final, il découvrit une petite alcôve avec l'encadré de la porte de l'ascenseur juste à côté de l'ouverture dans le mur permettant d'accéder à l'escalier et, dans la paroi du fond, une porte en métal qui devait avoir donné accès au reste du bunker, et une fenêtre de sécurité en verre épais.

Au-dessus de la porte se trouvait une énième caméra de surveillance. Avec une énième lumière rouge qui brillait, et une énième chance de le voir pour tout individu à l'intérieur.

S'ils m'ont repéré, se dit-il, *pourquoi m'ont-ils laissé aller si loin ?*

La réponse lui vint immédiatement : *Parce que cette alcôve est la pièce où on tue. Dès que je ferai un pas de plus, la porte s'ouvrira et ils m'abattront.*

L'heure était venue d'avancer ou de fuir. *Ou bien tu fais un truc audacieux ou bien tu fiches le camp et te démerdes des conséquences de l'échec de ta mission.*

Il arrêta de réfléchir, mit jusqu'au dernier gramme de son humanité dans une belle boîte noire, et la ferma.

Puis il décrocha une grenade à fragmentation de son gilet, tira sur la cuillère et la fit rouler jusqu'à la porte en se réfugiant dans l'escalier en béton et en se couvrant les oreilles.

L'explosion fut plus puissante que tout ce qu'il avait jamais entendu, bien plus intense que ce qu'il avait vécu à l'Aqua. Le bruit et la chaleur furent stupéfiants, l'espace confiné illuminé par une lumière aveuglante. Il eut l'impression que des milliers d'aiguilles lui perçaient les tympans. Des fragments de métal volèrent dans tous les sens, certains ébréchant le coin de mur derrière lequel il se cachait et perçant des trous dans le béton à quelques centimètres à peine de son dos. Enfin il ressortit de l'alcôve, son M4 en avant et prêt à tirer.

Épaisse, la fumée stagnait lourdement dans l'air. Il la traversa pour gagner l'endroit où une porte s'était trouvée jadis. Elle avait été projetée à l'intérieur de la pièce voisine, déjà il l'enjambait lorsqu'il découvrit le premier cadavre. Il lui passa le canon de son M4 sur la poitrine, mais ce n'était pas nécessaire. Tout son corps était déchiqueté, de l'abdomen jusqu'à son cou, et sa tête s'était renversée en arrière selon un angle impossible, le sang dessinant une flaque autour de lui. L'humanité que Mason avait enfermée poussait fort contre le couvercle de la boîte, il la tint fermement close.

Il resta baissé à attendre le moindre signe de mouvement, pas même certain que ses oreilles fonctionnent vraiment. Il avait fait quelques pas de plus dans le couloir lorsque, la fumée commençant à se dissiper, il tomba sur le deuxième cadavre – deux fois plus loin de l'explosion que le premier, mais tout aussi déchiqueté. Et nageant dans autant de sang.

Il y avait quelque chose qui clochait. Ça ne collait pas.

Deux pas de plus, et il vit une porte ouverte sur sa gauche. Il y jeta un coup d'œil et découvrit la salle de commandement du bunker, avec les deux écrans vidéo correspondant aux deux caméras de surveillance qu'il avait remarquées en venant et la fenêtre donnant sur l'alcôve. Un autre type gisait dans une flaque de sang. Avec un pistolet à quelques centimètres de sa main droite.

Sauf que l'explosion n'a pas touché cette pièce...

Il continua d'avancer jusqu'à ce que le couloir s'ouvre sur la plus grande pièce du bunker. Quatre chaises y étaient renversées autour d'une table placée au milieu, et trois autres morts étaient étalés par terre.

Mason examina le reste de la salle et trouva plusieurs casiers le long d'un mur, une mallette contre un autre, et des portes en verre entrouvertes. La mallette pouvait contenir huit armes, mais il n'en vit que sept – tout un arsenal de carabines et de fusils d'assaut.

Et il remarqua encore un autre détail bizarre : un plateau en métal par terre, avec un bord souillé de sang.

Entendant un bruit quelque part sur sa gauche, il pivota, son M4 levé, et, dans l'entrebâillement du battant en métal, il aperçut deux jambes sur le sol de la pièce voisine. Il gagna la porte, l'ouvrit précautionneusement du bout du pied, prêt à tirer sur tout ce qui bougerait.

Un seul lit et un bloc évier-toilettes en acier – une cellule de fortune. L'homme gisait sur le dos, les yeux clos. Mason s'approcha en surveillant ses mains. Il portait un coupe-vent noir avec le sceau des U.S. marshals sur la poitrine. Il avait un bras en écharpe, et il semblait aussi avoir un pansement à la tête – même s'il ne tenait plus que par un bout de sparadrap. Et il avait une éraflure fraîche en travers du front.

Mason se pencha et posa sa main gantée sur son cou. Le type était vivant.

Mason se releva et remit en ordre toute la séquence dans sa tête, en remontant en arrière.

La porte de la cellule s'ouvre, et Burke surprend le marshal et le neutralise en lui écrasant la tête dans le mur. Ou alors, ce n'était pas impossible, il le tue avant de frapper à la porte. Dans tous les cas, il surprend le type de l'autre côté de la cellule – celui qui avec cinq autres gardiens s'inquiète tellement de la menace extérieure qu'il a sous-estimé celle pouvant venir de l'intérieur.

Burke tranche la gorge du type avec son plateau, gagne vite la mallette à armes en égorgeant sans doute un ou deux gardiens au passage. Dès qu'il a une de ces armes dans les mains, la guerre est pratiquement terminée. Il tue tous les autres sur son chemin. Seul ce marshal allongé par terre aux pieds de Mason est laissé en vie.

Mason baissa de nouveau la tête et s'aperçut que l'homme avait les yeux ouverts. Il recula et lui braqua son M4 sur la poitrine.

— Où est-il ? demanda le marshal, la voix cassée.

Mason hocha la tête.

— Les autres…

Le marshal essaya de se redresser, puis il porta sa main libre à son front et retomba sur le sol en béton.

— S'il vous plaît, dit-il. Aidez-les.

Mason ne se donna pas la peine de lui annoncer que ces « autres » n'avaient plus besoin d'aide. Il le découvrirait bien assez vite tout seul.

— Ne bougez pas, lui lança Mason. J'appellerai quelqu'un dès que je serai dehors.

Il faisait un pas de côté lorsqu'il sentit le marshal lui attraper la cheville de la main gauche. Il s'arrêta et le regarda.

— Mason, c'est vous, dit-il.

Mason ne réagit pas. Et quand le marshal le lâcha, il quitta la cellule, enjamba tous les cadavres et remonta l'escalier.

Enfin arrivé à la surface, et hors de la tour, il inspira un grand coup en espérant que l'air lui éclaircisse les idées.

Ces types n'étaient pas morts depuis longtemps, se dit-il, et ce marshal était en train de reprendre connaissance.

Ce qui veut dire que je viens de louper Burke de peu. De quoi ? Cinq minutes ? Dix ?

Un frisson le parcourut lorsqu'il se demanda ce qui se serait passé s'il était arrivé à temps pour le rencontrer.

Il revint vers la voiture et sortit les clés de sa poche. Il n'en était plus qu'à cent mètres lorsqu'il vit que la portière côté chauffeur était ouverte. Et à moins de dix, il aperçut le marshal affalé derrière le volant, une balle dans la tête.

Burke voulait la voiture, se dit-il. Il regarda autour de lui et chercha un signe de lui. Mais il n'y avait que le parc à l'abandon. Il sortit le marshal de derrière le volant et le laissa sur le sol en béton, à regarder le ciel sans cligner des yeux tandis que le vent lui soufflait des feuilles mortes dans la figure.

Il refermait la portière lorsqu'il aperçut le dossier sur le siège passager à côté de lui. Avec la photo d'identité judiciaire de Burke qui le regardait. Celui-ci savait donc qu'on lui avait envoyé quelqu'un pour le tuer.

Je ne sais pas ce qu'il sait sur moi, se dit Mason en mettant le contact, *mais il sait d'où je viens. Ce qui ne peut signifier qu'une chose.*

Il se dirige vers Chicago.

CHAPITRE 16

Eddie avait repris le boulot et surveillait les opérations de Cole au magasin de la 111e Rue. Nick Mason avait besoin de plus d'infos pour sa stratégie de sortie.

La berline grise sortit du parking, Eddie la suivant à travers la ville jusqu'au quartier irlandais de Beverly. Il vit les deux types la garer et entrer dans un de ces lieux qui n'ont même pas besoin d'une enseigne – juste un néon en forme de trèfle à quatre feuilles à une fenêtre –, parce que tous les habitués savent où le trouver, et que personne d'autre n'a de raisons d'y être de toute façon.

Il attendit un peu, puis les rejoignit à l'intérieur. Avec son jukebox dans un coin et une table de billard inutilisée au milieu, l'endroit faiblement éclairé était d'une autre époque. De sérieux buveurs avaient pris place à d'autres tables, et les deux types qu'il avait suivis s'étaient installés au comptoir, leurs costumes de prix leur donnant l'air d'extraterrestres. Debout en face d'eux, le barman avait posé ses avant-bras tatoués sur le bar.

Eddie alla tout de suite le voir. La soixantaine, l'homme avait les cheveux ébouriffés et les yeux rouges. Et l'air égaré et pas vraiment dans son assiette lorsqu'il lui tira une pinte : on aurait dit un barman qui essaie de se rappeler des gestes qu'il a déjà effectués dix mille fois. Il posa la chope sur le comptoir, Eddie lui glissa un billet de vingt et lui dit de garder la monnaie. Le bonhomme n'eut même pas un sursaut.

Les deux types le regardaient d'un œil froid et patient. Eddie leur adressa un petit signe de tête et s'assit à une table. Il n'entendait pas grand-chose de ce qu'ils disaient et quelques minutes plus tard, l'un d'eux attira le barman dans la cuisine. L'autre resta au comptoir et annonça que l'établissement venait juste de fermer.

Eddie partit avec tout le monde et traîna à côté de sa Jeep en surveillant les lieux. Une heure entière s'écoula. Lorsqu'enfin les deux types ressortirent, remontèrent dans leur berline et s'éloignèrent, il se donna une minute avant de réintégrer le bar. La porte était toujours ouverte.

Il traversa la salle, poussa la porte de la cuisine d'un coup d'épaule, vit d'abord les éclaboussures de sang sur le sol, puis le véritable lac vermeil dans lequel baignait le barman et enfin ses yeux sans vie qui le regardaient. Il avait des marques de brûlure sur le visage, et plus de doigts. Eddie avait déjà vu des cadavres à l'armée, et quelques-uns de plus en surveillant les arrières de Nick, mais ça…

Il referma doucement la porte, attrapa un chiffon au bar, regagna la table et essuya son verre. Puis il s'empara du téléphone derrière le comptoir et, en le tenant avec le torchon, appela le 911, donna l'adresse de l'établissement à l'opératrice et l'informa qu'il y avait eu un meurtre. Quand elle lui demanda son nom, il raccrocha.

Il regagna précipitamment sa Jeep et fila en espérant mettre le plus de distance, et le plus vite possible, entre le cadavre du barman et lui-même.

Il venait à peine d'arriver au Skyway Bridge lorsqu'il vit le gyrophare de la voiture de flics s'allumer derrière lui.

***

Quelques heures après avoir laissé la voiture du marshal dans le parking longue durée de l'aéroport de LaGuardia, Mason traversa celui d'O'Hare. C'était la première fois qu'il rentrait d'un boulot sans la moindre trace de sang sur les mains. Il aurait dû en éprouver du soulagement, mais au lieu de ça c'était un sentiment d'échec qui le tenaillait.

Mais aussi d'autre chose. C'était comme s'il était devenu un autre homme en descendant de l'avion. Un type qui aurait commis l'impensable si on lui en avait donné l'occasion.

Qu'il ne l'ait pas eue n'avait pas été du goût de Quintero lorsqu'il l'avait appelé de New York, mais Mason lui avait mis les points sur les *I* : on ne peut pas tuer un type qui n'est pas là pour qu'on le tue.

Et maintenant qu'il descendait l'interminable couloir du terminal au milieu de voyageurs qui, eux, menaient une vie ordinaire, il essaya de téléphoner à Eddie, mais tous ses appels filèrent sur sa boîte vocale.

Tu réponds toujours quand on t'appelle, pensa-t-il. *Où es-tu passé, bordel ?*

Il raccrocha et continua de marcher jusqu'au check-point de sécurité. Six ou sept chauffeurs de limousines s'y tenaient en ligne avec des noms sur des pancartes. Au bout de la file il reconnut l'inspecteur Frank Sandoval. Il ne tenait pas de pancarte, mais Mason savait exactement qui il attendait.

***

Ils s'étaient assis l'un en face de l'autre à une petite table du bar de l'aéroport. Ni l'un ni l'autre ne buvaient.

— Si vous essayez d'appeler votre ami Eddie, lui lança Sandoval, sachez que je l'ai arrêté il y a à peu près deux heures pour soupçon de meurtre intentionnel.

Mason en reçut comme une douche glacée.

— Qu'est-ce que vous racontez ?

— La victime tenait un bar à Beverly. Eddie est le dernier type à avoir quitté l'établissement et j'ai trouvé le patron mort dans sa cuisine.

Mason resta là à le regarder sans avoir la moindre idée de ce qu'il pourrait lui dire.

— Il s'agit d'un certain Eamon Burke. Son cousin Sean Burke vient de s'évader de sa cellule de haute protection à New York il y a environ cinq heures. Mais ça, vous le savez déjà.

— Eddie n'a rien à voir avec tout ça.

— C'est ce qu'a dit sa femme. Ça va être dur pour elle et leurs enfants. Les accusations, le procès… Mais moi, je peux le relier à vous, et vous à Cole.

Mason le fusilla du regard.

— Pourquoi vous faites ça, espèce de fils de pute ?

— Aidez-moi et je m'assure que votre copain rentre chez lui ce soir.

— Comment ?

— Vous m'accompagnez au commissariat et m'y faites des dépositions sous serment sur tout ce que vous avez fait pour Cole.

— Et si vous faisiez votre boulot, vous, et alliez prendre Cole tout seul comme un grand, hein ? Je ne sais pas qui a tué votre type, mais ce n'est pas Eddie.

Sandoval se pencha en avant sur sa chaise et hocha la tête.

— Peut-être, mais ça, je m'en fous. Cole va sortir libre de son procès parce que vous avez tué deux témoins clés et que le troisième vient de s'évader après avoir massacré six gardiens. Pourquoi pensez-vous qu'il ait choisi aujourd'hui pour le faire ? Il est au courant pour les deux autres témoins, il sait que c'est lui le prochain sur la liste et que vous le traquez. Mais plutôt que vous attendre, maintenant il vous cherche. J'imagine que

Cole doit être assez nerveux lui aussi, ce qui explique le contrat sur le cousin de Burke.

— Pourquoi me dites-vous tout ça ?

— Parce que *tout ça* va vous retomber dessus et que je suis votre seule porte de sortie, lui renvoya Sandoval. Vous ne pouvez plus compter sur Eddie.

Mason hocha la tête – il faisait tout ce qu'il pouvait pour ne pas perdre pied.

— Ce type va tout détruire dans votre vie, reprit Sandoval. Il bougera quand vous bougerez, il ira où vous allez. Peut-être chez votre ex. Ou au prochain match de foot de votre fille.

Mason serra les poings rien que d'y penser, revit Adriana debout de l'autre côté de la clôture et se rappela s'être dit que n'importe qui pouvait l'atteindre.

N'importe qui.

— Même la femme avec qui vous vivez maintenant, ajouta Sandoval. Tout le monde est en scène et ce type, c'est vous qui l'avez amené ici.

Mason laissa filer.

— Mais si on prend Burke vivant, on pourra peut-être le retourner, enchaîna Sandoval. C'est d'ailleurs pour ça qu'il était dans ce bunker.

— Il vient de tuer six gardiens et vous allez lui proposer un marché ?

— Sammy the Bull[1] avait tué dix-neuf personnes quand les Fédés lui ont accordé une immunité totale. Ils voulaient John Gotti, même à ce prix-là. Et moi, c'est aussi à ce genre de prix que je veux Cole. Personnellement, je pense que vous feriez un meilleur témoin, mais je ne pourrai pas vous aider si vous ne voulez pas que je vous aide.

1. Ancien *consigliere* du clan Gambino.

Mason respira un grand coup et revit les hommes morts dans le bunker, tous alignés sur le sol, le corps déchiqueté par des balles de fusil d'assaut et la gorge tranchée avec le bord aiguisé d'un plateau en métal.

Tel était l'homme qui s'était mis en route pour Chicago.

— Immunité totale en échange de votre témoignage au procès, répéta Sandoval. Protection totale pour votre famille…

— Quoi, WITSEC ?

— On a notre propre programme dans l'Illinois. Pas fédéral. C'est moi qui vérifierai tous les jours pour être sûr que votre famille soit en sécurité. Je n'ai plus que ça dans ma vie, Mason. Et si une partie de ce boulot consiste à protéger votre ex et votre fille…

Il laissa sa phrase en suspens. Mason envisagea cette possibilité, une vraie chance donnée à Gina et à Adriana d'en sortir vivantes.

Parce que je ne pourrai pas les protéger si je suis mort.

Sandoval sortit une carte de visite professionnelle de sa poche de poitrine et la posa sur la table.

— Vous n'avez plus beaucoup de temps devant vous, dit-il en se levant pour partir. S'il s'est mis en route, Burke sera ici dans sept heures.

CHAPITRE 17

Avec un marshal de chaque côté, Rachel Greenwood traversait la ville en voiture pour faire quelque chose qui techniquement pouvait l'exclure du barreau. Mais ce jour-là, elle n'avait pas le choix. Il lui restait une seule chance de coincer le type qui s'apprêtait à torpiller le procès « États-Unis d'Amérique contre Darius Cole ».

Elle trouva le bureau au deuxième étage du bâtiment impersonnel de Roosevelt Road, à une rue de celui du FBI. Sur la porte, on pouvait lire : *Stanley Horton, Sécurité privée.* Le réceptionniste lui demanda de s'asseoir en l'attendant : ça ne prendrait qu'un petit moment. Une demi-heure s'écoula.

Lorsqu'enfin Horton se présenta, elle ne vit plus grand-chose en lui de l'homme qui l'avait approchée dans le restaurant treize ans plus tôt. Il n'avait plus de cheveux, sa moustache à la Burt Reynolds avait disparu, et sa veste semblait lestée d'au moins trente-cinq kilos de plus. La seule chose qui lui restait était le demi-sourire condescendant qu'à nouveau elle eut envie d'effacer d'une baffe dans la figure.

— AUSA Greenwood, lui lança l'agent à la retraite. En voilà une surprise !

— Au moins autant que celle-ci, lui renvoya-t-elle en lui montrant sa déposition.

Elle l'avait reçue une heure plus tôt – celle-là même qui avait été remise en main propre au tribunal par Jay Starr, avec une requête officielle en annulation de toutes les charges fédérales contre Darius Cole.

Alors tout le plan juridique de Cole lui était enfin devenu clair :

On trafique rétroactivement le jury pour l'emporter à la révision du procès.

Et après, on assassine tous les témoins clés.

Et maintenant ça.

— C'est quoi, ces conneries ? reprit-elle en agitant le document. McLaren et Wallace étaient tous les deux des indics ?

Dans sa déposition, Horton avait prétendu qu'en 2004 déjà, le FBI avait mené sa propre enquête sur Darius Cole, soit bien avant que Greenwood et la DEA n'entrent en scène. Et il y était allé d'une déclaration encore plus incroyable : Ken McLaren et Isaiah Wallace auraient l'un et l'autre non seulement travaillé comme indics pour le FBI, mais encore pour ses plus hautes instances, ce qui signifiait que leurs identités étaient protégées selon le plus strict des protocoles. Seuls Stan Horton, l'agent dirigeant personnellement l'enquête, et Jonathan Lancer, son supérieur immédiat, avaient connaissance de l'implication et de McLaren et de Wallace dans l'affaire.

— Et vous avez attendu tout ce temps pour me sortir ça ?

— Lancer avait peur que le premier procès tourne en eau de boudin et a donc fait traîner alors même qu'il savait que ce n'était pas bien. Et maintenant qu'il est mort, c'est à moi de reprendre l'affaire et c'est la dernière chance que j'ai de dire la vérité.

Elle le regarda, totalement stupéfaite.

— Vous rappelez-vous même seulement du serment que vous avez fait ? Vous savez bien… le passage où il est dit « d'agir en toute fidélité à la constitution » ?

Horton ajusta sa cravate.

— Je pense que vous devriez partir, maître, dit-il.

— Vous savez ce que ça va donner à ce deuxième procès ? Vous nous rejouez la défense Scarpa !

Du nom de Greg Scarpa, dit « La faucheuse », de la vieille famille Colombo, un indic du FBI qui avait eu une relation de trente ans avec un seul et unique agent – laquelle relation avait réduit à néant quinze affaires parfaitement ficelées contre d'autres membres de la famille. D'où des centaines d'heures de prison qui passent aux chiottes en vertu du simple principe qu'aux yeux de la loi, un indic qui travaille pour l'État étant de fait lui aussi un agent de cet État, tous ses actes doivent obéir aux mêmes règles en matière de preuves.

En d'autres termes, si un indic n'arrête pas de commettre des crimes – comme transférer de l'argent à l'étranger pour éviter les impôts ou coordonner la livraison de narcotiques illégaux –, même après qu'il aura signé l'accord de témoin prêt à coopérer, tous les renseignements qu'il aura collectés pour son agent seront sans valeur.

Soit une montagne de preuves qui soudain ne sont plus qu'un gros tas de merde.

Tout cela s'était passé avant même que Greenwood fasse son droit, mais depuis lors, la « défense Scarpa » ne cessait de donner des frissons dans le dos de tous les Attorneys des États-Unis et voilà que cet agent à la retraite allait y avoir recours pour bousiller ce deuxième procès ?

— Vous avez essayé de m'éjecter de l'affaire Cole il y a treize ans de ça, reprit-elle. Et donc, dites-moi une seule chose : depuis combien de temps Cole vous paye-t-il ?

Enfin son petit demi-sourire condescendant quitta son visage.

— Bonne chance au tribunal, maître.

— Je peux vous aider, lui renvoya-t-elle. Comment vous tient-il ?

Horton hocha la tête et ne dit plus un mot. Puis il fit demi-tour et s'éloigna.

— Horton ! lui lança-t-elle en arrivant à la porte pile au moment où il l'ouvrait. C'est une bouée de sauvetage que je vous lance. Attrapez-la avant que vous ne couliez si profond que vous ne pourrez jamais remonter à la surface.

— Vous arrivez trop tard, dit-il.

Il ferma la porte et disparut. Elle resta là sans bouger une minute entière pour se calmer. Puis elle sortit et remit le son sur son portable, et vit qu'elle avait reçu un coup de fil du marshal Harper.

Elle le rappela en rejoignant les deux marshals qui l'attendaient à sa voiture.

— Il nous faut Burke, dit-elle. C'est notre dernière chance.

Elle écouta attentivement ce que lui dit alors Harper. Et quand il raccrocha et qu'elle se retrouva assise au volant, la sinistre vérité la submergea.

Darius Cole va sortir libre.

***

Il faisait noir lorsque Mason retrouva sa villa après une longue course en taxi à travers la ville – course au cours de laquelle il regarda fixement les rues en pensant à tout ce que Sandoval venait de lui dire.

Une fois arrivé, il gagna sa chambre et sortit son coffre à armes de dessous son lit. Il y prit le Browning Black Label 1911 qu'Eddie lui avait donné, le chargea de cartouches de calibre 45 ACP et le glissa dans sa ceinture.

Puis il ouvrit le frigo, en sortit une Goose Island fraîche, passa sur la terrasse et s'y installa. La piscine brillait d'un bel éclat bleu vert, de la brume restant en suspension dans l'air froid de la nuit au-dessus de l'eau. Il s'approcha de la rambarde et regarda au loin les lumières de la ville au sud et l'horizon noir du lac Michigan à l'est. Au-dessus de lui, les lumières rouges des deux caméras de surveillance clignotaient.

Il baissa les yeux sur la rue, sentit le poids de l'arme glissée dans sa ceinture. *Il lui faudra douze heures de route pour relier New York à Chicago une fois qu'il aura trouvé une voiture*, songea-t-il.

Sandoval a raison : il sera ici dans pas longtemps.

Il s'abrita du vent et s'assit sur une chaise. Quelques minutes plus tard, la porte s'ouvrit et Diana apparut. Elle portait son tailleur sombre et finissait sa version à elle d'une longue journée de travail. Elle s'appuya sur la rambarde et comme il l'avait fait, elle regarda le lac Michigan et frissonna dans le froid.

Ce fut lui qui brisa le silence.

— Il faut que je te demande quelque chose, dit-il.

— Oui, quoi ?

— Connais-tu un type du nom de Sean Burke ?

Dès qu'elle se tourna vers lui, même dans la faible lumière de la piscine, il vit la panique d'abord dans ses yeux, puis dans tout son corps.

— Où as-tu entendu ce nom ? lui demanda-t-elle d'une voix ténue.

Il ne répondit pas.

— Il a travaillé pour Darius et a disparu. Pourquoi ?

— Parce qu'il va revenir.

Elle se fit complètement immobile, la panique qu'il avait vue en elle se muant en quelque chose d'autre, quelque chose comme une résolution soudaine et, comme galvanisée, elle tourna les talons et rentra dans la maison.

Il l'y suivit. Elle était déjà à la porte de sa chambre lorsqu'il la rattrapa.

— Diana, attends ! lui cria-t-il.

— Non, dit-elle en mettant la main sur la poignée de la porte. Je m'en vais.

— Il faut qu'on reste ensemble, dit en lui prenant le poignet. C'est la seule façon que tu auras d'être en sécurité.

— Je l'étais avant que tu arrives, Nick. Je ne le suis plus.

Ils avaient le visage si près l'un de l'autre qu'il sentit son souffle sur sa joue. Et son cœur battait fort.

— Je travaille à une sortie, reprit-il. Pour nous.

— « Nous » ? Je n'ai pas besoin de ton aide, Nick. Ni de ta protection. Je n'ai besoin de rien venant de toi.

Elle libéra sèchement son poignet et ouvrit la porte. Fit un pas dans sa chambre. Il l'attrapa par les deux bras et la fit pivoter pour pouvoir lui faire face.

— Tu me fais mal, dit-elle.

Il la lâcha, mais ne bougea pas. C'était la première fois qu'il voyait sa chambre. Un lit à baldaquin, un fauteuil avec une lampe pour lire. Tout était élégant et fonctionnel. Beau, mais sans prétention.

Comme elle.

— J'ai peur, Nick.

— Je sais…

Il hésita à lui dire ce qu'il finit par lui dire tant c'était quelque chose qu'il ne voulait pas reconnaître, même à lui-même.

— Moi aussi.

— Je veux partir. Je ne supporte plus ça. Pas une minute de plus.

Il la regarda encore une fois et répondit :

— Allons-y.

***

Mason ouvrit la porte de l'appartement. Ce n'était que la deuxième fois qu'il y venait. Diana passa devant lui, découvrit qu'il était vide, regarda les murs nus, puis elle s'approcha de la fenêtre et contempla la circulation et les lumières de la ville douze étages au-dessous d'eux.

— Qu'est-ce que c'est que cet endroit ? demanda-t-elle.

— Un endroit où être loin. De tout.

Lorsqu'elle se retourna vers lui, il vit qu'elle tremblait.

— Qu'est-ce qu'il y a ?

— Tu vas me tuer, répondit-elle. C'est pour ça que tu m'as amenée ici. Tu as une arme à ta ceinture. C'est la première fois que je te vois avec une arme.

— C'est la première fois que j'ai un Sean Burke qui cherche à me tuer.

Il s'approcha d'elle et la regarda droit dans les yeux :

— Jamais je ne te ferais de mal, dit-il. Et je tuerai tout individu qui essaiera.

Puis il lui murmura à l'oreille :

— Nous savons tous les deux ce que je fais. Mais je sais encore ce que je ne ferai pas. Si jamais il me disait de te tuer… Je tuerais tous ceux qu'il faudrait pour ne pas le faire. Moi inclus. Et ça, je te le jure.

Elle cessa de trembler et se serra contre lui. Il sentit la tension la quitter. Juste un court instant, jusqu'au moment où elle essaya de s'écarter. Il continua de la tenir et de la regarder dans les yeux. Il y avait juste assez de lumière pour qu'il voie les larmes couler sur ses joues.

— Je ne veux pas qu'il me touche, dit-elle d'une voix à peine audible.

— Je l'en empêcherai.

— Qu'est-ce que tu vas faire, Nick ? Tu n'y arriveras pas.

C'était une idée qui lui était venue tandis qu'il descendait le couloir en courant après avoir tué McLaren. Elle avait pris forme lorsqu'il se faufilait un chemin dans les bois avec une section entière de rangers à ses trousses. Elle l'avait enfin habité de manière indéniable lorsqu'en traversant le bunker, il y avait découvert une demi-douzaine d'hommes morts et s'était rendu compte que le sang répandu par terre aurait dû de toute évidence être le sien.

Directe et simple, cette idée était maintenant parfaitement réelle dans son esprit :

Dès qu'il sortira de prison.

Dans les vingt-quatre heures.

Même si cela signifie retourner moi-même en prison...

— Je vais le tuer, dit-il.

Sur le visage de Diana, ce furent une douzaine d'émotions différentes qui passèrent en un instant : la stupéfaction, puis l'horreur, puis encore un moment d'espoir désespéré qui aussitôt redevint horreur pure. Elle hocha la tête et tenta encore de s'écarter.

Mais ils avaient déjà fait trop de chemin ensemble, étaient déjà trop proches pour que quelque chose les sépare. Ils avaient atteint un point de non-retour et lorsqu'il l'attira contre lui, elle ne résista pas. Leurs bouches étaient si proches qu'il respira avec elle, sa poitrine contre la sienne et leurs deux cœurs battant en contrepoint. Elle posa une main à plat sur son torse, non plus pour le repousser, mais pour qu'il s'allonge sur le sol. Il posa les siennes sur ses épaules et l'y entraîna avec lui.

Enfin ils s'embrassèrent, prudemment au début, puis avec de plus en plus de passion jusqu'à ce qu'ils finissent pas s'arracher les vêtements. Elle lui planta ses ongles dans le dos lorsqu'ils jouirent ensemble. Peur et tension disparurent alors que tous les deux se décidaient à ressentir autre chose, quelque chose de réel, d'immédiat et de bon, à tout le moins dans ces quelques instants où le jour mourait.

Ensuite, elle suivit les lignes des pansements qu'il avait au cou et à l'épaule. Il regarda le plafond et ne brisa pas le silence, ne troubla pas ce moment de calme immobilité que jamais il n'aurait cru pouvoir éprouver ce jour-là.

— Il doit y avoir un autre moyen, dit-elle. Et si tu… (Elle se redressa sur un coude pour regarder son visage.) Et si tu échoues ? Qu'est-ce qui t'arrivera ? À toi, et à moi ?

— Je n'échouerai pas.

— Laisse-moi t'aider.

— Non, c'est à moi de le faire.

Elle se rallongea et posa la tête sur son épaule pendant que, belle et terrible tout à la fois, la ville de Chicago les attendait de l'autre côté de la fenêtre du douzième étage. Il savait qu'ils ne pourraient rester cachés que quelques heures seulement.

Personne ne peut m'aider.

Ces mots n'arrêtaient pas de résonner dans sa tête. Encore et encore, ils se télescopaient quand, enfin, ils s'accrochèrent à quelque chose. Soudain, pour la première fois depuis qu'il était sorti de prison, il vit la seule façon qu'il avait de se libérer.

Personne ne peut m'aider.

Hormis un homme.

Sean Burke.

CHAPITRE 18

Il n'y a pas beaucoup d'hommes capables de changer la vie d'une ville entière.

Le président. Le pape. Ils viennent et tout s'arrête, et tout le monde en entend parler. Tout donne le sentiment d'être différent pendant quelques heures. Puis ils s'en vont et tout redevient comme avant.

Lorsqu'il revint à Chicago, seuls quelques habitants connaissaient encore son nom, plus rares étaient ceux qui savaient le chaos qu'il allait y apporter.

Mais pour eux, il allait changer la ville à jamais.

Sean Burke n'en avait rien à foutre de Chicago, la ville de son enfance, pas plus de tout ce qui pourrait y changer ce jour-là. Parce qu'il ne voulait qu'une chose.

Celui qu'on appelait Nick Mason.

***

À La Villita, Marcos Quintero boucla la valise contenant les vêtements de sa fille Gabriela. Sa femme, Rosa, avait un vieil ami du temps où elle allait à l'église de la 28e Rue. Il habitait maintenant de l'autre côté de la frontière d'État, à Hammond, Indiana, et c'était là qu'il allait les emmener jusqu'à ce qu'il soit absolument certain qu'elles soient en sécurité.

Il les aida à apporter les valises à la voiture et scruta la rue dans les deux sens. Depuis que Mason s'était pointé chez lui, il savait parfaitement jusqu'à quel point sa famille était vulnérable, à quel point il serait facile pour n'importe qui de les trouver.

Surtout le type à qui il avait jadis relayé les ordres de Darius Cole. Le type d'avant Nick Mason. Celui qui devait poser les critères à respecter par tout assassin embauché après lui par Darius Cole.

Sean Burke, le premier *Ángel de la Muerte.*

***

À Lincoln Park, l'inspecteur Frank Sandoval déboîta derrière Nick Mason et le suivit. Sean Burke avait maintenant quitté le bunker depuis seize heures et Chicago n'était qu'à douze de New York City. Ce petit calcul avait amené Sandoval à se dire que c'était un jour idéal pour prendre un petit congé. Le sergent qui dirigeait son équipe de six hommes n'était pas très content. Depuis peu, ce sergent n'était pas très content de beaucoup de choses.

Tout comme Sandoval. Celui-ci ne savait vraiment pas combien de temps il pourrait continuer à faire ce boulot.

Mais aujourd'hui, tout cela avait été remisé à l'arrière-plan au profit de la seule chose d'importance : ne jamais lâcher Nick Mason des yeux.

***

Le marshal Bruce Harper sortit CAM de l'hôpital de Forest Hill – CAM comme : « contre l'avis médical ». Il avait la tête fraîchement enrubannée de pansements et une commotion cérébrale sévère, ce qui lui donnait des nausées intermittentes et le faisait voir trouble. Cela dit, il allait sacrément mieux que les six gardiens de prison étendus sur les tables en métal au sous-sol.

Travis Claiborne. Ainsi s'appelait le marshal retrouvé tué d'une balle dans la tête et étendu par terre dans le parking à l'extérieur du bunker.

Putain de Travis Claiborne ! Un type qu'il avait sorti du WITSEC pour l'enterrer au Service des prisons. Si ce que son instinct lui disait sur l'intégrité du bonhomme était juste, il s'était trompé sur sa capacité à Dieu sait comment se faufiler dans l'ancienne aile de son bureau.

Pour la centième fois, Harper jura dans sa barbe en s'habillant. Il dut se tenir à la barrière du lit une minute entière avant de pouvoir se mettre à marcher. Et lorsqu'il le fit, ce fut pour descendre au rez-de-chaussée, héler un taxi et prendre la direction de l'aéroport afin d'y embarquer à bord du vol de 11 h 43 pour Chicago.

***

L'Attorney des États-Unis Rachel Greenwood regarda les boîtes qui s'entassaient dans la plus grande salle de conférences de son bureau. L'audience était prévue pour le lendemain matin, la requête en annulation de toutes les charges retenues contre Darius Cole devant y être examinée par le juge Oakley. Cela lui donnait une journée entière pour étudier tous les éléments de preuve présentés au premier procès.

Si la défense Scarpa de Starr fonctionne vraiment et que les trois quarts de ces pièces ne sont pas retenues, que me restera-t-il? se demanda-t-elle.

Elle attaqua la première boîte. Des PV d'arrestation. Des dépositions de flics. Elle sortit une photo d'identité judiciaire. Le visage était maigre et grêlé. Celui d'un animal affamé.

Sean Burke. La dernière chance qu'elle avait de retourner un témoin contre Cole.

Je n'ai rien, se dit-elle. *Ça va être un bain de sang.*

***

Darius Cole se réveilla dix-sept étages au-dessus de la rue alors qu'un maigre rayon de soleil filtrait à travers la petite fente dans le mur. Douze ans après son long voyage jusqu'à Terre Haute, il était de retour à Chicago. De retour dans la ville qui lui appartenait toujours.

Il aurait dû se sentir bien ce matin-là. Il pouvait revoir le passé et, l'une après l'autre, toutes les réussites de son plan né le jour où, en lisant des revues juridiques à la bibliothèque de la prison, il avait découvert le seul et unique contentieux juridique entendu par des jurés anonymes. Il s'était alors rendu compte que quelque part à Chicago un des douze jurés à son procès avait dû se vanter d'y avoir assisté et ce, à la mauvaise personne, au mauvais endroit et au mauvais moment.

Telle était la seule et simplissime idée qui avait tout mis en branle. Et maintenant, il avait un des meilleurs avocats du pays qui, dès le lendemain matin, ferait son entrée dans le prétoire complètement armé pour la bataille…

Cole fit encore quelques rapides calculs dans sa tête – si tout marchait comme il l'avait orchestré, il était vraiment possible qu'il se retrouve libre dans moins d'une trentaine d'heures. Ce n'était pas absolument sûr, pas encore, mais il avait d'autres coups à jouer si celui-là ne conduisait pas au mat.

Parce que lorsqu'on est Darius Cole, il y a toujours d'autres coups à jouer. D'autres pièces sur l'échiquier.

La seule pièce en jeu qui l'inquiétait ce matin-là était Sean Burke. Ç'avait été une erreur de ne pas le traquer plus sérieusement la première fois qu'il avait quitté Chicago. Il aurait dû lui dépêcher une armée entière. Tout ce qui était nécessaire.

Il regarda par la fente dans le mur, ne vit que le bâtiment de l'autre côté de la rue et un infime bout de trottoir en se redressant au maximum. Maintenant sorti de son bunker, Sean Burke était la pièce folle qui évoluait sur l'échiquier. Et Cole n'avait aucun doute sur l'endroit où Burke allait finir son périple.

***

Sean Burke revit les cornes du diable de la Sears Tower au loin en traversant le Skybridge. La dernière fois qu'il s'était trouvé sur ce pont, il l'empruntait en sens inverse. Pour quitter Chicago. Il avait pris vers l'est pour commencer une nouvelle vie à New York en laissant derrière lui le seul endroit qu'il avait jamais connu depuis son arrivée en Amérique.

Il ne pensait pas avoir jamais la moindre raison d'y revenir. Et c'était devenu impossible lorsqu'il avait été expédié à Dannemora. Il n'y avait alors plus moyen de revoir Chicago. Et pourtant il était là, en train de traverser la Calumet dans un pick-up Ram 1500, jadis la propriété du type derrière le comptoir de la station-service de Flushing Meadows – dont il s'était aussi approprié les vêtements.

Après avoir franchi la limite de la ville, il fila vers l'est et son ancien quartier irlandais de Beverly. Il reconnut les trois quarts des bâtiments, mais cela ne le surprit pas. Ce n'était pas un coin où l'on s'enthousiasmait pour le changement.

Il s'arrêta à un demi-bloc du bar, descendit du Ram, arriva devant l'immeuble et découvrit les fenêtres noircies et le ruban de scène de crime en travers de la porte. La maison de son cousin Eamon, celui qui l'y avait accueilli lorsqu'il avait fui Crossmaglen, celui qui l'avait laissé prendre la chambre d'amis à l'étage et lui avait présenté certaines personnes du quartier.

Ce matin-là, Eamon aurait dû faire cuire des œufs pour les peintres et les plombiers des environs, et servir les premiers coups à boire aux autres clients, tous ceux qui ne pouvaient pas, ou ne voulaient pas travailler. Au lieu de quoi, tout était fermé. Il allait traverser la rue lorsqu'une voiture de patrouille de police s'en approcha et se gara dans le parking.

Il n'eut pas besoin de plus pour savoir qu'Eamon était mort.

Il remonta dans son pick-up et traversa la ville la mâchoire crispée et les doigts blancs à force de serrer le volant. Le fusil d'assaut qu'il avait pris en quittant le bunker était posé sur le siège à côté de lui, il y jeta un bref coup d'œil et se demanda combien il lui restait de munitions.

Et d'ailleurs, pensa-t-il, *je n'ai pas envie de me servir d'un fusil. Je ne tiens pas à ce que ça se passe trop vite.*

Il se rappela où se trouvait le bureau de Canal Street, à deux pas de la Chicago River. Dans un quartier industriel, au milieu de sites de production sans grand monde autour. Lui revinrent en mémoire les caisses déchargées sur le quai, démontées, puis remontées, certaines jetées, d'autres encore expédiées dans divers endroits dont il ne savait rien. Tout cela n'étant pas de sa responsabilité, il lui vint à l'esprit qu'en fait il n'était même pas censé avoir connaissance de ce lieu. Mais cela n'avait aucune importance parce qu'il en franchit l'entrée et découvrit une entreprise de réfrigération récente dans le vieux bâtiment. Il ne se donna pas la peine de descendre de son véhicule pour demander à quelqu'un où avait déménagé l'ancienne boîte d'import/export. Elle était certainement très bien cachée dans un autre coin perdu de la ville.

Cole est trop malin pour garder longtemps son bureau au même endroit, se dit-il. *Mais je me demande combien de ses anciens employés sont encore vivants et travaillent pour lui. Et qui pourra me conduire à Nick Mason.*

Il traversa la ville par l'ouest pour rejoindre La Villita. Tourna dans Trumbull Avenue, passa devant la vieille maison au milieu du bloc, se gara et attendit de voir si Quintero donnait signe de vie. Dans sa cellule, Burke avait passé bien des nuits à penser à la manière de régler son compte à cet enfoiré, l'espèce de type qui l'appelait en pleine nuit pour lui ordonner de faire ceci ou cela comme s'il n'était qu'un vulgaire esclave. Il ne savait pas combien de temps il faudrait à Quintero pour laisser tomber Mason et se retrouva à espérer que le bonhomme se montre obstiné. Qu'il l'oblige ainsi à le torturer, lui et peut-être aussi toute sa famille, jusqu'à ce qu'il obtienne le renseignement qu'il voulait.

Il attendit et attendit, mais il n'y avait toujours pas signe de vie et il n'était certainement pas prêt à aller demander à ses voisins si Marcos Quintero habitait toujours là. Dans un quartier pareil, personne n'aurait dit quoi que ce soit à un inconnu à cheveux roux comme lui.

Il poursuivit sa route vers le restaurant de Rush Street, chaque rue qu'il longeait lui rappelant différents boulots qu'il avait effectués, d'abord pour le compte du vieux qui gérait la boîte de bookmakers, puis pour un Cole qui l'avait payé nettement mieux, mais avec lequel il avait eu un petit problème lorsque celui-ci lui avait retiré le contrat sur son concurrent, que lui, Burke, avait déjà liquidé de toute façon. Il s'était alors laissé aller à croire que la guerre était finie entre eux jusqu'à ce qu'après toutes ces années, Cole lui envoie ces types pour le liquider dans l'ascenseur.

Parce que tu croyais vraiment, s'écria-t-il à l'adresse du Darius Cole qu'il avait dans la tête, *que j'allais te balancer ?*

Et là, tout en roulant, il essaya de se rappeler le nom du restaurant où Cole blanchissait des tonnes d'argent. Chez… Ça commençait par un A…

Chez Antonia. Voilà, c'est ça !

L'endroit avait meilleure allure que l'image qu'il en avait gardée. Il y avait maintenant des auvents rouges aux fenêtres et une marquise, elle aussi rouge, au-dessus de la porte. Il se gara dans le parking et entra. Il se demanda si Cole se servait toujours de l'endroit pour blanchir du fric et filer des emplois fictifs à ses employés très particuliers. Il n'y avait qu'un moyen de le savoir.

— Bienvenue, monsieur, lui lança le maître d'hôtel d'un ton qui suggérait le contraire. Avez-vous une réservation pour ce midi ?

Burke baissa les yeux et se rendit compte qu'il portait toujours la chemise de travail et le jean de l'employé de la station-service. Typique du snob américain qui croit que, Dieu sait comment, un costume cher fait de lui un homme supérieur.

— C'est triste à dire, mais non, répondit-il.

— Malheureusement, nous sommes complètement bookés cet après-midi.

Burke regarda la cuisine par dessus l'épaule du bonhomme. Et l'aperçut. *Diana. La femme de Cole.* Elle était toujours aussi belle. Bien plus que tout ce qu'il avait pu voir depuis longtemps.

— Ça vous ennuierait que j'utilise les chiottes ?

— Pardon ?

— Les toilettes, quoi.

Le maître d'hôtel n'eut pas l'air ravi, mais lui montra le chemin. Burke le remercia et emprunta le couloir en prenant bien soin de ne pas se faire remarquer par Diana. Lorsqu'il arriva devant la porte du bureau, il regarda vite autour de lui et l'ouvrit.

Il était prêt à fracturer le meuble classeur s'il le fallait, mais premier coup de chance depuis que le plateau en métal lui avait été offert dans sa cellule du bunker, il n'était pas fermé à clé. Il éplucha les *M* pour trouver l'adresse de Nicolas Mason.

Et n'en crut pas ses yeux.

***

Ce que Burke espérait être son dernier arrêt n'était pas loin. Aussi bien se trouvait-il déjà au-dessus du Loop et longeait-il la rive du lac. La plage de North Avenue Beach était essentiellement déserte et un petit vent y poussait des crêtes d'écume blanche. Il descendit Lincoln Park West et ralentit en s'approchant de la villa. Fit le tour du bloc et se gara près de l'entrée du zoo à son deuxième passage, juste assez près pour en avoir une bonne vue.

Revoir cette maison lui rappela la seule fois où il avait eu le droit d'y entrer, d'en monter les marches en bois jusqu'à l'endroit où résidait l'illustre Darius Cole. La superbe cuisine avec ses comptoirs en granite et son îlot central plus grand que la chambre où il dormait avec son frère en Irlande. Les meubles en cuir de prix, la télévision géante et la piscine sur la terrasse. *Non parce que… qui donc se ferait construire une piscine un étage au-dessus du sol, bordel?* C'était le genre d'endroit où il n'aurait pas détesté passer un peu plus de temps.

Il fut un peu surpris par la jalousie et la rage qu'il sentit monter en lui. Lorsqu'il travaillait pour Cole, il était très grassement payé, pas de problème. Cela dit, du diable s'il avait jamais été invité à vivre dans le palais du roi, et avec la reine, comme c'était clairement le cas de Nick Mason. Lui n'avait jamais habité que dans le petit appartement de merde au-dessus du bar de Beverly où il n'y avait ni cuisine fantastique, ni piscine un étage au-dessus du sol et aucune vue donnant sur le lac. Et quant à revenir à la maison le soir pour y retrouver une femme comme Diana… Lui, il rentrait plutôt chez lui et pour tomber sur son poivrot de cousin Eamon.

Penser à son cousin le ramena au présent et attisa le feu qui brûlait déjà en lui. Il resta dans son pick-up et observa la villa jusqu'au moment où enfin il vit un visage apparaître à la rambarde.

Ce doit être lui, se dit-il.
Nick Mason.

***

Mason en avait assez d'attendre. Il faisait déjà nuit et l'heure était venue d'y aller. Il descendit au garage, s'assit au volant de la Jaguar et appuya sur le bouton pour ouvrir la porte. Il la franchit, entra dans la rue en marche arrière, referma le garage et brûla de la gomme sur le trottoir. Tous les réverbères brillaient dans le froid de la nuit.

Il descendit Rush Street, et repéra la berline noire derrière lui : Sandoval. S'il y avait quelqu'un d'autre qui les suivait tous les deux, il ne le voyait pas. Il gara sa voiture à l'emplacement du voiturier juste devant le restaurant, entra et trouva Diana en train de fermer la cuisine. Elle avait l'air terrifiée.

— Tout ira bien, dit-il en lui tendant les clés de l'appartement secret. Assure-toi de ne pas être suivie.

Elle lui donna l'impression de ne pas croire sa première phrase, mais comprit la deuxième et lui donna vite un petit baiser sur la bouche en lui prenant les clés. En dehors d'eux, le restaurant était désert. Il n'y avait personne pour les voir, soudain il eut envie de la prendre sur le plan de travail de la cuisine.

— On fêtera ça plus tard, dit-elle en lisant ses pensées dans ses yeux. Fais attention.

Il acquiesça et prit son arme à sa ceinture pour l'accompagner jusqu'à la porte de derrière. Il sortit le premier, laissa la porte se refermer derrière lui et bruits de pas, coups de fusil, tout, il écouta. Calme absolu dans la ruelle. Il rouvrit la porte, elle sortit, gagna vite sa BMW noire et fila.

Il réintégra le restaurant, regarda par la vitrine de devant et fut heureux de ne plus voir la berline de Sandoval dans la rue.

Il n'y vit pas non plus l'Escalade de Quintero, ni la voiture grise qui la remplaçait de temps en temps.

Toujours aucun signe de Burke.

— Où es-tu, bordel? s'écria-t-il tout haut. Je suis ici, moi. Et la porte d'entrée est ouverte.

Il avait passé toute sa journée à penser à lui, à essayer de se mettre dans sa tête. *Qu'est-ce que je ferais à sa place?* C'était pour ça qu'il voulait rester visible sans que ce soit trop évident. S'il avait vraiment travaillé pour Cole, Burke connaissait l'existence de la villa de Lincoln Park West. Et probablement aussi celle du restaurant.

Cela étant, à penser comme lui, la villa n'était pas le bon endroit où agir. C'était peut-être quelqu'un qui venait de s'échapper d'un bunker gardé par six hommes armés, mais ces désavantages tactiques étaient inévitables. Il n'y avait aucune raison d'essayer d'entrer dans une maison un étage au-dessus de la rue en sachant qu'il s'y trouverait forcément des caméras de surveillance et Dieu sait quoi encore en matière d'équipements de sécurité – pas en sachant que son occupant finirait par quitter les lieux et rendre les choses nettement plus faciles.

Restait le restaurant, et Mason avait garé sa voiture devant. Tout, à l'exception d'un panneau géant, faisait savoir à Burke qu'il trouverait Mason à l'intérieur. Dès qu'il passerait à l'acte, le problème serait de savoir comment l'isoler. Comment le maintenir à l'écart de tout le monde, Sandoval y compris, et dans le même temps mettre Burke en infériorité tactique.

Ç'aurait été le moment idéal pour qu'Eddie couvre mes arrières, songea Mason.

Il jeta encore un regard dans la rue. Cette fois, il vit une berline noire se garer quelques maisons plus bas, l'avant tourné vers le restaurant. Il n'eut pas à essayer de voir à travers le pare-brise pour savoir qui se trouvait au volant.

Sandoval.

Il sortit son portable et l'appela en imaginant ce qui allait se passer. Car Sandoval risquait tout aussi gros que lui. Voire plus à rester là, assis dans sa voiture banalisée et donc parfaitement repérable. Burke ne cillerait même pas en lui collant une balle dans la nuque. Et c'était la dernière chose à laquelle Mason avait envie de penser à cet instant – l'image d'un flic x ou y sonnant, son chapeau à la main, à la porte de la maison où vivaient l'ex et les enfants de Sandoval.

— Écoutez-moi, dit-il dès que celui-ci eut décroché. Il faut dégager de là.

— Pas question, je ne bouge pas.

— Sandoval, vous n'avez absolument aucune idée de ce que vous êtes en train de faire. Et j'ai pas le temps de vous expliquer, alors... *Dégagez, c'est tout.*

Et il mit fin à l'appel en regardant encore une fois par la fenêtre. L'heure était venue de remettre le compteur à zéro et de filer. Il ouvrit la porte d'entrée et passa dehors. Il faisait plus froid maintenant qu'on approchait de minuit, mais il le sentit à peine. Il allait ouvrir sa portière lorsqu'il vit le fil attaché à la poignée. Il arrêta sa main à un centimètre, recula et se mit à genoux pour regarder sous la Jaguar. Le fil courait tout le long du bas de caisse et devait être accroché au châssis. Il n'était pas question qu'il passe dessous pour voir où.

Dans sa poche, son portable sonna de nouveau. C'était Sandoval, il le savait, et ne se donna même pas la peine de vérifier. Il scruta la rue dans les deux sens et se mit en chemin. En imaginant, et à chaque pas qu'il faisait, Sean Burke en train de viser son dos. Sauf que non. Son instinct lui disait que Burke ne tuait pas à distance. À tout le moins, que ça ne se passerait pas comme ça avec lui.

Pour lui, c'est trop personnel. Il voudra voir ma tête. Et que moi, je voie la sienne.

Il entendit une voiture arriver derrière lui alors qu'il descendait Rush Street vers le sud. Il tourna dans Illinois Street et prit le sens unique à l'envers. Il est déjà assez difficile de suivre un type quand on est en voiture. À Chicago, c'était quasi impossible.

Il compta le nombre de rues qui le séparaient de l'immeuble d'appartements situé non loin de là, une fois traversée la rivière. Puis il s'arrêta. Il se trouvait maintenant juste à côté du Nordstrom fermé pour la nuit, mais avec ses vitrines illuminées et montrant toute sorte de citrouilles et de feuilles, et un mannequin femme très bien habillé qui le dévisageait. Il vit une silhouette s'avancer vers lui, ombre solitaire qui grandissait à chaque pas. Ce n'était pas Sandoval. Celui-ci aurait fait comme les flics en restant au volant et décrochant peut-être même sa radio. Burke, lui, était du genre à larguer une voiture en une seconde pour le rattraper à pied. Et si Mason le savait, c'était parce que c'était ce qu'il aurait fait à sa place.

Il glissa la main droite dans sa veste et la serra sur la crosse du Browning. La silhouette s'approcha encore, hésita un instant en découvrant Mason debout devant elle, la main quasiment à sa ceinture. Pas moyen de se tromper sur ce que cela signifiait dans une ville où il ne se passe pas de jour sans que quelqu'un ne se fasse tuer par arme à feu. L'homme traversa la rue et continua de marcher, sans lâcher Mason des yeux.

C'est alors que celui-ci remarqua une autre silhouette, une autre ombre solitaire debout au croisement. Complètement immobile.

Mason repensa à l'entraînement qu'il avait effectué avec Eddie et se demanda jusqu'où il allait devoir se rapprocher pour avoir une chance réaliste de succès avec son Browning. Il étudia soigneusement la silhouette et, le vent se levant un peu, vit bouger le bas de son manteau long. Il se rappela la place vide dans le râtelier du bunker, le désastre de tous ces corps étendus sur le sol.

C'est un fusil d'assaut qu'il a sous son manteau. Si on y va comme au Far West dans ces rues, je suis un homme mort.

Il pivota, continua d'avancer, tourna dans Wabash Avenue et prit vers la rivière. Les deux tours de Marina City le dominèrent d'un côté et la Trump Tower aux couleurs criardes de l'autre lorsqu'une fois encore il se retourna et vit l'ombre un bloc derrière lui. Il emprunta le pont, l'eau scintillant sous lui de toutes les lumières de Chicago en fin de nuit.

J'ai besoin d'un avantage.

Il poursuivit sa route sur le pont, accéléra l'allure en prenant Wacker Drive, et gagna la promenade au bord de l'eau. Mais il se rendit aussitôt compte à quel point il était vulnérable, l'individu qui le suivait pouvant s'arrêter sur le pont, se servir de la rambarde pour stabiliser son arme et tirer une rafale qui l'abattrait. La seule question pendante était celle de savoir où son cadavre allait tomber, sur terre ou dans l'eau. Il accéléra encore le pas et coupa vers le sud par State Street. Parcourut encore un bloc et arriva au croisement de Lake Street, vit quelques piliers de bars qui, toujours dehors malgré le froid de la nuit, convergeaient vers l'endroit où l'El train[1] file d'est en ouest et le métro du nord au sud.

Il monta les marches conduisant au El, s'arrêta et vit le type descendre State Street. Dans la faible lumière il repéra ses cheveux roux et la façon dont son long manteau tombait de ses épaules maigres. Il le regarda arriver au pied de l'escalier, gagna le bout opposé du quai et redescendit de l'autre côté. De retour dans la rue, il traversa et regarda derrière lui en prenant l'escalier conduisant au métro direction sud.

Une rame attendait lorsqu'il arriva sur le quai. Il y monta et regarda précautionneusement derrière lui. Une annonce

1. Métro aérien.

automatique demandait déjà à tout le monde de ne pas gêner la fermeture des portes lorsqu'une bande de jeunes en âge d'aller en fac se rua dans les escaliers et monta dans la voiture suivante. Quand les portes se fermèrent, Mason gagna le fond de la sienne et jeta un coup d'œil dans la suivante par la vitre. Tous les jeunes s'y tenaient debout, à tout le moins une bonne dizaine d'entre eux. Puis, à un moment donné, ils se séparèrent et il vit Sean Burke dans l'éclat métallique de la lumière artificielle.

Leurs regards se croisèrent. Burke lui sourit. Et entrouvrit juste assez son manteau pour qu'il voie le fusil d'assaut qui pendait au bout de sa bandoulière. Burke regarda tous les voyageurs autour de lui – soit en plus des étudiants, deux vieux en salopette et une femme avec un bébé qu'elle tenait serré contre elle, enveloppé dans un châle. Burke, lui, considérait tous ces gens avec le même sourire sur le visage, puis leurs deux regards se croisèrent à nouveau, et le message fut clair : il tuerait tous les voyageurs jusqu'au dernier s'il le fallait, et sans la moindre hésitation.

Les deux hommes ne bougèrent pas d'un pouce tandis que la rame fonçait sur les rails. Ce fut Burke qui finit par rompre le charme en s'approchant de la porte. Mason recula. Gagna l'autre extrémité de la voiture et franchit la porte de communication pour passer dans la suivante. Et de nouveau il en gagna l'extrémité et passa dans la suivante. Et chaque fois qu'il regardait derrière lui, il voyait Burke qui avançait, lentement, régulièrement. L'un et l'autre savaient qu'il n'y avait qu'un nombre limité de voitures à traverser pour arriver à la dernière.

Mais un seul avait suffisamment emprunté la Red Line pour savoir que la station suivante ne se trouvait qu'à quatre blocs de là.

Mason regarda Burke tendre la main pour ouvrir la porte de communication avec la dernière voiture et fit le compte des voyageurs : un type assis près d'une porte, un autre qui semblait dormir, un troisième qui se tenait debout et s'accrochait à la barre. Ce serait lui qui serait abattu le premier et il ne se doutait certes pas qu'il ne lui restait que disons… cinq secondes à vivre. Mason sortit le Browning de sa ceinture et s'apprêtait à hurler à tout le monde de se jeter à terre lorsque les lumières vacillant un instant, le conducteur appuya un rien trop fort sur les freins. Le type qui s'accrochait à la barre oscilla, Mason vit Burke perdre l'équilibre, piquer du nez et se cogner la tête contre la vitre. Et la rame s'arrêta avant qu'il puisse ouvrir la porte. Mason fila vers l'autre, l'ouvrit et fut sur le quai.

Il garda son arme au creux des reins, sa main droite sur la crosse, cran de sécurité débloqué, index sur la détente. Burke venait de se faire coincer quelques secondes entre deux voitures, mais en cherchant la sortie, Mason le vit descendre de la rame. Le canon de son fusil d'assaut sortait maintenant de son manteau et il avait Mason en joue. Une volée de marches conduisait bien à la rue, mais jamais il n'y arriverait avant d'être abattu.

Il regarda derrière lui et découvrit une porte métallique crasseuse dans le mur de la station. Il essaya la poignée, mais elle ne bougea pas. Il n'y avait pas de motrice à cette extrémité de la rame – dans ce sens-là, celle-ci était « poussée » plutôt que tirée, le conducteur se trouvant donc à l'autre bout et ne pouvant empêcher Mason de faire ce que tout le forçait à faire.

Il jeta vite un dernier coup d'œil derrière lui tandis que les voyageurs montaient l'escalier. Et Burke lui sourit – Mason n'avait aucun endroit où aller. À moins que…

Mason savait qu'il n'avait pas d'autre choix et se serra tout au bord du quai qui rétrécissait pour entrer dans les ténèbres. Il guetta le bruit que faisait Burke en le suivant, un pas après l'autre le long des voies. Garda le dos collé au mur et continua d'avancer aussi vite et silencieusement qu'il pouvait. Arrivé au bout du quai, il vit l'escalier métallique qui descendait sur les rails. Encore une fois, il jeta un coup d'œil par-dessus son épaule, et vit une ombre lui bloquer la lumière : Burke qui le traquait. Mason descendit les marches.

Un autre feu de sécurité brillait devant lui, mais pas assez près pour qu'il puisse voir où il mettait les pieds. Il savait qu'il y avait un troisième rail quelque part, et aussi des rats, et d'autres saloperies encore, mais il n'avait pas le temps de s'en préoccuper. Il continua d'avancer jusqu'à ce que le feu soit devant lui.

Sauf que tu vas passer droit sous une putain de lumière, se dit-il. *Autant se peindre une cible dans le dos.*

Il fit encore une dizaine de mètres avant de découvrir l'abri sur sa droite. Il s'y glissa et se serra encore contre le mur. Guetta des bruits de pas, mais n'entendit que celui d'une rame au loin. Et ce bruit se mit à grandir.

Il sentit son cœur s'emballer, essaya d'en ralentir les battements.

Respire. Concentre-toi.

Le vacarme sur la voie grandit encore. Une lumière se mit à briller au loin, se fit de plus en plus vive au fur et à mesure que passaient les secondes – et ce bruit ! Sauf qu'il venait de sa droite, de la voie de l'autre côté. La lumière était filtrée par les poutres de soutènement séparant les deux voies. Elle vacilla, puis devint extrêmement intense lorsque la rame nord apparut dans un virage et ralentit en entrant dans la station de Monroe Street. Mason s'approcha du bord de l'abri, puis recula en sentant l'ombre tout près de lui. Il l'attendit, son arme tenue à deux mains.

Sur l'autre voie, la rame passa, puis s'arrêta. Mason regarda et attendit, prêt à réagir dans l'instant.

Ce fut le canon du fusil d'assaut qu'il vit en premier. Il pivota, le cogna avec son Browning tenu à deux mains et le dévia vers le haut. Puis il sortit de l'abri et tenta de l'attraper d'une main tout en balayant l'air de son arme. Mais Burke s'écartant trop vite, il sentit la crosse du fusil avant de la voir ou de l'entendre le frapper à la tête et l'expédier contre le mur. Alors Burke lui flanqua un coup de pied dans le ventre qui lui coupa le souffle, et le frappa encore à la nuque.

Mason se retrouva à quatre pattes dans la puanteur des voies et attendit le coup de feu en se demandant si même il l'entendrait.

— Debout ! (Une voix, mélodieuse, qui lui arrivait de quelque part, loin.) Relève-toi.

Mason chercha le mur et se remit sur pied d'une poussée. À peine s'était-il relevé qu'il reçut un autre coup au visage. Le fusil d'assaut ? Le poing de Burke ? Pas moyen de savoir et ça n'avait aucune importance de toute façon. Il retomba dans la crasse et y vit le visage de sa fille, la façon dont elle avait levé les yeux vers lui la dernière fois qu'il l'avait vue, avant qu'il l'abandonne au restaurant.

Si seulement il avait su que c'était la dernière fois qu'il la voyait.

Il sentit une main l'attraper par la veste et le relever. Puis quelque part, il entendit un autre bruit qui montait. Comme le tonnerre dans le lointain ; c'était vraiment loin et ça n'aurait bientôt plus d'importance. Dans la faible lumière, il découvrit le visage de Burke – calme, réfléchi. Il l'étudiait, se préparait pour le dernier coup de feu. Il avait eu une arme dans la main – où était-elle passée ? Il ne l'avait plus.

— Et tu vas me dire, lui lança Burke avec son accent irlandais, que c'est toi que Cole a embauché pour me remplacer ? Tu te fous de moi, dis ?

Mason vit le coup arriver. Pas que ça l'aurait aidé. Il le prit en plein dans le menton et serait allé encore une fois au tapis si le mur ne l'avait pas retenu. Le bruit lointain grandissait, et voilà qu'une lumière apparaissait à l'extrémité nord du quai. Burke se tournait pour regarder dans cette direction lorsque

Mason tomba à genoux et lui balança son poing droit dans les parties. C'était un coup qu'il avait appris à donner dans les rues de Canaryville. Ne pas hésiter à se battre comme une ordure quand il le faut. Et même quand ce n'est pas nécessaire.

Burke se pliant en avant, Mason lui flanqua un coup d'épaule qui l'expédia dans une des poutrelles de soutènement. Burke poussa un cri de douleur tandis que Mason s'emparait de son fusil d'assaut, moins pour l'abattre que pour se servir de la bandoulière et le tirer vers lui en la faisant tourner encore et encore.

La rame s'arrêta à la station dans un hurlement, ses phares baignant les deux hommes dans une lumière d'un blanc aveuglant. Mason n'arrêtait pas de faire tourner la bandoulière afin de ficeler Burke de plus en plus serré. Burke lui décocha un coup du pied dans la jambe, puis il se détacha de la poutrelle et prit son élan pour projeter Mason contre le mur. Les deux hommes se prirent les pieds dans les rails, mais Dieu sait comment, réussirent à ne pas s'électrocuter en tombant par terre, Burke sur Mason et lui collant le canon de son fusil en travers du cou. Lorsque la rame quitta la station, Mason vit l'intérieur de chacune des voitures qui passait en un éclair devant lui, la nuque des voyageurs, de tous ces gens qui rentraient chez eux pour y vivre une vie normale. Le vacarme fut assourdissant l'espace de quelques instants, tandis qu'il se débattait contre ce fusil qui lui écrasait la gorge et lui coupait le souffle.

Le visage d'Adriana lui revint encore une fois. Adriana bébé qui arrive chez eux, dans leur petite maison de Canaryville, Adriana à quatre ans assise à une table et y attendant ses pancakes un samedi matin. Adriana à neuf ans, assise à côté de lui dans sa voiture. Et Adriana encore, adolescente, qui prendrait ce métro sans même se rendre compte que c'était là, à cet endroit précis, que son père avait perdu la vie.

Encore un bruit. Et une nouvelle lumière. Mason regarda à droite et vit approcher une autre rame, sauf que cette fois, c'était sur la voie où il était étendu. Burke releva la tête, puis la rabaissa, un sourire cruel sur les lèvres. Il dit quelque chose, mais Mason n'arriva même pas à l'entendre tant le grondement de la rame était déjà fort, le sol sous lui se mettant à trembler tandis que Burke changeait de position, se dégageait des rails sans cesser de l'immobiliser avec son fusil. Mason savait qu'il le lui ôterait du cou au dernier moment, en prenant juste le temps de se jeter en arrière pour voir le convoi lui passer sur le corps.

Il se débattit, essaya de repousser l'arme. Et vit alors que Burke, lui, avait toujours la bandoulière autour du cou. Il tira dessus et ramena le visage tout surpris de Burke à deux centimètres du sien.

— On va mourir tous les deux, lui dit-il en tenant la bandoulière bien serrée et sentant Burke essayer frénétiquement de se dégager.

Mais il n'avait pas assez de leviers pour s'opposer à la force de Mason et ses yeux s'agrandirent lorsqu'en relevant la tête, il vit la lumière qui grandissait. Mason ne lâcha pas, resta avec son ennemi sur les rails tandis que le grondement se faisait de plus en plus fort, que Burke se débattait de plus en plus violemment pour s'écarter, la rame maintenant si proche que Mason en sentit presque le goût de métal dans la bouche.

Burke hurla, Mason se releva et continua de faire tourner le fusil jusqu'à ce que la situation s'inverse, que toujours piégé par la bandoulière, Burke perde l'avantage lorsqu'il se retrouva sous Mason qui lui écrasait l'arme sur le corps et lui maintenait le cou parfaitement posé sur le rail extérieur. Mason n'avait maintenant pas de geste plus simple à faire pour s'écarter et se libérer entièrement tandis que les roues de la rame décapiteraient Burke sous ses yeux.

Burke jeta un coup d'œil de côté sans cesser de hurler – déjà le train n'était plus qu'à cent mètres de sa tête.

Qu'à cinquante.

Qu'à vingt.

Alors Mason l'attrapa par le col de son manteau et l'écarta du rail. Mais maintint son emprise sur la bandoulière tandis que la rame passait dans un bruit de tonnerre et soulevait une vague de crasse, de cochonneries et de merdes de rats qui les submergea jusqu'à ce qu'enfin la dernière voiture s'éloigne et laisse Mason reprendre son souffle.

Il regarda Burke droit dans les yeux, les deux hommes gardant le silence.

Alors Mason serra le poing et frappa Burke au visage encore et encore, jusqu'à ce qu'il perde connaissance.

Puis il se releva, s'épousseta, passa de l'autre côté de la voie et retrouva son Browning. Revint et dénoua la bandoulière autour du cou de Burke qui commençait à retrouver ses esprits. Et lui mit son Browning sur la tempe.

— Je viens de te sauver la vie, dit-il, mais je te ferai sauter la cervelle tout de suite si t'essaies des trucs idiots.

— Qu'est-ce que tu veux ?

Du sang dégouttait de la bouche de Burke et ses mots étaient indistincts.

— On va retourner au restaurant, lui répondit Mason en le remettant sur ses pieds, et on va faire un brin de causette.

CHAPITRE 19

Mason lui avait sans doute dit qu'il lui mettrait une balle dans le crâne s'il tentait des trucs idiots, mais il s'attendait toujours à ce que ça arrive – et Burke ne le déçut pas.

Mason l'avait poussé sur la petite échelle et le long du quai, manœuvre qui avait attiré les regards des quelques voyageurs qui attendaient la rame suivante après minuit. Les deux hommes étaient sales et couverts de sang, mais Mason tenant le fusil hors de vue, personne n'essaya de les arrêter.

Burke resta silencieux lorsqu'ils retrouvèrent la rue. Le froid brûla le visage plein d'écorchures de Mason tandis qu'il forçait Burke à remonter State Street jusqu'à l'ancienne station de Lake Street et le pont de Wabash Avenue. Il s'était tenu volontairement à l'écart de Rush Street en prenant la rue parallèle et en coupant par l'arrière du bâtiment. Il n'avait pas envie que l'inspecteur Sandoval se mêle de tout ça. Pas avant qu'il ait réglé la situation avec Burke.

Il ouvrait la porte de derrière lorsque Burke se tendit et tenta de lui arracher son arme d'un revers de la main. Ç'aurait pu marcher si Mason ne s'était pas déjà dit combien il lui serait agréable de le cogner à nouveau. Il le frappa donc en pleine figure avec la crosse du Browning. En plus de tout ce à quoi il avait déjà eu droit ce soir-là, ses doigts lui firent un mal de chien, mais le coup faisant nettement plus de dégâts au visage de Burke, il se vit contraint de traîner le bonhomme à travers le restaurant pour arriver à la cuisine. Il le posa sur une chaise, lui prit sa ceinture et la lui entortilla autour des poignets. Puis il ôta la sienne et attacha Burke à la chaise. Inutile de l'y ficeler comme un professionnel du rodéo, juste assez pour qu'il se tienne tranquille un moment.

Il mit des glaçons dans un sac en plastique, remplit une casserole d'eau froide et la lui jeta en pleine figure. Tira une autre chaise et s'assit en face de lui.

— Réveille-toi, lui lança-t-il, et il fit la grimace en s'appliquant le sac de glace sur la joue.

— Pourquoi est-ce que je respire encore ? marmonna Burke après avoir rouvert les yeux et s'être éclairci les idées.

— Je te l'ai dit : faut qu'on cause.

Burke baissa la tête et se débattit contre les ceintures.

— Je trouve le truc le plus lourd qu'il y a dans cette cuisine, et je te fous une raclée du diable avec si jamais il le faut, reprit Mason. Bon et maintenant, tu ne bouges plus et tu m'écoutes.

Burke se redressa et prit tout l'air de défi que peut avoir un type de soixante-quinze kilos ficelé à une chaise.

— Et d'abord, reprit Mason, quel genre de bombe y a-t-il dans ma voiture ?

Burke sourit.

— Il n'y en a pas.

— Mon œil, oui ! Y a un fil qui pend à la poignée de ma portière et qui descend jusqu'à…

— Sauf que c'est tout ce qu'il y a, lui renvoya Burke. Un fil. C'est une vielle astuce de Crossmaglen. Quand on était gamins, on s'en servait contre la RUC.

Mason le regarda et hocha la tête.

— La Royal Ulster Constabulary, lui précisa Burke. On leur collait un fil à la portière pour leur faire croire qu'il était relié à une bombe. Il ne l'était pas, mais on rendait leur bagnole inutilisable deux ou trois heures le temps que la patrouille leur redonne le feu vert.

— Et comment je peux être sûr que t'es pas en train de me raconter des bobards ?

— Tu prends un miroir, tu le promènes sous la voiture et tu vois.

Mason ne voulait pas laisser Burke seul une seconde, mais à moins de prendre le risque de détacher ce fumier et de l'emmener dans le bureau avec lui, il n'avait pas d'autre choix.

— Tu ne bouges pas, répéta-t-il en lui mettant le canon de son arme sous le menton pour que tout soit clair.

Puis il gagna le bureau, ouvrit le tiroir du bas du meuble classeur et y prit sa copie des infos qu'Eddie lui avait données.

Il disparut à peu près dix secondes et, une fois revenu à la cuisine, il se rassit en face de Burke. Il allait ouvrir l'enveloppe lorsque, par hasard, il regarda par terre. Quelque chose ne collait pas. Les chaises n'étaient plus tout à fait au même endroit.

La sienne avait été déplacée.

Mason se leva, attrapa Burke par l'épaule et regarda ses mains. Elles étaient toujours attachées par les poignets, mais en les regardant de plus près, il vit la longue lame d'un couteau dissimulée sur la face interne de son avant-bras. Il s'empara du couteau et le lui tint sous le nez.

— Je devrais te couper les oreilles, dit-il avant de le jeter dans l'évier. T'as d'autres tours de con que tu voudrais me jouer ? Non parce que moi, ça commence à me fatiguer.

— J'en ai encore un, gamin, lui renvoya Burke en le regardant droit dans les yeux. Je vais te piquer ton flingue et t'en vider toutes les balles dans le ventre. Et toi, tu seras vivant jusqu'à la dernière.

Encore une minute, pensa Mason. *Juste une de plus à lui défoncer la gueule, c'est exactement ce dont j'ai besoin.*

— J'allais jamais témoigner contre Cole, reprit Burke. Il avait pas à t'envoyer me tuer. Moi ou mon cousin…

Mason sortit une photo de l'enveloppe – celle de deux types debout sur un trottoir, un Blanc et un Noir. Il était presque certain que le Blanc était celui qui conduisait la berline grise et remplaçait l'autre pour le suivre. Mais plus important encore, c'était bien les deux types qu'Eddie avait suivis jusqu'au bar de Beverly.

— Voilà les mecs qui ont tué ton cousin, dit-il à Burke en lui montrant la photo. Tu les reconnais ?

— Le Noir, c'est Patrick. Il a longtemps travaillé pour Cole. Le grand con de Blanc, c'est Gordie. Il est arrivé quand j'étais avec Darius.

Il continua de regarder les deux visages sur la photo.

— C'est Gordie qui a tué Eamon, dit-il. Je le sais. C'est pas Patrick.

Lorsque Mason remit les photos dans le dossier, Burke le regarda en face.

— C'est à toi qu'il aurait dit de le faire. Mais t'étais à New York.

Mason ne se donna pas la peine de le reprendre.

— Ç'aurait été intéressant que tu arrives au bunker quand j'y étais encore.

— Mais ça ne s'est pas produit, lui renvoya Mason. Et maintenant, c'est toi qu'es ici. Et ça, ça veut dire qu'on a tous les deux un choix à faire.

Burke plissa les yeux.

— Concernant… ?

— La suite.

— Autrefois, dit Burke, y avait un bureau. Dans Canal Street. Il a été déplacé.

— Il est dans la 111e Rue.

— Et Quintero ? Il travaille toujours pour Cole ?

Mason acquiesça.

— Et la femme de Cole… Elle fait toujours marcher le restaurant ? Je l'ai vue aujourd'hui à l'heure du déjeuner.

— Diana n'a rien à voir avec tout ça ! s'écria Mason. Et tu ne vas pas la toucher. Me comprends-tu bien ?

Burke sourit.

— Alors, comme ça, on se tape la femme du patron ? Il va pas apprécier.

Mason lui mit le canon du Browning près de l'œil gauche.

— Doucement, gamin, lui dit Burke. Écarte-moi ce machin, qu'on puisse continuer à parler.

— Faut que ça soit bien clair entre nous, insista Mason. Diana n'a rien à faire dans tout ça. Quoi qu'il arrive, elle est libre.

— Compris.

Mason écarta son arme.

— Si t'es encore vivant, reprit-il, c'est parce que toi et moi, on veut la même chose.

— Qui serait… ?

— En finir avec Cole. On veut tous les deux être libres. Et on peut y arriver si on travaille ensemble.

— Parce que maintenant tu espères que je travaille avec toi ? lui lança Burke sans cesser de sourire.

— Cole a une audience au tribunal demain matin et il y a de grandes chances qu'il se balade à nouveau dans les rues à la fin de la journée.

Burke hocha la tête, perdu dans ses pensées.

— Alors, dis-moi la vérité, lança Mason en se rasseyant sur la chaise. Qui est-ce que tu veux le plus ? Cole ou moi ?

Et il le regarda attentivement. Attendit l'instant crucial où la haine de Burke à son endroit se retournerait contre son ancien patron. Comme un train de marchandises change de voies. Et aussi vite. Et de manière tout aussi létale.

— Si on décide de travailler ensemble, comment vas-tu pouvoir me faire confiance ?

— Je ne te ferai jamais confiance, lui répondit Mason. Mais je n'ai pas le choix. Et toi non plus.

Burke parut le reconnaître. Et lorsque Mason se leva pour lui ôter les ceintures, il resta assis sur sa chaise et se frotta les poignets.

Mason prit le téléphone jetable qu'il s'était acheté ce jour-là et le lui donna, en plus de quelques billets de cent dollars.

— Mon numéro est déjà dedans. Va t'acheter des fringues. Et trouve-toi un endroit où pieuter.

Burke plia les billets et les glissa dans sa poche.

— C'est donc de toi que je vais attendre mes ordres maintenant, c'est ça ?

— T'es dans ma ville, lui renvoya Mason. Maintenant, dégage et sois prêt quand je t'appellerai.

Burke parti, Mason rassembla toutes les pièces qu'Eddie lui avait trouvées. Toutes les photos, tous les enregistrements informatiques, tout ce qu'il allait falloir pour démolir l'entreprise de Cole.

Il savait que Burke était son meilleur pari pour le plan A.

Mais il était assez malin pour ne pas oublier qu'on a aussi toujours besoin d'un plan B.

L'heure était venue de mettre en place cette police d'assurance. Pour protéger sa famille, et Diana, si jamais il devait mourir avant de voir se terminer la journée du lendemain.

Il prit son portable et y entra le numéro de Sandoval.

— Où étiez-vous passé ? lui demanda l'inspecteur en décrochant à la première sonnerie. J'étais juste derrière vous et quand vous avez quitté le restaurant, vous… Qu'est-ce que vous avez fait ? Vous avez sauté dans une bouche d'égout ou quoi ?

— Laissez tomber, dit Mason. Je suis revenu au restaurant. Et je suis prêt à conclure ce marché.

CHAPITRE 20

À 9 heures du matin, par la pire journée de sa vie professionnelle, Rachel Greenwood se leva dans la salle d'audience du vingt et unième étage du Federal Building, à dix mètres de l'individu directement responsable de la mort de deux personnes cette semaine-là, et indirectement d'une douzaine d'autres.

Dieu seul sait combien d'autres il en a fait tuer au fil des ans, se dit-elle. *Vingt ? Trente ? Cent ? Sans parler du reste. Le trafic de drogue, les extorsions de fonds, le blanchiment d'argent, la corruption, les vies brisées...*

À dix mètres d'elle se tenait un Darius Cole prêt à sortir libre du prétoire.

Mais pas avant que le juge Oakley ne lui serve une de ces célèbres dégelées oratoires qui, aux yeux de Greenwood, n'était quand même que des mots creux. Elle avait échoué. Et Harper aussi. Tout le système avait échoué.

— Monsieur Cole, dit Oakley en le regardant, geste parfait pour le cinéma, par-dessus ses lunettes de lecture. Il y a douze ans de cela, un jury de vos pairs vous a reconnu coupable d'avoir monté une vaste entreprise criminelle ayant pour fondement le trafic de drogue, le meurtre, l'intimidation, la subornation et la corruption. Aux yeux de cette cour, vous incarnez tout ce qui est en train de détruire notre cité : la drogue, les armes, la culture du non-respect des lois. Toutes ces choses sont personnifiées par un seul homme : vous.

Darius Cole resta immobile à côté de Jay Starr. Il portait un costume vert olive absolument parfait, avec une chemise rose lilas et une cravate à fleurs rouges assortie à sa pochette. Il se tenait face au juge, mais ne croisait jamais vraiment son regard et semblait aussi calme et sans inquiétude qu'un type qui attend que le feu passe au vert.

— Vous êtes un vrai cancer pour cette ville, reprit Oakley. Un cancer qui jadis fut circonscrit, dont nous avons cru être guéris, mais qui tragiquement nous revient métastasé aujourd'hui.

— Madame le juge…, lança Jay Starr.

Elle braqua son regard sur lui et il cessa de parler.

— Toute personne dotée de raison, enchaîna-t-elle, trouverait juste de penser que vous, Darius Cole, êtes directement responsable de la mort brutale des deux hommes qui témoignèrent contre vous lors de votre premier procès. Et cette même personne n'aurait pas davantage le moindre doute…

Elle s'empara de la déposition de l'agent en retraite Horton, celle-là même que Greenwood avait avec elle lorsqu'elle lui avait fait face le jour d'avant. À cet instant, il était assis quelque part dans cette salle d'audience et montrait ce qu'il était vraiment en se cachant au dernier rang.

— … sur le fait que ce nouveau procès, reprit-elle en cherchant Horton des yeux, n'est qu'un fantasme opportuniste sur lequel, je l'espère, il me sera donné d'en dire plus à un autre moment et en un autre lieu.

Greenwood vit Cole décocher un petit sourire à son avocat.

— Mais pour le moment, je suis tenue par la loi et la loi oblige ce tribunal à suivre le protocole d'établissement des preuves d'un bout à l'autre du processus et ce, quelles que soient les circonstances.

Dernière chance de chute d'un météore, pensa Greenwood. C'était là une phrase que son premier patron avait l'habitude de prononcer lorsqu'une affaire allait tourner comme celle-là.

— Dans l'affaire présentée à cette cour, enchaîna Oakley, l'Attorney des États-Unis m'a informée que l'essentiel des preuves vous incriminant se fonde, directement ou indirectement, sur les témoignages de votre ancien comptable M. Ken McLaren, et de votre ex-conseiller, M. Isaac Wallace. Et que si, ainsi qu'il en est attesté, ces témoins…

Elle s'arrêta un instant. Brève seconde de silence total dans la salle avant que l'impensable ne se produise vraiment.

— … travaillaient en qualité d'informateurs au moment où ces preuves étaient collectées, et qu'en outre ils ne peuvent pas témoigner dans un procès en révision, alors cette cour n'a pas d'autre choix que de rejeter ces preuves selon les termes du règlement d'exclusion ainsi qu'il est établi dans l'affaire Nardone contre les États-Unis d'Amérique. Soit encore en vertu du principe dit du « fruit de l'arbre empoisonné ».

Elle s'empara de son marteau et le considéra comme si elle était aussi frappée d'incrédulité que tout un chacun dans son tribunal.

— Darius Cole, reprit-elle, par la présente cette cour annule donc toutes les charges fédérales retenues contre vous et ordonne au Bureau fédéral des prisons de vous libérer dans l'instant.

Elle abattit une fois son marteau et fut sur ses pieds avant même que le bruit ait fini de partir en échos dans la salle. Derrière elle, la porte s'ouvrit et elle y disparut, Greenwood regrettant de ne pas avoir la même porte spéciale derrière elle.

La douzaine de journalistes présents ne se rua pas dehors comme elle l'aurait fait deux décennies plus tôt. Personne n'appela pour qu'on arrête les rotatives. Au lieu de cela, on travailla comme un fou avec smartphones et tablettes.

La scène était bien trop silencieuse, bien trop pleine de retenue. Tout se passait comme si la ville de Chicago ne s'était pas encore rendu compte de ce qui venait de se passer.

***

L'inspecteur Sandoval s'était assis près de l'allée centrale, quatre rangées en retrait. À côté de lui se tenait le très endommagé marshal Harper.

Sandoval regarda Darius Cole. S'il fallait ciseler un Mount Rushmore des grands criminels de Chicago, il faudrait commencer par Al Capone et John Dillinger, puis envisager des figures du genre Tony Accardo et Sam Giancana. Que Darius Cole ne franchisse pas les sélections n'empêcherait certes pas qu'on parle de lui et pourtant, il sortait de cette salle d'audience en homme libre et passa à cinquante centimètres du coude droit de l'inspecteur.

— Profites-en tant que ça durera, lui décocha celui-ci.

C'est à peine si Cole ralentit l'allure pour lui adresser un petit hochement de tête et un sourire. Puis il continua d'avancer.

Harper passa devant Sandoval et arrêta Rachel Greenwood avant qu'elle ne quitte la salle.

— Marshal ! s'écria celle-ci sans pouvoir cacher sa surprise.

— Je sais, dit-il, j'ai une sale gueule, mais peu importe. J'aimerais que vous fassiez la connaissance de l'inspecteur Frank Sandoval.

— Rachel Greenwood, dit-elle en serrant la main de l'inspecteur. Mais si vous voulez bien m'excu…

— Je sais que vous êtes très occupée, reprit Harper, mais je me disais que vous pourriez peut-être donner quelques minutes de votre temps à…

— Je suis désolée, dit-elle en s'éloignant. Il faut que j'aille m'entretenir avec mon patron, histoire de voir si j'ai toujours un boulot.

— Vous êtes sûre ? L'inspecteur Sandoval aimerait vous parler de remettre Darius Cole en prison. Pour toujours.

Cela l'arrêta net.

— Dans ce cas, payons donc un café à l'inspecteur, dit-elle en leur montrant la porte.

***

Dix minutes plus tard, ils s'asseyaient au fond d'une cafète, une rue au-dessous de Dearborn Street. Une file continue de fédéraux venait y prendre des cafés à emporter, les trois quarts d'entre eux béatement inconscients de ce qui venait de se passer au tribunal de district.

— Nick Mason a tué Ken McLaren, déclara Sandoval. Il a aussi tué Wallace. Et il aurait tué Sean Burke s'il en avait eu l'occasion.

— Le marshal Harper m'a déjà signalé ce Nick Mason, dit Greenwood. Il travaille pour Cole ?

— Oui, répondit Sandoval en décochant un petit regard à Harper avant de lâcher sa bombe : Et moi, je veux arrêter Cole et me servir de Mason contre lui. (Elle arrêta de boire son café.) Il va nous donner tout ce dont nous avons besoin pour que la sentence tienne bon ce coup-ci. Et il va faire ça à la barre.

— En échange de quoi ? D'une immunité totale ?

— Il s'inquiète plus de protéger son ex et sa fille.

— Combien de temps pensez-vous qu'il faudra pour monter le dossier ?

— Je ne veux pas attendre. Je veux l'arrêter ce soir.

Elle le regarda.

— Vous plaisantez, n'est-ce pas ?

— Écoutez, lui dit-il, cela prendra des mois pour mettre sur pied un nouveau dossier d'accusation fédéral. Avec des centaines de gens pour y travailler. Votre bureau, le FBI, la

DEA. Et qu'est-ce qui se passe pendant ce temps-là ? Il s'en prend à quelqu'un. Comme il s'en est pris à mon coéquipier. Comme il s'en est pris aux marshals. Comme il s'en est pris à l'agent du FBI. Voilà ce qu'il fera.

— C'est insensé, protesta-t-elle. Vous ne pouvez pas l'arrêter comme ça.

— Vous verrez, lui renvoya Sandoval. J'ai une enquête pour meurtre en cours ici même à Chicago. C'était par là que j'allais commencer, mais si vous me secondez, nous pouvons lancer des charges fédérales tout de suite, et mettre tout le monde sur la sellette. On ramène Mason et on l'informe que le deal expire dans vingt-quatre heures. À partir de là, tout le monde doit choisir : ou bien soutenir les chefs d'accusation immédiatement ou déclarer officiellement que Darius Cole doit être à nouveau libéré.

Elle le regarda longuement.

— Vous voulez vraiment vous faire virer, dit-elle.

— J'en prends déjà le chemin, maître, lui remontra-t-il. Mais, et vous, hein ? À quoi ressemble votre avenir ?

Greenwood reposa sa tasse et se tourna vers Harper.

— Qu'en pensez-vous ?

— Ça me semble fou, répondit-il, mais Sandoval a raison. Tout ce qu'il nous faut maintenant, c'est un flic. Et une Attorney.

— De toute façon, reprit Sandoval, Cole va se payer une sacrée soirée. Ou bien il fait une grande fête avant de rentrer dormir dans son lit… (Il se pencha en avant et lança un regard intense à Greenwood du plus profond de ses yeux noirs.) Ou bien il retourne droit dans sa cage. C'est à vous de voir.

***

Sean Burke s'était assis au volant du pick-up volé à New York et surveillait le magasin de la 111e Rue lorsqu'il vit arriver une berline grise conduite par le type qu'il connaissait sous le nom de Gordie. Patrick avait pris place sur le siège passager. Les deux hommes descendirent du véhicule et entrèrent, Burke attendant patiemment devant l'établissement jusqu'à ce que Gordie en ressorte seul et monte dans la camionnette garée dans le parking de derrière. Lorsqu'elle repartit, Burke en fit autant.

Et la suivit jusqu'à un grand centre de transport près de la limite sud de la ville, juste en retrait du Skyway Bridge. Burke avait remarqué que le véhicule était bas. Chargé au maximum. Mais ce qu'il y avait à l'arrière le laissait indifférent. Seul l'intéressait le type qui le conduisait.

Il resta derrière lui jusqu'à ce que la camionnette reparte vers le magasin, mais au lieu de se remettre tout de suite au travail, Gordie fit un petit arrêt dans un restaurant japonais. Burke se gara juste à côté de lui.

Il regarda par sa vitre pendant que Gordie allait aux toilettes, puis il sortit la boîte à outils qui depuis New York faisait un bruit de ferraille à l'arrière de son pick-up, et entra dans l'établissement.

Une demi-douzaine de clients s'étaient assis à des tables pour déjeuner tôt. Deux types préparaient des sushis derrière le comptoir – c'est à peine s'ils levèrent les yeux sur le nouvel arrivant. Burke longea le comptoir et entra dans les toilettes.

Debout au lavabo, Gordie se lavait les mains. Il était toujours aussi grand et toujours aussi laid, et avait toujours le même sourire idiot. Ce jour-là, il avait mis des lunettes noires, en se disant sans doute que ça lui donnait des airs de parfait sale mec.

Burke verrouilla la porte derrière lui.

Gordie mit une seconde entière à reconnaître l'individu qui venait d'entrer dans les toilettes. Il avait quarante-cinq kilos et quinze centimètres de plus que lui, et un Ruger dans son holster d'épaule – mais dans cette même seconde, sa surprise vira à la peur désespérée de l'animal acculé.

Avant qu'il puisse atteindre son arme, Burke lui balança sa boîte à outils sur l'avant-bras, lui brisant le radius et le cubitus, puis se précipita sur lui dans cet espace confiné, lui cassa deux doigts et prit son Ruger. Lui frappa la figure avec jusqu'à pulvériser le cartilage du nez et faire tomber plusieurs dents par terre.

Puis il recula et essuya le sang qu'il avait sur les mains en regardant le type affalé contre le mur.

— Content de te revoir, Gordie, dit-il.

Il ramassa les lunettes de soleil, posa un genou à terre à côté du bonhomme, souleva sa veste et très précautionneusement, les lui glissa dans la poche intérieure.

— On voudrait pas qu'elles se cassent, ajouta-t-il.

Puis il fit glisser la boîte à outils vers lui, déverrouilla le fermoir et l'ouvrit.

— Voyons voir, dit-il en y farfouillant, avec quoi pourrait-on s'amuser un peu ?

Il choisit un long tournevis, puis un marteau et encore une pince-étau.

— Ça fera l'affaire, dit-il. Pour commencer.

***

Nick Mason s'assit au comptoir de la cuisine et nettoya son Browning. Il n'y avait que lui dans la maison. Diana était au restaurant et se préparait pour le coup de feu.

Mason savait que quelque part dans une petite maison de Bridgeport, Eddie Callahan était bien à l'abri chez lui après avoir été libéré de la prison du comté de Cook – et sans qu'aucune charge n'ait été retenue contre lui –, mais avec des tas de choses à expliquer à sa femme.

La sonnette de la porte d'entrée retentit. Mason descendit l'escalier, ouvrit et, le choc, découvrit Gina et Adriana qu'elle tenait par la main.

— Je croyais que vous étiez à Denver, dit-il en regardant par-dessus son épaule les véhicules garés dans Lincoln Park West.

Savoir qu'elles étaient à plus de quinze cents kilomètres de là quand il devrait affronter Burke était la seule chose qui l'avait apaisé.

— Contente de te voir quand même, lui renvoya Gina, Adriana ne se donnant même pas la peine de dire quoi que ce soit.

Elle lui passa devant et monta l'escalier conduisant à la villa.

— Entre, dit-il à Gina.

Il la poussait devant lui lorsqu'il vit que leur fille était déjà passée sur la terrasse et trempait ses doigts dans la piscine. Avoir enfin sa fille chez lui était quelque chose qu'il avait imaginé des centaines de fois. Maintenant, c'était bien réel, mais le jour était mal choisi…

— Sacré baraque, dit Gina. Je n'aurais jamais cru…

— Ce n'est pas à moi, dit-il en gagnant la cuisine pour y cacher son arme sous une serviette.

— Y a quelqu'un d'autre qui vit ici ?

— Diana. La femme du restaurant, répondit-il. Mais il faut que tu comprennes que…

— Je n'ai rien à comprendre, lui renvoya-t-elle en levant la main pour l'arrêter. Ça ne me regarde pas.

— Je suis désolé pour l'autre jour, dit-il. Pas moyen d'éviter ça.

— T'es vraiment un salaud, Nick. Tu sais ce qu'il m'a fallu faire pour convaincre Brad de te laisser prendre Adriana une journée entière ?

— Je sais. Je suis navré.

— Tu m'as déjà laissée tomber suffisamment de fois pour que j'y sois habituée, mais Adriana…

Elle cessa de parler un instant pour s'essuyer le front et écraser une larme.

— Ça lui a brisé le cœur, reprit-elle. Elle a eu l'impression que tu l'abandonnais. Encore une fois.

— Je le lui revaudrai. Promis.

Tous les deux, ils regardèrent Adriana quitter la piscine et gagner la rambarde pour contempler le zoo de l'autre côté de la rue. Il dut réprimer son envie d'aller la voir et de la ramener à l'intérieur pour qu'elle soit en sécurité.

Enfin… un peu plus.

— Écoute, reprit-il, si t'es venue ici pour que je me sente encore plus mal…

— Brad dit que Denver est géniale, dit-elle. Les maisons coûtent cher, mais il y a énormément de choses à faire. La montagne, le ski, et les écoles sont vraiment bien…

Il comprit enfin ce qu'elle fabriquait. Elle avait quelque chose d'autre en tête et faisait et tournait autour du pot parce qu'elle ne voulait pas le dire.

— Qu'est-ce qu'il y a, Gina ? Dis-moi.

Elle se rapprocha de la porte et regarda la terrasse.

— Chicago est la seule ville où j'ai jamais vécu, dit-elle, sauf l'année où je suis allée en fac. Et tu sais à quel point j'ai détesté ça…

— Il se passe quelque chose ? Entre toi et Brad ? Je croyais que vous formiez un couple idéal.

Elle se tourna vers lui pour le fusiller de ses yeux verts.

— Il n'y a rien de tel, Nick. Et tu le sais.

— Je m'excuse. Je n'aurais pas dû dire ça.

— Brad est quelqu'un de bien. C'est un bon beau-père. Il aime Adriana comme si c'était sa fille.

— Mais…

— Mais son boulot le dévore. Et y a des moments où il me donne l'impression de n'être qu'une affaire de charité. Tu sais bien : on sauve la pauvre petite perdue de Canaryville et on tente d'élever sa fille pour qu'elle tourne mieux que sa mère.

— La pauvre petite perdue que j'ai connue n'a jamais eu besoin d'être sauvée.

Elle sourit et le regarda longuement avant de reprendre la parole.

— Tu sais que toi et moi, on serait toujours ensemble si tu n'avais pas…, dit-elle doucement.

Elle ne finit pas sa phrase. Ce n'était pas utile.

— Je sais, dit-il. J'essaie de faire ce qu'il faut depuis que je suis sorti de prison. Je ne peux pas plus pour l'instant. Mais si Brad veut vraiment t'emmener loin d'ici…

Il ne croyait même pas ce qu'il allait dire.

— … Vas-y.

Elle n'était pas venue lui demander sa permission, il le savait. Mais après tout ce qu'ils avaient traversé ensemble, c'était bien les deux mots qu'elle avait besoin d'entendre, il le voyait sur son visage.

Il regarda encore une fois sa fille qui, elle, regardait toujours par-dessus la rambarde. Il ne put s'empêcher d'imaginer quelqu'un en train de l'observer sur ses moniteurs vidéo qu'Eddie lui avait décrits. Et s'il avait bien conclu un accord avec Burke, il avait du mal à ne pas voir la tête de sa fille dans le collimateur d'un fusil haute puissance braqué sur elle quelque part dans la rue.

Tu as conclu un marché avec un fou, se dit-il. *Tu joues tout ce que tu as, tout ce qui a jamais compté pour toi.*

Il gagna la rambarde, attrapa sa fille, la serra fort contre lui et la ramena à l'intérieur.

— Je veux aller au zoo, lui murmura-t-elle à l'oreille.

— On ira, lui répondit-il. Promis.

Gina resta immobile à les regarder. Elle avait le visage plein de larmes.

— Je serai toujours ton père, dit Mason à sa fille. À jamais. Tu le sais, non ?

Il la sentit acquiescer de la tête dans le creux de son épaule.

— Qu'on soit ensemble ou loin l'un de l'autre, tu es une part de moi comme moi je suis une part de toi.

— Mais on va pas être toujours séparés, si ?

— Non, répondit-il.

Ce qui est probablement un mensonge.

— Pas longtemps.

Et celui-là est encore plus gros.

— Promets-le-moi, dit-elle.

Il la repoussa doucement pour la regarder droit dans les yeux.

— Je te le promets, dit-il. Ça va être génial à Denver. Et je te verrai bientôt.

Elle sourit, lui passa les bras autour du cou et le serra fort contre elle.

— Je t'aime fort, papa.

— Et moi, je t'aime plus que tu pourras jamais le savoir, dit-il en l'enlaçant comme si c'était la dernière fois qu'il la voyait. Je t'aime.

Lorsqu'ils se séparèrent, Gina se pencha vers lui.

— Merci, dit-elle si doucement que c'est à peine s'il l'entendit.

Et il attrapa Adriana à nouveau. Il ne voulait pas la laisser partir. Mais il la reposa par terre et les regarda descendre l'escalier, monter dans leur voiture et partir. Il attendit dans la rue le temps que le véhicule tourne au coin de la rue. Toute sa vie le quittait.

Il resta longtemps dehors, sans même sentir le froid. Enfin il remonta l'escalier pour finir de nettoyer son arme.

CHAPITRE 21

Lorsqu'il fit ses premiers pas d'homme libre après douze ans de pénitencier fédéral, Darius Cole sut qu'il avait fait plus que vaincre le sort. Il avait surclassé le meilleur procureur, équipé de toutes les ressources du ministère de la Justice, que le gouvernement avait pu lui opposer. Il avait éliminé deux témoins clés, transformé un agent fédéral en boulet de démolition de toutes les preuves recueillies contre lui et fait d'un U.S. marshal ses propres yeux et oreilles à l'intérieur du WITSEC.

Tous, il les avait battus. Mais en ce jour où il aurait dû fêter ça, il se remit au travail sans attendre.

Deux hommes l'attendaient dans la dernière rangée de sièges réservés au public. Ils étaient tout aussi énormes que les monstres qui veillaient sur lui à Terre Haute, mais au lieu de jeans de prisonniers, ils portaient des costumes gris. Ils l'escortèrent jusque dans le hall d'entrée et, un de chaque côté du patron, ils repoussèrent une demi-douzaine de journalistes qui voulaient lui poser des questions et foncèrent droit dans une équipe de cameramans qui s'étaient installés pour leur barrer la route.

Cole n'avait pas besoin de ces hommes pour éviter de passer au JT de 6 heures. Il avait besoin d'eux pour rester en vie.

Burke était quelque part dans la nature. À le surveiller, à attendre le moment idéal. Parce que Cole ne le verrait pas venir. Pas plus qu'il ne l'entendrait. C'était comme ça qu'il travaillait, et mieux que tous les tueurs qu'il avait connus. Ce qui voulait dire qu'aussi longtemps que Burke serait vivant, Cole devrait surveiller ses arrières, masquer ses coups et éviter de s'exposer.

Il fallait juste qu'il soit aussi rusé que Burke. Et prudent.

Son avocat avait déjà arrangé les choses pour qu'il puisse sortir du Dirksen Building par la porte de côté. Aussi fort qu'il veuille descendre le grand escalier conduisant à Dearborn Street, il savait qu'il n'y avait pas meilleur endroit pour que Burke l'abatte. Quatre voies de circulation à midi et des tonnes de piétons qui rentrent de leur déjeuner. De hauts bâtiments de tous les côtés, des centaines de fenêtres où caler un fusil de tireur d'élite. Sa toute nouvelle liberté pouvait très bien ne pas aller plus loin que le milieu des marches.

Il détestait l'idée de filer par la porte de côté tel un serviteur au lieu de sortir par la grande tel le roi qui reprend son royaume. Mais comme il l'avait dit un jour à Mason, la fierté tue plus vite que n'importe quel projectile.

Ses hommes lui faisaient franchir la petite porte lorsqu'il vit la Town Car qui l'attendait. Panneaux latéraux et toit en acier, vitres teintées au polycarbonate. Un de ses gorilles lui ouvrant la portière, il se glissa à l'arrière.

— Bienvenue à la maison, patron ! lui lança le chauffeur et dès que les deux autres furent montés, il déboîta du trottoir et accéléra.

Le type assis à l'arrière avec Cole lui tendit son nouveau portable – avec tous les numéros importants déjà enregistrés. Cole appuya sur celui de Quintero et l'eut en ligne à la première sonnerie.

— Mason et Sandoval ont passé un accord, l'informa celui-ci.

Comme toujours, droit au but.

Cole mit une seconde pour digérer la nouvelle.

— Comment le sais-tu ?

— Horton. Il connaît quelqu'un au bureau de l'Attorney des États-Unis et dit que la fille qui a géré la révision du procès…

— Greenwood. L'AUSA.

— … est en train de remonter un dossier. Conspiration en vue de commettre un assassinat, plus un autre jeu de charges de type crime organisé pour tout ce qui s'est passé ces douze dernières années…

Le Kingpin Statute, pensa Cole. *Postdaté du jour où ils m'ont collé en prison. Ce qui veut dire qu'ils n'auront besoin ni de McLaren ni de Wallace.*

— Avec Mason dans le rôle du témoin qui coopère, dit Cole.

Mon samouraï.

— Oui, répondit Quintero. Comment voulez-vous gérer ça ?

— C'est quoi, le rôle du flic ?

— C'est lui qui hérite de l'arrestation. Il veut faire ça ce soir au restaurant, genre grand opéra.

Cole pensa à ce que Sun Tzu préconisait deux mille cinq cents ans auparavant dans *L'Art de la guerre* : « Faire en sorte que l'ennemi se révèle. »

Burke est trop malin pour me tuer au restaurant. Trop difficile d'avoir une ligne de tir dégagée, trop de curieux en sortant. Mais Sandoval n'est qu'un énième flic qui se croit capable de tout parce qu'il porte un badge.

— On ne lâche pas Sandoval, dit Cole. Où qu'il aille.

— Et Mason ?

Cole se redressa sur son siège et par les vitres teintées, regarda la ville qui filait sous ses yeux.

Je lui ai rendu sa vie et il me trahit, songea-t-il.

— C'est moi qui vais m'en occuper.

***

Cinq heures plus tard, Chez Antonia était devenu le centre de la ville. Une longue file de limousines et de Town Cars manœuvrait pour avoir la meilleure place dans Rush Street, chaque véhicule s'arrêtant au niveau du grand auvent rouge devant l'entrée. Des chauffeurs ouvraient des portières, des messieurs descendaient de voiture et offraient le bras à des femmes vêtues comme pour le plus grand événement de l'année.

Des hommes d'affaires de toute origine, une dizaine d'athlètes en retraite, quelques politiciens de seconde zone des plus audacieux – tous prenaient un risque calculé en fêtant publiquement la Seconde venue de Darius Cole.

À l'intérieur, Nick s'était installé sur un tabouret et sirotait une Goose Island au bar. Une seule, histoire de faire baisser la tension. Pas plus. Il devait garder l'esprit clair.

Il portait sa veste Armani et une chemise blanche, mais pas de cravate. Il surveillait la porte d'entrée tandis que les invités s'asseyaient pour attendre Cole. Il devait arriver à 20 heures. Il était maintenant plus de 21 heures et il ne donnait toujours pas signe de vie.

Mason commença à s'inquiéter. Sans savoir pourquoi, il sentait que son plan prenait l'eau. Encore un de ses instincts. Sauf que c'était ces instincts qui l'avaient aidé à rester en vie depuis sa sortie de prison.

Son plan consistait à laisser Cole faire son entrée triomphale et se frayer un chemin dans la salle. Alors il lui demanderait de passer au bureau un instant, Diana improvisant quelque diversion nécessaire – elle avait même une casserole prête pour déclencher un feu de graisse –, afin que les deux hommes soient seuls ensemble un moment.

Puis Mason ferait sortir Cole par-derrière (il avait son Browning niché dans sa ceinture) et monter dans la Jaguar pour le conduire là où Burke l'attendrait. Après quoi il reviendrait au restaurant en un rien de temps pour que deux cents témoins des mieux habillés, en plus d'un inspecteur des Homicides, établissent qu'il était bien là dans la salle au moment où l'on inscrirait l'heure de la mort du grand patron sur l'orteil de Cole à la morgue.

Sandoval saurait alors que Mason lui avait menti, qu'il n'avait jamais eu l'intention de témoigner.

Mais ça, Mason pourrait s'en accommoder.

Le plan de secours si jamais il échouait, était toujours que Sandoval ait tous les renseignements sur l'organisation de Cole et que Mason lui fasse confiance pour protéger Adriana.

Et Gina.

Et Diana.

Mais il ne voulait pas y recourir parce que cela voulait dire faire confiance à un flic et à tout le système.

Sans parler du fait que cela voudrait aussi dire qu'il serait mort.

Mason regarda de nouveau la porte. Puis son portable sonna. Il décrocha et gagna l'extrémité du bar pour réduire le bruit de fond.

C'était Cole.

— Changement de plan, dit celui-ci. Je suis à Englewood. Viens avec Diana.

Les instincts de Mason ne l'avaient pas trompé. Le retard de Cole avait déjà fait dérailler le timing et maintenant, tout le plan risquait de capoter. Sandoval, qui attendait d'arrêter Cole, allait perdre patience et s'écarter du scénario.

Et Dieu seul savait ce que Burke ferait si Mason ne se montrait pas à la hauteur.

— Mais tout le monde vous attend ici, dit-il.

Cole l'ignora et lui donna une adresse.

— Dans vingt minutes, lâcha-t-il.

Et l'appel prit fin.

Mason rangea son portable, leva la tête et vit Diana debout à côté d'une table où avaient pris place huit bonshommes, tous déjà à moitié saouls. Dès qu'il eut attiré son regard, il lui adressa un petit signe de tête et elle s'approcha. Elle était toute rouge d'avoir couru partout pour essayer de rendre heureux quelque deux cents invités impatients et d'avoir contenu ses nerfs comme Mason avait essayé de le faire la journée durant. À cause de tout ça, mais il y avait plus : elle s'attendait à ce que son ravisseur franchisse sa porte. Ravisseur qu'elle n'avait jamais cru revoir un jour.

— C'était Cole, lui dit-il. Il faut qu'on parte.

Elle pâlit.

— Mais Nick, ce n'est pas…

— Je sais, dit-il. (Il eut envie de la serrer dans ses bras, mais savait qu'il ne pouvait pas. Pas là, pas dans ce restaurant, sous les yeux de deux cents invités.) Il faut qu'on reste calme. Qu'on aille jusqu'au bout.

— Nick, je ne sais pas…

— Tu me fais confiance?

— Ce n'est pas un problème de…

— Diana, dit-il en la regardant dans les yeux, tu me fais confiance?

— Oui, répondit-elle en essayant de se calmer.

Ç'aurait pu tromper n'importe qui, sauf Mason, qui vit son appréhension dans la façon dont elle se tenait.

— Allons-y.

***

Sandoval attendait, assis dans sa berline bleue banalisée rangée un demi-bloc plus bas que le restaurant de Rush Street. Il écoutait ce qui se racontait à la radio – la deuxième équipe était déjà au boulot alors que le soleil se couchait à la fin d'un autre jour à Chicago.

Il détestait attendre. Depuis toujours. Planquer lui était une véritable torture. Et à tous ceux qui l'entouraient aussi

– il n'y avait qu'à interroger n'importe lequel de ses anciens coéquipiers.

Ce soir-là, il était seul. Un homme, une paire de menottes.

Mais toujours aucun signe de Darius Cole.

Surpris, il vit la Jaguar noire de Mason sortir du parking et filer à toute allure. Il déboîta derrière lui, le vit tourner deux fois à gauche et foncer vers le sud.

Il prit son portable en roulant et appela Mason en numérotation abrégée.

— Mais qu'est-ce qu'il y a, bordel ? s'écria-t-il dès que Nick décrocha.

— Je l'aurai. Et je vous le ramène. Restez au restaurant et tenez-vous prêt.

Fin de l'appel. Sandoval jeta son portable sur le siège à côté de lui. Pas question de retourner à Rush Street pour attendre. Il rattrapa Mason sur le pont de Wabash Street et ne le lâcha plus.

***

Quintero, lui, ne détestait pas attendre. Il savait combien la patience a de valeur. Il avait vu bien des types mourir parce qu'ils n'en avaient pas eu assez.

Et ce soir-là, il aurait besoin de toute la *paciencia* possible parce que jusque dans les moindres recoins de son corps il n'avait qu'une envie : entrer dans ce restaurant, y attraper Mason, le traîner dans la ruelle de derrière et le tabasser à mort.

Mais il vit la Jaguar noire sortir du parking, et la berline de Sandoval la filer un instant plus tard. Il démarra l'Escalade, les rejoignit et les suivit jusqu'à Englewood.

***

Tout au bout de la ville, dans le quartier irlandais de Beverly, Bruce Harper appuya sur la sonnette du numéro vingt. Mais peut-être aussi vingt-deux – il avait perdu le compte. Il n'avait plus le bras en écharpe, mais il lui faisait encore un mal de chien et il avait toujours son pansement autour de la tête pour cacher la vilaine blessure que Burke lui avait infligée en lui écrasant le front sur le mur en béton du bunker.

Ce fut un homme d'au moins soixante-dix ans qui lui ouvrit. Il habitait dans cette rue probablement depuis toujours, à un demi-bloc du vieux bar du coin tenu par le cousin de Burke.

Harper lui montra son badge d'U.S. marshal, puis la photo d'identité judiciaire de Burke, et lui demanda s'il avait vu ce dernier dans le quartier.

— Je connais sa famille, répondit le vieil homme, mais j'ai pas vu Sean depuis des années. Il ferait pas de la prison pour meurtre à New York ?

— Plus maintenant, et j'ai besoin de votre aide.

Faire croire à un type qu'il participe au processus judiciaire est toujours une bonne façon de le mettre de son côté. C'est comme si on lui accrochait un badge de marshal à sa chemise.

— Si vous le voyez, reprit Harper, ou si entendez quelqu'un parler de lui, vous me passez un coup de fil, d'accord ? Il y a une récompense d'un demi-million de dollars.

Si faire d'un type son adjoint est une bonne façon d'obtenir son aide, un demi-million de dollars de récompense marche toujours nettement mieux.

— J'ai jamais aimé ce gamin de toute façon, affirma le vieil homme en glissant la carte professionnelle de Harper dans sa poche avec un petit sourire ironique.

Harper le remercia et partit. Il marchait encore sous l'effet de sa commotion cérébrale, mais il avait d'autres portes où frapper dans l'ancien quartier de Burke. Comme n'importe quel U.S.

marshal qui se respecte, Bruce Harper n'oubliait pas une vérité de base dans l'art de retrouver un fugitif :

Tôt ou tard, il revient toujours à la maison.

***

L'adresse était celle d'un immeuble d'appartement de trois étages de May Street, juste au coin de la 68e Rue – soit au cœur d'Englewood. En s'approchant de l'entrée, Mason et Diana découvrirent une grande peinture murale de Derrick Rose, un ancien résident d'Englewood et jusqu'à son transfert au New York Knicks, le joueur le plus célèbre des Chicago Bulls après Michael Jordan. Le reste de la façade avait l'air éreinté par le dur climat de la ville, mais la scène représentant Rose dans son ancienne tenue rouge et noire avait été repeinte récemment.

Ils prirent l'ascenseur, Mason serrant la main de Diana dans la sienne. C'était presque comme s'il entendait son cœur battre en contrepoint du sien.

Pas possible qu'il ait découvert l'accord passé avec Sandoval, pensa-t-il.

Ni ce qu'il y a entre moi et Diana.

Y a pas moyen. Même pas lui.

La porte de l'ascenseur s'ouvrant, ils descendirent le long couloir conduisant au rai de lumière sous la toute dernière porte. La musique devenait plus forte avec chaque pas qu'ils faisaient. Puissante ligne de basse qu'il sentit dans le plancher, soudain brisée par la plainte d'un saxophone. Mason connaissait bien ce morceau préféré de Cole : John Coltrane, « A Love Supreme ».

Il regarda Diana, hocha la tête et palpa son Browning dans sa poche, juste pour se rassurer.

Puis il frappa à la porte et la poussa. Dans la pièce se tenait une demi-douzaine de types, tous noirs, tous habillés de costumes impeccablement taillés qui semblaient tout droit sortis de

Chez Balani dans Monroe Street. Cravates aux couleurs vives et pochettes. Chaussures habillées en cuir, neuves. Mason reconnut un des types qu'Eddie avait photographiés – celui que Burke avait appelé Patrick.

Tout le monde se tourna pour les regarder, et un courant électrique parut grésiller dans l'air enfumé.

La musique s'arrêtant soudain, il s'avança.

Darius Cole.

Il n'avait pas changé. Il était un peu plus petit que tous les autres dans la pièce, mais il en imposait et cela faisait plus que compenser. Il portait un costume vert olive impeccable et si parfaitement coupé qu'il était difficile de l'imaginer avec la tenue orange du prisonnier à peine quelques heures plus tôt.

Et l'air qu'il affichait était toujours le même. Calme, tranquille. Mais il aurait été bien sot de prendre ça pour de la sérénité, et complètement suicidaire d'y voir de la faiblesse. Mason n'avait pas oublié le Cole aussi paisible qu'un Bouddha ordonnant à un détenu d'en rosser un autre jusqu'à la mort.

Bien des mois s'étaient écoulés depuis ce dernier matin où Cole était encore une fois venu dans la cellule de Mason pour lui souhaiter bonne chance, pour lui dire que même s'ils seraient toujours en relation, toujours « connectés », leurs promenades de l'après-midi tout autour de la cour lui manqueraient, celles surtout où il lui parlait du dernier livre qu'il venait de lire.

Et Diana… La dernière fois que Cole l'avait vue remontait à douze ans.

Il la serra contre lui de tout son corps. Puis il recula et la regarda.

— Tu es splendide, dit-il à voix basse.

Elle lui adressa un sourire prudent. Mason vit qu'elle tremblait.

Tiens bon, pensa-t-il en souhaitant que ces mots puissent l'atteindre.

— Un toast! lança Cole en passant entre eux et en leur posant chacun une main sur l'épaule.

Mason regarda l'appartement tandis que Cole le conduisait à la table transformée en bar de fortune. Une grande télé HD sur un mur, du mobilier de prix, des photos de jeunes gens sur le manteau d'une cheminée à gaz.

— C'est ici qu'habitait ma mère, reprit Cole en répondant à la question de Mason avant même qu'il la formule. Elle y a passé toute sa vie et nous y a élevés, moi et mes frères, que Dieu les ait en sa sainte garde.

Il s'arrêta et regarda tout autour de la pièce comme s'il revivait sa vie entière en cet instant.

— Croisement de May Street et de la 68ᵉ Rue, reprit-il. Elle n'a jamais voulu que je lui trouve un autre endroit. Même avec les fusillades en bas tous les soirs. Cinquante, soixante meurtres chaque année rien que dans ce quartier. Elle me disait que c'était sa maison, et que c'était pour toujours. Alors j'ai acheté l'immeuble, y ai instauré des règles et me suis assuré que tout le monde les connaisse : ni drogue ni flingues.

— Tout le monde t'attend au restaurant, lui dit Diana, et Mason fut heureux de l'entendre parler, et d'une voix normale.

— Qu'ils continuent d'attendre, lui renvoya Cole. Tous ces gens sont venus pour des raisons qui les regardent et n'ont rien à voir avec moi.

Il prit une bouteille de champagne Krug.

— Seuls m'importent vraiment les gens qui sont ici, enchaîna-t-il en lui montrant d'un hochement de tête les six hommes qu'il connaissait sans doute depuis l'époque où tous, ils tenaient un coin de rue avec lui et qui maintenant souhaitaient la bienvenue à l'empereur d'Englewood. Car eux me sont restés fidèles depuis le premier jour.

Il remplit deux coupes, les tendit à Mason et à Diana et se servit la sienne.

— À la liberté ! lança-t-il en levant son verre. Le bien le plus précieux du monde !

Dit le type qui vient juste d'acheter la sienne, songea Mason en trinquant avec lui sans quitter Diana des yeux.

Cole reposa sa coupe et passa deux doigts sur la hanche de celle-ci. Le geste était simple et intime et disait une chose : *Cela fait douze ans que je n'ai pas touché une femme.*

Mason attrapa le regard de Diana.

Tiens bon.

— La mère d'Isaiah a habité en bas de l'immeuble jusqu'à sa mort, reprit Cole. Même après ce que m'a fait son fils, je l'ai laissée y vivre.

Puis il appuya toute sa main sur la hanche de Diana, et la fit descendre sur l'extérieur de sa cuisse, si lentement que ce fut presque imperceptible.

— Avez-vous vu la peinture murale de Derrick Rose dehors ? poursuivit-il. Lui aussi a grandi ici, juste au bout de la rue. Il allait au terrain de basket à vélo et se disait qu'un jour, il y jouerait. Parce que ce gamin, c'était pour cette équipe qu'il était né, pour porter ses couleurs. Quand on a assez de talent, on peut jouer à d'autres jeux. Mais il faut toujours jouer à quelque chose.

Tout le monde écoutait. Le seul bruit qui se fit entendre lorsqu'il cessa de parler fut le tic-tac d'une pendule sur la cheminée.

Inspire, s'ordonna Mason en cadence avec la pendule. *Expire.*

— Cette ville, il la tenait jusqu'à ce qu'il se blesse. Alors il a été échangé contre un autre parce qu'il n'était plus qu'une marchandise endommagée. Et un jour, il revient à la maison et il porte une autre tenue. D'autres couleurs. Mais tout le monde l'aime encore parce que tout le monde sait qu'il ne voulait pas partir. Il serait resté fidèle à Chicago, mais le propriétaire de l'équipe, lui, ne lui est pas resté fidèle. Et maintenant, le gamin d'Englewood joue pour New York.

Cole posa l'autre main sur la hanche de Diana.

Mason l'observa, mais resta concentré sur sa respiration.

Il serra Diana encore plus fort. Elle ferma les yeux.

Mason cessa de respirer. *Garde les idées claires*, se dit-il. *Ne bouge pas.*

— Nick, lança enfin Cole, qu'est-ce que j'ai dit pour les armes ?

— Je ne connaissais pas cette règle, répondit Mason en sortant son Browning de sa ceinture et en le lui tendant pour jouer les soldats fidèles.

Cole l'examina.

— Ce n'est pas Quintero qui t'a donné ça.

Je ne peux plus rien faire maintenant. Quoi qu'il arrive, je n'ai aucune carte à jouer.

— Non, c'est moi qui l'ai choisi.

Cole acquiesça d'un hochement de tête et le glissa dans sa ceinture.

— Si ça ne te gêne pas, je vais te l'emprunter, dit-il. Diana et moi allons au restaurant, histoire de nous y montrer.

Ça, c'est pas possible. Faut que je reste avec elle.

— Je vous y emmène, dit-il.

— J'ai un chauffeur. Et tu n'es pas un chauffeur, toi, tu es un tueur, non ?

Mason ne répondit pas.

— Je t'ai posé une question, Nick.

— Si, si.

— Et donc, pourquoi voudrais-tu te porter volontaire pour une rétrogradation ? C'est moi que tu voudrais conduire, ou Diana ? Tu l'as déjà conduite en voiture, Nick ? Ça ferait partie de ton descriptif de poste ?

— Non.

— Non, répéta Cole. Et donc, pour moi tu restes ici… avec les autres tueurs. Et Diana monte avec moi.

Diana posa sa coupe de champagne si brutalement sur la table qu'elle fit s'entrechoquer les autres. Mason vit la terreur dans ses yeux. Il dut réprimer l'envie de l'arracher à Cole. *Mais tu fais ça*, se dit-il, *et vous êtes tous les deux morts.*

Cole fit un signe aux hommes dans la pièce. Deux d'entre eux se détachèrent du lot et lui ouvrirent le chemin jusqu'à la porte, Cole les suivant un bras serré autour de la taille de Diana.

Mason croisa encore une fois son regard.

Garde ton calme, lui lança-t-il dans sa tête. *Reste forte.*

Lorsque la porte se referma, Mason se retrouva seul avec les quatre autres. Auraient-ils joué au football américain que deux d'entre eux auraient fait d'énormes attaquants, le troisième un arrière aussi solide qu'athlétique et le quatrième un gigantesque ailier rapproché.

— Prends donc un cigare en attendant, lui lança l'arrière en lui tendant un Cohiba cubain.

— Non merci.

— Et le mec ne va même pas fumer un cigare pour fêter ça, dit l'arrière en faisant traîner son « pour fêter ça ». Même pas le jour où son patron sort de taule !

Il y avait un très subtil sous-entendu de rire dans la pièce, comme le bruit d'un orage lointain.

— Dis, tu sais la merde qu'on a, nous autres ?

Mason le regarda, lui, et les autres tour à tour. Quatre paires d'yeux qui le scrutaient. Le jaugeaient.

— Non, quoi ?

— C'est qu'on n'a pas le droit de te tuer. Mais tu vas le regretter.

CHAPITRE 22

Les quatre hommes se serrèrent autour de lui, ne lui laissant aucune chance de sortir de la pièce. Aucune chance de rattraper Cole et Diana.

Il essayait de se protéger la tête lorsqu'il reçut le premier coup. Il choisit le type qui lui barrait la porte, baissa l'épaule, la lui rentra dans la poitrine et l'écrasa dans le mur, toutes les photos encadrées se mettant à vibrer dans l'appartement. Il sentit que le bonhomme ne respirait plus, l'attrapa par la veste et tenta de le jeter contre les trois autres en se ruant sur la porte.

— Où tu crois aller, comme ça ? lui lança une voix au moment où deux mains l'attrapaient par les épaules.

Il se retourna pour frapper, mais prit un deuxième coup au ventre.

Désespérément, il pensa à toutes les fois où il s'était retrouvé en infériorité numérique dans une bagarre, à tout ce qu'il avait appris en se battant dans les rues.

Ne pas arrêter de bouger, se dit-il. *Ne jamais leur donner une cible facile.*

Et quoi qu'il arrive, rester debout sur ses pieds.

Mais un autre coup de poing à la tête le mit à genoux. Dès qu'il se remit debout, ils le ramenèrent au milieu de la pièce.

L'encerclèrent. Il se retournait lorsque l'un d'entre eux le frappa par-derrière. Il se retourna encore, et fut frappé à nouveau.

Il se sentit tomber, se raidit alors qu'un de ses adversaires s'approchait à découvert. Mason se redressa d'un coup et lui flanqua un coup de poing dans la pomme d'Adam. Le bonhomme se prit la gorge à deux mains tandis que Mason tentait de gagner la porte. Mais cette fois, ce furent deux types qui lui sautèrent dessus, l'un pour le frapper à la nuque et l'autre à la poitrine. Il sentit quelque chose lâcher lorsque la chaussure l'atteignit, essaya d'attraper l'homme à la ceinture, mais se prit un genou dans la pommette et un autre coup à la tête, qui l'étala. Il sentit un mélange de sang et de tapis dans sa bouche et là, tandis qu'un autre s'apprêtait à le cogner, il roula sur lui-même, essaya de se relever et quelque chose lui éclata dans la tempe.

Protège-toi, pensa-t-il en se couvrant la tête. *Reste éveillé.*

Il faut retrouver Diana.

***

L'inspecteur avait cru ne plus être qu'à une heure d'enfin passer les menottes à Darius Cole. Sauf que maintenant, il était assis dans sa voiture, quelque part au milieu d'Englewood, à regarder sa soirée s'effilocher sous ses yeux.

Cole venait juste de sortir de son immeuble avec deux de ses types et la femme qu'il gardait à la villa.

Sans Mason.

Il a pourtant dit qu'il allait ramener Cole au restaurant. Il aurait menti ? Parce que bordel de merde, il m'a déjà fait le coup ! On s'assied à une table en face de moi, on me dit ne rien savoir d'un flic mort, ni non plus d'un dealer mort et pas davantage de deux témoins assassinés…

Il regarda le quatuor monter dans une Town Car noire, qui déboîta.

Mais s'il ne m'a pas menti, ça veut dire qu'il lui est arrivé quelque chose. Et donc, qu'est-ce que je fais maintenant ? Je ne lâche pas Cole ou je m'en vais sauver les fesses de Mason ?

Il s'empara de son radio émetteur, marqua une pause, jura, et le reposa.

J'espère que t'es toujours vivant, Mason, pensa-t-il en descendant de voiture et en entrant dans l'immeuble, *pour que je puisse te tuer, moi.*

***

Diana s'était assise avec Darius Cole sur la banquette arrière de la Town Car. Elle se tourna vers lui, il continua de regarder droit devant sans montrer la moindre émotion.

— Tout le monde sera content de te revoir, lança-t-elle.

Dire quelque chose sans danger. Quelque chose pour le faire parler.

Dans son esprit, elle ne pouvait s'empêcher de revoir l'expression de Nick lorsque Cole l'avait emmenée.

— Pas tout le monde, non, répondit enfin Cole en la dévisageant. Que je sois en prison à quatre cents kilomètres d'ici n'a pas gêné certains, même si maintenant ils font semblant de se réjouir de mon retour.

Elle se sentit rougir. Sentit son regard s'enfoncer en elle.

— Ben moi, j'en suis contente.

— Et Nick ?

Elle marqua un temps d'arrêt et composa sa réponse.

— Je suis sûr que lui aussi, dit-elle.

Cole se pencha en avant et toucha l'épaule du type assis sur le siège passager.

— Tu t'es bien assuré que M. Winters soit invité ce soir ? lui demanda-t-il.

— Oui, monsieur.

— Non parce que tu vois, reprit Cole à l'adresse de Diana, ça, c'est un homme. M. Winters sera le premier de la file à me serrer la main. À me dire comme c'est merveilleux de me revoir. J'ai passé un accord avec lui avant d'aller en prison et il va être très intéressant de voir jusqu'où il est heureux de me revoir maintenant que je suis de retour.

Elle écouta attentivement chaque mot qu'il disait. Essaya de lire entre les lignes, mais c'était impossible. Ça l'avait toujours été. Même pour elle qui jadis avait été la personne la plus proche de lui.

— Je ne m'attendais certainement pas à ce que M. Winters mette tout en veilleuse pendant mon absence, reprit Cole. Tout ce que je lui demandais, c'était de se montrer à la hauteur de notre accord.

Il se tourna de nouveau vers elle et ajouta :

— Ça te semble raisonnable ?

— Évidemment.

Il acquiesça d'un signe de tête.

— C'est tout ce que je demandais. Sa fidélité. Qu'il honore son engagement pendant mon absence.

Elle voulut dire quelque chose, mais aucun mot ne lui vint. Lorsque la voiture ralentit, elle jeta un coup d'œil à la poignée de sa portière. Juste une seconde. Puis elle se reprit.

Nick avait raison. Il n'y avait aucun endroit où aller. Pas pour s'éloigner de Cole.

— J'ai honoré mon engagement avec toi, dit-elle. Je suis restée dans cette maison, j'ai géré le restaurant…

— Ça ne me fait pas l'effet d'une vie horrible, dit-il. Mais bon, moi, ces douze mêmes années, je les ai passées dans une cellule.

Encore une pause, longue, le seul bruit étant celui du vent et des pneus sur la route.

— Je ne mettais pas ta fidélité en doute, reprit-il enfin. Si tu veux vraiment qu'on parle de ça, réponds-moi à cette seule question…

Elle attendit.

— Au bout de combien de temps ?

Il avait toujours le même air serein sur le visage, la même voix calme et apparemment tranquille.

— Je ne vois pas de quoi tu parles, Darius.

— Bien sûr que si. Dis-moi juste quand ça a commencé, Diana. Ça m'intéresse.

Elle regarda ses mains un instant, pour reprendre ses esprits. La peur continuait de lui nouer ventre, mais elle la repoussa. Si vivre avec Darius Cole lui avait appris quelque chose, c'était bien ceci : surtout ne pas lui montrer sa peur.

— Tu es parti douze ans. Pour ce que j'en savais, tu n'allais jamais revenir.

— C'est exact.

— Et donc, qu'attendais-tu de moi ? Que je m'enferme…

— Comme un anachorète. (Elle le regarda.) Une personne qui s'enferme dans un lieu sacré pour le restant de ses jours. Pour montrer sa dévotion.

— C'est ce que j'ai fait, lui renvoya-t-elle, tu comprends ? Pendant douze ans, je n'ai rien vécu. Voilà toute l'étendue de ma dévotion. Si tu voulais plus que ça…

— Je ne le voulais pas, répondit-il. Je ne suis pas cruel à ce point. Ou naïf…

— Alors pourquoi…

Elle s'arrêta et regarda par la vitre. Sentit monter en elle une colère qu'elle ne se connaissait pas.

Je ne veux pas m'effondrer, se dit-elle. *Je ne permettrai pas qu'il voie ça.*

— Tu sais, dit-elle en refusant d'être faible, tu rassembles tous ces gens autour de toi et tu leur fais faire tous ces trucs, mais un jour, ils finiront par échouer. Ou se rebeller contre toi. Parce que tôt ou tard ce que tu leur demandes sera impossible. (Il la regardait attentivement en l'écoutant.) Je ne sais même pas si tu t'en rends compte, mais je pense qu'en fait, tu veux qu'ils échouent. Et qu'ils se rebellent.

— Tiens donc...

— Tu aurais pu loger Nicky n'importe où dans cette ville, Darius. Tu aurais pu le remettre à Canaryville, pour l'amour de Dieu, faire en sorte qu'il se sente chez lui, mais non : tu l'as installé à quinze mètres de ma chambre. Qu'est-ce que tu croyais qu'il allait arriver, honnêtement ?

Il garda longtemps le silence en scrutant son visage.

— Alors félicitations ! reprit-elle. Tu avais raison : tu le savais avant même que moi, je le sache.

L'air qu'il avait, toujours calme, toujours tranquille, mais avec quelque chose de nouveau... Une intensité discrète, comme si quelque chose comme de la tristesse le touchait... Toute la colère qu'elle éprouvait la quitta. La peur revint, soudain redoublée.

Parce qu'elle avait déjà vu cet air. Déjà entendu le silence qui l'accompagnait.

Vu ce qui se passait toujours après.

Une minute s'écoula, la ville continuant de défiler à toute à allure de l'autre côté des vitres teintées. Enfin la voiture ralentit, puis tourna.

Elle ferma les yeux tandis que Darius en faisait le tour et lui ouvrait sa portière. Elle descendit sur le trottoir, tendit la main pour lui prendre le bras.

Au début, elle ne reconnut pas l'endroit. Ils n'étaient pas à Rush Street. Pas au restaurant.

Une autre seconde, très longue, s'écoula avant qu'elle reconnaisse l'endroit.

Nous sommes à l'appartement.

À l'appartement secret de Nick.

Elle respira fort.

— Nick est mort, dit-elle.

— Si j'avais voulu le tuer, je l'aurais fait moi-même, lui renvoya-t-il. Mais ça n'aurait pas plu aux gens pour qui je travaille.

Elle le regarda. Il avait toujours le même air.

— Tu ne travailles pour personne, dit-elle.

— Nous travaillons tous pour quelqu'un.

Ils se mirent à marcher vers l'entrée, elle avec lui, sans même plus sentir son propre corps. Et lorsqu'ils furent dans le vestibule, il dit au type qui les suivait de les attendre.

Un calme étrange s'empara d'elle.

Je savais que ça allait arriver, se dit-elle. *Dès que je l'ai rencontré. Dès que je lui ai demandé de venger mon père. Dès que je me suis couchée dans son lit.*

Ça ne pouvait finir que comme ça.

Il lui lâcha le bras, se pencha en avant et appuya sur le bouton de l'ascenseur. Lorsque la portière s'ouvrit, Diana resta immobile. Elle sentit sa main dans le creux de son dos, et sa main la poussa en avant.

La porte de l'ascenseur se referma, il n'y avait plus qu'eux deux dans cet espace confiné.

Je ne le supplierai pas. Quoi qu'il arrive, je ne le supplierai pas.

L'ascenseur monta et monta, lentement. Puis il s'arrêta, et la porte s'ouvrit. Diana le regarda, il avait l'air toujours aussi tranquille, sans émotion.

Elle sentit à nouveau sa main dans le creux de son dos, se sentit avancer dans le couloir. Il poussa la porte de l'appartement. Parce que bien sûr, pour lui Darius Cole, elle ne pouvait pas être fermée.

— Entre, lui dit-il.

Elle entra, et Cole referma la porte derrière eux.

***

Mason se raidit en attendant le coup suivant, la vague de douleur qui le submergerait une demi-seconde plus tard.

Elle ne vint pas. Au lieu de cela, il entendit une voix quelque part dans le lointain. Une voix qu'il reconnut vaguement.

— Police de Chicago ! Les mains en l'air que je les voie !

Dans la pièce tout le monde se figea. Mason se redressa sur les genoux, sentit une main dans le dos de sa chemise, une main qui le remettait debout.

— Allez, dit la voix. On y va.

Il se releva et distingua le canon d'une arme. Puis une étoile d'argent. Puis le visage de Sandoval.

Il essuya le sang dans ses yeux, vit la porte qui s'ouvrait, le couloir, l'ascenseur. Il continua d'avancer, s'adossa à la paroi de la cabine lorsque la porte se referma.

Il regarda autour de lui et vit que Sandoval respirait presque aussi fort que lui.

— Cole a pris Diana, dit-il. Appelez les flics. Trouvez-la.

— C'était quoi, ce bordel, là-haut ?

— Cole a découvert notre marché.

— Merde ! J'aurais dû l'arrêter devant.

— Vous l'avez vue ? Elle était avec lui ?

— Oui, ils étaient…

— Il faut la retrouver. Tout de suite !

— S'ils retournent au restaurant, j'appelle des renforts. Pour avoir une dizaine de types pour préparer le coup. On les arrêtera à leur arrivée.

— Si elle est dans cette voiture…

— Elle sera en sécurité, d'accord ? On s'en est occupé. Je veux juste passer les menottes à Cole moi-même.

C'était pas le plan, se dit Mason. *Mais pour le moment, je prends.*

Du moment que Diana est en sécurité…

L'ascenseur s'arrêta brutalement au rez-de-chaussée.

— Et il n'y a pas de quoi, au fait, dit Sandoval.

— À quel propos ?

— De vous avoir sauvé.

Et la tête de l'inspecteur explosa.

Mason tomba en arrière, tout étant soudain oblitéré par la détonation. Le choc le submergea, du sang et de la matière cérébrale éclaboussant la paroi de l'ascenseur en un arc rose et rouge vif. Mason baissa les yeux et vit que Sandoval en avait plein la figure, partout sur la poitrine. Il se remit debout.

Et regarda le corps de Sandoval s'affaisser doucement en position assise, puis s'effondrer. Il avait perdu un œil, l'autre était toujours ouvert.

Mason n'arrivait plus à respirer, n'entendait plus que du bourdonnement dans ses oreilles.

Mais bordel! se dit-il, presque incapable qu'il était de s'entendre.

Puis il releva la tête.

Quintero se tenait là, devant lui, avec son Nighthawk Custom 1911.

— Tu l'as tué…, dit Mason alors que son ouïe commençait lentement à lui revenir.

— Oui, et je te tuerais bien toi aussi si je pouvais, lui renvoya Quintero. Mais c'est pas les ordres que j'ai reçus.

Il se rendit compte de l'énorme erreur qu'il venait de commettre presque aussitôt que ces mots lui sortaient de la bouche. Il essaya de frapper Mason à la tête d'un coup de crosse, mais déjà celui-ci s'était remis sur ses pieds et n'eut aucun mal à lui échapper. Voulant désespérément se sortir de là, cassé et insensible à toute douleur physique désormais, Mason lui asséna deux droites à l'abdomen, et un uppercut qui l'atteignit pile au menton. Quintero, lui, l'attrapa par le cou et lui arracha le pansement qu'il avait encore à sa blessure par balle – celle qu'il avait refermée lui-même.

Mason lui immobilisa les poignets d'un bras puis le frappa au visage de deux gauches rapides, mais Quintero ne lâchait pas et le tira vers lui pour lui flanquer un coup de boule. Mason retira vite son bras droit et le lança juste au moment où la tête de Quintero partait en avant. Mason sentit le choc de son poing contre le nez de son adversaire tout le long de son bras, et le frappa encore comme s'il voulait lui enfoncer le coude dans la nuque.

Quintero tomba à genoux, une fontaine de sang jaillissant de ses narines. Cela n'avait plus rien à voir avec un combat à la loyale, et Mason continua de le frapper. Encore et encore. Jusqu'à ce qu'il en ait la main droite à vif et pleine de sang. Pour Diana, pour sa famille, pour le flic mort sur le plancher de la cabine d'ascenseur.

Pour lui-même.

Enfin il se releva et lui prit son arme. Regarda une dernière fois Frank Sandoval, celui-là même qui l'avait arrêté et expédié en prison. Celui-là même qui l'avait suivi pendant des mois et obligé à surveiller ses arrières. Celui-là même qui venait de le sauver.

Sandoval avait une femme et deux enfants. Rien que pour ça, ce que Mason avait encore d'humanité en lui allait le torturer. Probablement à jamais. Mais il n'en avait pas le temps maintenant.

Il gagna la porte pour retrouver Diana.

***

Lorsque Cole entra dans l'appartement, Diana se tenait déjà debout à la fenêtre et regardait les lumières de la ville. Il la rejoignit, mais ne la toucha pas.

— Cet endroit est vide, dit-il en jetant un coup d'œil autour de lui. Il trouve enfin l'endroit qu'il peut avoir pour lui seul et il n'y met rien.

Un jour revint à l'esprit de Diana, le premier où elle avait vu Cole. C'était à l'ancien restaurant de son père aujourd'hui démoli et recouvert de pavés. Son père mort et enterré depuis longtemps, son père tué par deux types qui travaillaient pour un des rivaux de Cole.

Jamais personne n'avait retrouvé la moindre de leurs traces.

Elle fit un pas vers lui et posa sa main sur sa poitrine.

— Darius, dit-elle, une note de terreur nue perçant enfin dans sa voix, c'est moi. Ta Diana. Tu n'as pas envie d'être avec moi, maintenant ? Après douze ans ?

Il tendit la main et lui écarta les cheveux.

— Ça n'a rien à voir avec toi, dit-il. C'est à cause de Nick. Je veux que tu le comprennes.

Une larme coula sur la joue de Diana. Cole l'y essuya.

— Il faut que je lui prenne quelque chose.

Il s'approcha si près d'elle que sa bouche frôla son oreille.

— Il faut que je lui fasse mal, ajouta-t-il en un murmure. Et c'est la seule façon que j'aie de le faire.

***

Presque vingt ans après que la municipalité avait interdit de fumer dans les bars, celui du cousin de Burke puait encore le cendrier plein, le graillon et la bière renversée. En y entrant, Bruce Harper eut l'impression d'être revenu un demi-siècle en arrière. Il y avait là des tables rondes en bois couvertes de fines nappes en plastique. Des chaises en plastique moulé. Une table de billard au tapis de feutre fané. Des tabourets de bar rafistolés avec du Scotch. Il appuya sur le commutateur et deux luminaires piqués de mouches dispensèrent une lumière qui arriva tout juste aux quatre coins de la salle.

Il passa derrière le bar, franchit la porte de la cuisine. Regarda les taches de sang qui avaient pâli sur le lino craquelé. Il y en avait d'autres dans l'évier et Harper savait que la police y avait récupéré un couteau de boucher avec du sang et des traces de brûlures.

Ils ont chauffé le couteau sur ce poêle, se dit-il. *Et l'ont brûlé avec. Avant de lui trancher tous les doigts d'une main.*

Remis le couteau sur le poêle pour le réchauffer pendant qu'ils lui reposaient leur question : « Où est ton cousin ? »

Lui ont à nouveau brûlé les chairs et tranché tous les doigts de l'autre main.

Harper monta à l'appartement au-dessus du bar. Deuxième retour en arrière : une authentique télévision cathodique, un plateau télé sur lequel s'empilaient des sachets de fast-food écrasés, juste à côté d'un canapé effondré.

Il se tint au milieu de la pièce et se demanda :

Sean Burke est-il venu ici ?

Il prit un sachet de fast-food et vérifia la date : vieux d'une semaine. Puis il passa dans la cuisine, vit la vaisselle qui s'entassait dans un évier à moitié plein d'eau, avec une fine couche de moisissure flottant à la surface.

Il gagna la chambre, tira le couvre-lit et découvrit des draps qui avaient besoin d'être lavés depuis plusieurs mois. Des vêtements sales par terre. Et seule chose accrochée au mur, une carte de l'Irlande tout à fait remarquable en ce qu'elle ne montrait aucune frontière entre les comtés de l'Irlande du Nord et le reste de l'île.

C'est là que tu serais venu te cacher, songea-t-il. *Pour toi, c'est ce qui ressemble le plus à un foyer.*

Il s'empara de la seule photographie encadrée posée sur la commode (trois hommes debout devant le bar, l'un d'eux n'étant autre que le jeune Sean Burke), s'assit au bord du lit et regarda le visage d'un tueur.

Il remit le ruban jaune comme il fallait en ressortant de la maison.

Je n'ai pas perdu mon temps, se dit-il en reprenant le volant. *Aussi serrée que soit cette communauté, un demi-million de dollars, ce n'est pas rien.*

Si jamais le fils de pute qui a massacré ces gardiens revient chez lui…

Je vais le retrouver.

***

Sean Burke regarda le marshal du bunker remonter dans sa voiture et remarqua le pansement blanc en travers de son front.

Il l'avait vu monter et descendre la rue et donner sa carte à tous ceux qui lui ouvraient. Il avait dormi dans l'appartement au-dessus la veille, toutes les lumières éteintes. Dans le quartier personne ne l'avait vu, et dans quelques heures il aurait filé à nouveau. Et cette fois, il n'aurait plus jamais aucune raison de revenir à cet endroit.

Burke gagna la porte de derrière, s'empara de la clé de secours qui dormait sur le montant de la porte depuis quarante ans.

En repassant dans la cuisine, il s'arrêta encore une fois pour regarder la tache sur le sol. Il se signa, plus par une habitude remontant à son enfance que parce qu'il croyait.

Puis il entra dans le bar, et s'installa pour attendre.

***

Mason gara la Jaguar derrière le restaurant et entra par la cuisine. Un des hommes de Cole s'y tenait – il y en avait probablement d'autres à toutes les portes. Celui-là lui tournait le dos et parlait au téléphone.

— Vous inquiétez pas, l'entendit-il déclarer. Il entrera pas ici.

Il ne fallut que cinq secondes à Mason pour lui prouver le contraire : déjà il s'était emparé d'une broche de rôtissoire et lui fendait le crâne avant même qu'il ait fini de se retourner. Le bonhomme s'effondra. Mason lui essuya la figure avec un chiffon et le reposa trempé de sang en ignorant les deux cuisiniers qui le dévisageaient.

Il passa à l'avant de la cuisine, d'où il pourrait voir la salle à manger. Il fit le tour des hommes en costume, des femmes en robe longue, des serveurs en chemise blanche – pas de Diana. Ni de Cole.

C'est alors que la porte d'entrée du restaurant s'ouvrant, celui-ci entra avec deux de ses hommes.

Diana n'était pas avec lui.

Mason vit tout le monde se lever pour applaudir l'arrivée du patron. Qui se porta au milieu de la salle, où chacun l'entoura. Il serra des mains, embrassa des femmes et Mason comprit que ça durerait toute la nuit. Et qu'il n'aurait aucune chance de le prendre à part.

Son plan avait déjà foiré et il n'en avait pas d'autre. Tout ce qu'il avait maintenant se réduisait à de la douleur et à de purs et simples instincts. Et à une peur grandissant qu'il avait du mal à chasser de son esprit.

Elle n'est pas morte, se dit-il. *Diana n'est pas morte.*

Il fendit rapidement la foule. Cole leva la tête de surprise en le voyant, mais personne ne hurla jusqu'à ce que Mason lui appuie le Nighthawk de Quintero sur la tempe.

— Où est-elle ? lui demanda-t-il à l'oreille tandis que de son bras libre il lui enserrait la poitrine par-derrière.

Nouveaux hurlements. Un des hommes de Cole sortit son arme et la pointa dans sa direction.

— On se détend, tout le monde ! lança d'une voix étrangement calme un Cole déjà revenu de sa surprise.

Mason le traîna dans la cuisine, Cole ne lui opposant aucune résistance. Ils sortirent par la porte de derrière. Montèrent dans la Jaguar, Cole sur le siège passager, le Nighthawk de Mason pointé sur sa tête tandis que celui-ci faisait le tour du véhicule et s'installait au volant.

— Où est Diana ? répéta-t-il.

Cole ne lui répondant pas, Mason lui flanqua un coup de crosse dans la figure.

— Nick, dit Cole en s'essuyant la bouche, tu as passé un marché avec un flic.

Mason le frappa à nouveau. Il avait la main encore à vif, enflée et au moins deux doigts cassés, mais il s'en foutait.

— Tu t'es déjà payé une sale soirée, reprit Cole. Réfléchis un peu à ce que t'es en train de faire.

Mason démarra et commença à rouler. Une fois sur l'autoroute, il mit plein gaz et la Jaguar rugit. Lorsqu'ils arrivèrent dans le South Side, il ralentit pour en enfiler les rues sombres, la voiture enfin assez peu bruyante pour que Cole puisse parler.

— La première fois que j'ai entendu parler de toi, dit-il, tu faisais partie de l'équipe qui avait frappé au port. Un de tes amis se fait tuer, un autre s'échappe, et on ne retrouve jamais le quatrième...

L'image du cadavre de McManus flottant dans l'eau revint à l'esprit de Mason. Il l'en chassa et continua de rouler.

— Et le seul type qui fait de la taule, c'est toi, reprit Cole.

— Dis-moi où elle est, répéta Mason, les yeux sur la route. J'ai pas besoin d'un petit voyage dans mes putains de souvenirs !

— J'essaie juste de comprendre, Nick. Comment on en est arrivés là. Alors que cette ligne jaune, toi et moi, on la franchissait tous les jours. Dans la cour. Juste pour parler. J'aurais pu me montrer égoïste et te garder à l'intérieur.

— Ouais, t'es un vrai bienfaiteur !

— Combien te restait-il d'années à tirer déjà ? Vingt ? Au minimum ? Et maintenant tu serais toujours au bloc A à te demander pourquoi ta famille t'a oublié. Au lieu de quoi...

mais regarde-toi, Nick ! C'est ça que je t'ai donné. Je t'ai rendu ta vie !

— Tu parles d'une vie !

— T'as pu revoir ta famille. Ça vaut quoi, ça, hein ? Et si tu me montrais un peu de gratitude !

Mason se gara sur le bas-côté dans un hurlement de pneus, et un long concert de Klaxons derrière lui. Cole partit en avant, puis revint en arrière, Mason finissant par l'attraper par le col de sa veste.

— Cette vie que tu m'as donnée, dit-il en lui collant son visage en pleine figure, ça n'est qu'une horreur après l'autre. Et ce bunker à New York… une mission suicide. Y entrer, c'était ma mort assurée et tu le savais.

— Tu faisais ton boulot, lui renvoya Cole d'une voix toujours calme. Comme si je n'avais pas été parfaitement clair sur les termes du contrat ! Comme si tu ne savais pas exactement dans quoi tu allais te fourrer ! « La mobilité, pas la liberté »… Tu te rappelles ? On répond au téléphone et on fait ce qui est demandé. C'est le deal que tu as accepté.

— Je n'avais pas le choix, et tu le savais. J'aurais fait n'importe quoi pour sortir. Et tu t'en es servi pour faire de moi… un putain de monstre !

— Je ne t'ai pas transformé en quoi que ce soit, Nick. Tu es toujours le même. C'est seulement que tu es meilleur dans ce que tu fais.

Mason sortit le Nighthawk, l'arma et l'appuya sur la tempe de Cole.

— Sauf que maintenant, c'est fini. Je déchire le contrat. Plus d'appels, plus de types à tuer.

— Vas-y, Nick, lui renvoya Cole. Fais-moi sauter la cervelle. Et fais sauter celles de toute ta famille par la même occasion. Parce que tout le monde y passera avant la fin de la nuit.

— Eh non, dit Mason. Fini les menaces sur ma famille. Ça aussi, ça s'arrête là. Ce coup-ci, c'est à toi d'abattre tes cartes.

— Permets-moi de te poser une question, Nick. Et écoute bien attentivement. Si Quintero n'a pas de nouvelles de moi, il part pour Elmhurst. Et quand il y sera, c'est ta femme dont tu veux qu'il s'occupe en premier ? Pendant que ta fille regarde ? Ou l'inverse ? Tu as le choix.

— Sauf que Quintero ne va pas faire ça ce soir vu que c'est son flingue que je tiens, dit Mason.

Cole éclata de rire.

— Et alors ? Tu crois être en train de gagner la partie ? Tu crois que c'est aussi facile que ça ?

J'ai déjà entendu ça quelque part, mais où ? se demanda Mason.

Quintero. Quand j'ai osé lui suggérer de s'allier avec moi contre Cole.

— Vas-y, Nick. Appuie sur la détente.

Mason reposa le Nighthawk, prit le levier de vitesse dans sa main et le manipula d'un coup sec.

— Je ne vais pas te tuer, dit-il en déboîtant sur la chaussée. Sandoval n'est pas le seul mec avec qui j'ai conclu un accord ce soir.

***

En repartant du quartier de Burke, Harper se repassa les conversations qu'il avait eues avec les habitants de la rue et ce qu'il avait vu au bar et dans l'appartement au-dessus.

Quelque chose ne collait pas, mais pas moyen de trouver quoi.

Il essaya d'y aller tout doucement dans sa tête, de rejouer tout ce qu'il avait fait. Tout ce qu'il avait vu. Un instant après l'autre.

La rue. Le bar. L'appartement.

Le lit !

Cela lui vint en un instant : c'était ça qui ne collait pas.

Le lit était fait.

Il y avait moins d'une chance sur mille pour que le type qui vivait dans cet appartement fasse effectivement son lit alors qu'il laissait tout le reste aller à vau-l'eau. *Mais un type qui a passé plusieurs de ces dernières années en prison ?* C'est quelqu'un qui fait son lit à la seconde même où il se lève un putain de matin après l'autre. C'est tellement automatique, tellement une question de mémoire musculaire chez un type qui a subi le strict régime des prisons que… Qu'il n'y a probablement même pas pensé.

Burke est venu ici.

Harper fit demi-tour et revint vite au bar.

***

Burke regarda sa montre en entendant la voiture se garer derrière le bar. Il resta assis dans son coin, dans le noir, en entendant qu'on poussait la porte. Nick entra dans la salle, avec un autre type. Un type qu'il n'avait pas revu depuis douze ans.

Darius Cole.

— Ceci est donc mon jardin de Gethsémani ? lança Cole. Je ne vois pas les Centurions.

Ce fut le moment que choisit Burke pour se lever et appuyer sur l'interrupteur. Et s'avancer dans la faible lumière.

Cole ne dit pas un mot, mais Mason vit bien le changement dans son langage corporel. Déjà il croisait les bras, se protégeait la poitrine. Pour un type qui avait passé des années au milieu de certains des pires, des plus violents criminels du monde… C'était la première fois que Mason voyait son calme de façade commencer à s'effriter.

— Mason, tu es un homme de parole, dit Burke. C'est rare ces temps-ci. Et monsieur Cole… (Il lui fit la révérence) ça fait plaisir de vous voir dehors.

— Je ne pourrais pas en dire autant de…

— Combien de types vous m'avez envoyés pour me tuer ? Dix ? Vingt ?

— Quel qu'en soit le nombre, ça n'était manifestement pas assez.

— Burke, dit Mason, tu ne le laisses pas mourir avant qu'il m'ait dit où est Diana.

Cole passa de Mason à Burke, puis revint sur Mason.

— Messieurs, dit-il, je ne pense pas que ç'ait la moindre importance.

— Il y a toute sorte de manières de tuer quelqu'un, fit remarquer Burke. Et tu devrais le savoir mieux que n'importe qui. Alors donne-lui ce qu'il veut.

Cole ne dit rien. Et ne bougea pas.

Burke sourit.

— J'espérais bien que tu choisisses la manière pénible.

Mais alors Cole attira Mason vers lui et lui murmura à l'oreille :

— Tu es vraiment sûr de vouloir savoir, Nick ?

Mason déglutit avec peine.

— Dis-moi.

— Va donc voir dans ton appartement.

Mason lui passa les mains autour du cou, puis sentit une vive douleur lorsque Burke lui attrapa le biceps droit.

— Laisse-le, dit celui-ci.

Mason ouvrit la bouche, mais aucun son n'en sortit. La guerre faisait rage en lui : rester, faire mal à Cole, le tuer. Ou courir.

Burke lâcha le bras de Mason.

— Allez, va, gamin.

Mason se rua sur la porte. À peine quelques secondes plus tard, la Jaguar quittait le parking à toute allure.

Ce qui laissa Burke et Cole seuls ensemble dans les ténèbres du bar.

Burke sourit à nouveau et ramassa sa boîte à outils.

***

Harper s'arrêta doucement à une rue de l'établissement, descendit de voiture et s'approcha à pied. Dès qu'il vit une faible lueur aux fenêtres, il sortit son Glock et gagna la porte de derrière. Elle n'était pas fermée à clé.

L'arme levée, il traversa lentement la cuisine sombre. Un rien de lumière dans le bar. Il arrivait à la porte lorsqu'il entendit des bruits. Une forte inspiration. Un hoquet étouffé. Comme un homme qui souffre.

Il appuya sur la porte avec le canon de son arme et là, dans l'entrebâillement, il découvrit Sean Burke assis au bord de la table de billard. Un homme était étendu par terre devant lui. Darius Cole, le visage en sang.

Burke tenait une perceuse électrique dans une main. Un long couteau pointu dans l'autre. Il s'était tassé sur lui-même et regardait Cole avec une grande concentration. Le type sérieux qui fait du travail sérieux.

Harper franchit la porte et lui pointa son Glock sur la poitrine. Burke leva les yeux et se laissa glisser du bord de la table de billard sur le sol.

— J'aurais pu vous tuer dans ce bunker, dit-il.

— Vous auriez peut-être dû.

Les deux hommes se faisaient face. Entre eux il n'y avait que du silence et de la poussière, et le corps inerte de Darius Cole sur le sol.

Burke ouvrit la bouche pour dire quelque chose, Harper appuya sur la détente et lui expédia cinq balles dans la poitrine en tir rapide. Puis il releva son arme et lui en colla une sixième au milieu du front.

La tête de Burke partit en arrière, le reste de son corps allant cogner la table de billard, puis glisser par terre à côté de Cole. Harper fit un pas en avant, son arme toujours prête. Cole le regarda, il avait les yeux enfin ouverts et du sang lui coulait de la bouche. Mais en dehors ça, il n'avait pas l'air sérieusement blessé. Quelques minutes plus tard, Harper s'en rendit compte, ç'aurait été une tout autre histoire.

Puis une deuxième pensée lui vint :

Ceci est Darius Cole, le type qui a commandité l'assassinat de deux témoins qu'il protégeait.

Je pourrais t'abattre tout de suite. Personne ne le saurait. Et peu de gens s'en soucieraient.

Cole semblait savoir exactement ce que pensait Harper. Il se redressa et le regarda dans les yeux.

— Vous savez qui je suis, dit-il.

— Oui.

— Réfléchissez bien à ce que vous allez faire, marshal.

Je ne pourrai jamais rejouer ça, se dit Harper à lui-même. *C'est un truc qu'un marshal ne vit qu'une fois dans sa carrière. Faire plus, c'est ne pas valoir mieux que les types qu'on traque.*

Harper rangea son arme et lança :

— Je vous appelle une ambulance.

***

Mason monta les marches quatre à quatre. Il n'arrivait plus à respirer mais il continua d'avancer, de déraper et de tomber, d'attraper la rampe, de se redresser et de monter encore.

Sois vivante, ne cessait-il de se répéter, encore et encore.

Sois vivante.

Arrivé au septième, il descendit le couloir en titubant et sortit sa clé. Ouvrit la porte et se rua à l'intérieur.

— Diana ! cria-t-il en sachant à l'instant même où il la voyait que c'était exactement ce à quoi il s'attendait. Exactement ce qu'il savait devoir découvrir.

Étendue sur le sol, elle donnait l'impression de regarder fixement le plafond. Elle avait les mains croisées sur le ventre, comme pour un enterrement. Comme si l'homme qui l'avait tuée avait eu un dernier sursaut de respect pour elle et l'avait disposée ainsi avant de partir.

Mason s'agenouilla, vit les marques rouges autour de son cou. Et les yeux sans vie qui regardaient dans le vide.

Il resta à côté d'elle plusieurs minutes, sans bouger. Jusqu'à ce que son portable sonne. À la troisième sonnerie, il le regarda. C'était celui que lui avait donné Burke.

Il décrocha.

— Il est mort ?

— Pas encore.

Voix profonde, à nulle autre pareille.

Darius Cole.

— C'est comme je t'ai dit, Nick… Tu crois vraiment que c'est si facile ?

CHAPITRE 23

Immobile de l'autre côté de la rue, Mason regarda sa maison. Celle qu'il n'avait jamais pu considérer comme son chez-soi. L'espèce de conteneur de prix pour ses voitures, ses vêtements, la vie entière que quelqu'un d'autre lui avait octroyée.

Et tout cela lui était repris.

Avec Diana, la femme qui y avait vécu avec lui. Celle qu'il venait à peine de connaître après des mois et des mois où ils n'avaient été que d'intimes inconnus l'un pour l'autre. Elle aussi, il ne l'avait plus.

Jusqu'à la protection qu'il s'était donné tant de mal à garantir à Gina et à Adriana, la protection qui devait sortir d'un deal invraisemblable avec le flic qui avait consacré sa vie à le renvoyer en prison. Car ce flic avait lui aussi disparu, et avec lui la protection et toutes les promesses du bonhomme.

Que valent donc les promesses de quiconque dans la mort ?

Mais cela voulait aussi dire que Mason n'avait plus rien à perdre.

Ce qui faisait de lui l'homme le plus dangereux du monde.

Il sortit sa tablette de sa poche revolver et y fit monter l'application qu'Eddie y avait installée. Ce que ce dernier lui en avait expliqué le laissait toujours dans le brouillard – des histoires de signaux sans fil et d'adresses IP sécurisées –, mais le résultat de l'affaire se réduisait à une chose : en s'en servant, il pouvait voir tous les faits et gestes de chacun tels que les montraient les caméras de surveillance installées partout à l'intérieur.

Il avait aussi autre chose : le Nighthawk Custom 1911 qu'il avait pris à Quintero, avec neuf balles.45 ACP dans le chargeur et une dixième chambrée. Et à ce moment-là, Quintero était probablement branché à une intraveineuse quelque part – avec pas mal de reconstructions du visage à envisager dans un avenir proche. Ce n'était pas demain la veille qu'il allait tirer sur quoi que ce soit.

En plus de ces outils, il avait encore une chose à son avantage : une connaissance intime des lieux. De chaque pièce, sous tous les angles. Il regarda les images vidéo et dénombra rapidement quatre types en train de monter la garde. Deux avec des fusils d'assaut, les deux autres étant très probablement armés de semi-automatiques.

Encore un autre fait important qu'il découvrit en faisant monter ce que voyaient les deux dernières caméras de surveillance : aussi pénible qu'il lui soit d'en contempler le lit, la chambre où dormait Diana était vide. Et le bureau : Cole y était assis et regardait avec attention quelque chose à l'écran d'un ordinateur portable.

Cinq types au total, dont quatre au moins armés.

L'heure était venue d'y aller.

Mason ne se donna pas la peine d'ouvrir la porte d'entrée. Il savait que la serrure en avait probablement été changée. Ou alors, que même si elle ne l'avait pas été, le code de sécurité dans l'armoire électrique l'aurait été, lui, et enclenché. Ce qui ne lui donnerait que quelques secondes à peine avant que l'alarme ne se déclenche. Au lieu de cela, il gagna la porte du garage la plus éloignée des trois, juste au-delà de ce que pouvait balayer la caméra de surveillance. Il avait déjà étudié les mouvements du type sur la terrasse. Il se pencha par-dessus la rambarde, regarda, écouta, attendit que quelqu'un ou quelque chose sorte des ténèbres. D'après ses calculs, il avait vingt secondes pour entrer dans le bâtiment.

Même si la villa avait le système de sécurité le plus coûteux du marché, il savait qu'il n'avait besoin que de deux objets pour le mettre en échec – les deux compagnons toujours prêts à l'aider à entrer dans d'innombrables voitures au début de sa carrière : un petit morceau de bois et un cintre entièrement déployé. Il glissa le bout de bois dans le renfort en caoutchouc au-dessus de la porte, puis le cintre dans la petite ouverture ainsi créée. Le loquet à ouverture rapide se trouvait à environ soixante centimètres du haut de la porte. Il tira dessus avec le crochet du cintre et la porte du garage fut ouverte. Il la remonta lentement en veillant à ne pas faire de bruit, se glissa en dessous et la referma derrière lui. Du début à la fin, l'opération avait duré douze secondes.

Il se mit sur un genou et vérifia le Nighthawk. Répéta encore une fois ses gestes. Il avait toujours bien la concentration qu'il avait renforcée avec chaque nouvelle tâche – courir après un type en montant et descendant les innombrables escaliers de l'Aqua, en traquer un autre dans les montagnes de Géorgie, se glisser à l'intérieur d'un bunker en sous-sol, car telles étaient les dernières étapes qu'il avait parcourues dans le raffinement de ses talents.

Il ne manquait rien à la machine.

Il ferma les yeux dix secondes, prit une profonde inspiration, puis expira. Et se mit en mouvement.

Il ouvrit la porte du garage donnant dans l'entrée du rez-de-chaussée. Le premier gardien se tenait en haut de l'escalier, exactement comme il s'y attendait. Pas seulement juste en haut, mais légèrement décalé sur la droite. À ce stade le type avait déjà cessé d'être un homme. L'innocence n'était plus de ces choses qui existent. Aucune distinction n'était à faire entre des forces létale et non létale. L'homme n'était plus qu'une cible.

Laquelle cible avait à peine levé la tête que Mason la frappa à deux reprises, en pleine masse corporelle et à la tête. La cible s'effondrant, Mason monta les marches.

Temps de réaction, proximité, telle était l'équation à résoudre maintenant. Pur et simple calcul. Deuxième cible droit devant, assise sur le canapé avec la télé allumée, et l'arme calée dans la ceinture – d'où désavantage. Mason tirait déjà lorsqu'il sortit de l'escalier, se coula le long du mur de gauche et aligna sa troisième cible tel le joueur de billard qui réfléchit avec deux coups d'avance. Il fit deux fois feu juste au-dessus des meubles, dégommant ainsi la deuxième cible juste après sa première réaction – se mettre debout – et avant sa deuxième : se jeter à terre.

Du mouvement sur la droite, la terrasse, mais d'abord le couloir, sur la gauche, Mason déjà serré contre ce mur. La troisième cible devant la porte du bureau. Mason qui tend l'oreille. Entend des bruits de pas. S'attend à ce que le canon de l'arme soit le premier à apparaître – l'erreur de l'amateur : laisser le tireur te voir un dixième de seconde avant que toi, tu le voies. Mason avait son arme prête, la tenait à deux mains, parfaitement stable. Un temps, deux, éclair du canon, feu. Déjà Mason entrait dans le couloir en se baissant, tirait le coup suivant, déchirait le type en pleine masse centrale alors que les rafales tirées par la quatrième cible criblaient les murs autour de lui.

Mason s'y était préparé. Il savait bien qu'il ne pourrait pas surprendre ses quatre cibles.

Il se concentra quelques secondes sur la porte du bureau, attendit de voir si Cole allait en sortir. Aucun signe du bonhomme. Il se recentra sur le type qui s'était posté sur la terrasse et avait réintégré la maison, mais ne l'avait pas poursuivi dans le couloir. Sur la défensive – réaction naturelle quand on a déjà vu trois hommes se faire abattre. Mason savait que son cœur battait fort. Que l'adrénaline lui courait partout dans le sang. Il portait un fusil d'assaut et tirerait du douze projectiles d'un coup au moindre mouvement.

Mason entra dans la salle de billard en se baissant, prit la boule du joueur sur le tapis et revint prudemment dans le couloir. La quatrième cible n'avait toujours pas bougé – elle devait s'être tapie derrière l'îlot de la cuisine pour se couvrir.

Mason libéra sa main droite, s'avança un rien, juste assez pour voir la moitié de la pièce. Une porte à l'autre bout, avec une fenêtre Art Déco comme sortie d'un bistro parisien et donnant sur le garde-manger et la cave à vins. Il recula d'un pas, puis se porta vite en avant et jeta la boule de billard. La vitre se brisa, les premiers coups de feu arrivant un dixième de seconde plus tard.

Mason se redressa pour avoir le meilleur angle de vue, balaya le rebord de coin avec le Nighthawk et se concentra sur l'îlot. La cible venait juste de se relever suffisamment pour amener son arme à dix heures. Il repéra Mason et faisait déjà demi-tour, mais… trop tard. Temps de réaction plus mouvement des muscles, pas moyen de prendre de vitesse une balle de.45 ACP. La tête de la cible partit sèchement en arrière sous l'impact. Inutile d'en tirer une autre.

Mason ramena son arme en arrière – il s'était mis à découvert et Cole aurait pu sortir du bureau et le tuer. Mais la porte était toujours fermée.

Mason n'eut pas besoin de vérifier son arme – il savait très bien qu'il avait tiré sept balles. Qu'il lui en restait donc encore trois.

Il sortit la tablette de sa poche revolver, fit monter les images de la caméra de surveillance du bureau. Cole n'avait pas bougé, était toujours assis au bureau. Il vint à l'esprit de Mason que peut-être il était déjà mort. Mais il le vit cligner des yeux, puis frotter l'enflure qu'il avait autour de la bouche. Il avait les deux mains vides, semblait-il, mais Cole était l'homme le plus rusé que Mason avait jamais rencontré. Il ne serait donc pas resté assis là, immobile et sans défense, juste pour l'attendre.

Mason gagna la porte, s'arrêta une seconde du côté de la poignée, puis passa vite de l'autre. Si Cole décidait de tirer à travers, ce serait ce côté-là qu'il le ferait. Mason tendit le bras en travers de la porte, essaya le bouton, le fit tourner d'un centimètre. La porte n'était pas fermée à clé. Il la poussa à fond en s'écartant de l'ouverture.

Aucun coup de feu.

Il se mit sur un genou, regarda la pièce par en dessous : Cole aurait pu se relever derrière le bureau et tirer. Mais non, rien – aucun mouvement. Mason se redressa rapidement, le Nighthawk braqué droit sur la poitrine de Cole.

Cette fois ce n'était plus seulement une cible qu'il visait, mais bien un homme.

— Je savais que tu viendrais, lui dit Cole.

Mason découvrit la bande rouge qui lui courait sur le côté gauche de la mâchoire. Et un bleu sous son œil gauche qui aurait l'air encore pire le lendemain matin.

Sauf qu'il ne devait pas y avoir de lendemain matin pour Darius Cole.

— Tu avais peut-être raison, lui renvoya Mason. Peut-être n'ai-je effectivement pas changé. Peut-être m'as-tu seulement rendu meilleur dans mon boulot.

— Avant que tu ne fasses quoi que ce soit d'autre, il y a quelqu'un qui voudrait te parler.

Mason se figea, tout à l'attente d'un mouvement dans son dos. Mais Cole se contenta de tendre la main jusqu'à l'ordinateur portable devant lui, et le tourna de façon que Mason l'ait en face de lui.

Un visage sur l'écran. Blanc, milieu de la cinquantaine. Cheveux noirs coupés court, avec du gris sur les côtés. Et ce visage rayonnait d'intelligence et de confiance en soi.

Le visage d'un type aux manettes.

— Monsieur Mason, j'attendais de faire votre connaissance, lança l'homme en prononçant ces mots avec le soin de quelqu'un qui parle une langue étrangère.

Accent vague, indiscernable.

— Qui êtes-vous ?

— Votre employeur.

— Qu'est-ce qu'il raconte ? demanda Mason à Cole.

— M. Cole travaille pour moi, reprit l'inconnu. Ce qui signifie que vous aussi, vous travaillez pour moi. Et depuis le début.

Mason resta immobile, le Nighthawk toujours pointé sur la poitrine de Cole.

— Je sais pas qui est ce mec, dit-il en lui montrant l'écran d'un signe de tête, mais ça va pas t'aider.

— Monsieur Mason, enchaîna le type, un rien d'irritation montant dans sa voix, je veux que vous m'écoutiez très attentivement.

Mason regarda la minuscule caméra juste au-dessus de l'écran. Où qu'il se trouve, le type l'observait. Mason eut envie de s'emparer du portable et de le détruire.

— Vous avez compromis toute notre opération sur Chicago. Réparer ça va me coûter une énorme somme d'argent.

— Z'avez qu'à m'envoyer la facture, lui asséna Mason.

— Ce sera fait. Parce que vous allez travailler pour moi un bon bout de temps pour me rembourser cette dette. Et d'ailleurs, si nous n'avions pas déjà investi tellement de…

— Pas question que je fasse quoi que ce soit pour vous.

Mason vit l'inconnu se hérisser : on l'avait interrompu. Il fit signe à quelqu'un hors caméra et l'instant suivant, Mason fut surpris de voir une autre fenêtre s'ouvrir à l'écran. Il lui fallut quelques secondes de plus pour comprendre ce qu'il avait sous les yeux : un homme et une femme qui traversaient une maison et regardaient une cuisinière gastronomique, une jeune fille entrant dans le cadre une seconde plus tard.

Brad et Gina.

Et Adriana.

Il en resta sans voix. Continua de fixer l'image à l'écran tandis que les deux êtres les plus importants dans sa vie, et l'homme qui avait juré de les protéger, passaient dans une autre pièce.

— Voilà la maison pour laquelle M. Parks a effectué un premier versement aujourd'hui même, reprit la voix. Comme vous pouvez le constater, les caméras de surveillance sont déjà installées.

— Non, dit Mason en retrouvant enfin sa voix.

Dès que la fenêtre se referma, il eut envie de faire remonter l'image de façon à pouvoir les avertir, leur crier de fuir. Mais l'image fut remplacée par la première : celle de l'inconnu assis très calmement devant une caméra. Mason remarqua qu'il avait une grande fenêtre dans son dos et qu'elle donnait sur des immeubles de bureaux pouvant se trouver dans n'importe quelle ville. Mais qu'il faisait jour à l'endroit où il était. À des milliers de kilomètres de là. Et que donc, on ne pouvait l'atteindre.

— Vous continuerez à faire exactement ce que je dis, reprit l'inconnu. Et vous exécuterez les cibles que je vous assignerai. M. Cole a les détails de votre prochain travail, votre passeport et la nouvelle identité qui va avec.

Cole ouvrit un tiroir de bureau, en sortit une grande enveloppe matelassée et la posa devant Mason.

— Vous serez contacté une fois arrivé à destination, enchaîna l'homme. Déviez en quelque manière que ce soit de mes instructions et votre ex-épouse, son mari et votre fille seront enlevés. Et les douze premières heures suivantes les verront enchaînés par terre les yeux bandés, et assez près les uns des autres pour s'entendre, mais ne pas pouvoir se toucher. Aimeriez-vous que je vous détaille ce qui se passera ensuite ?

Mason ne répondit pas.

— Bonne nuit, monsieur Mason.

Et l'écran s'éteignit.

Incapable de bouger, Mason continua de le fixer des yeux.

Le moment était donc arrivé. Le grand moment de silence où Nick Mason découvrit tout avec une clarté aveuglante :

Tout ce que je croyais savoir n'était que mensonges.

L'individu pour qui je croyais travailler.

Tout ce que je croyais devoir faire pour mettre fin à tout ça.

Tous les gens autour de moi, le prix qu'ils ont payé…

La vie de Lauren entièrement détruite.

Sandoval mort.

Diana morte.

Gina, Adriana… Peut-être disparues à jamais.

Parce que tout ce que j'ai fait…

Mon plan de A à Z…

Mon plan de merde pour être enfin libre…

Tout ça, c'était pour rien.

Parce qu'il n'y a jamais eu de stratégie de sortie.

Parce qu'il n'y a jamais eu de sortie.

Cole brisa le silence.

— C'était ta dernière audition, dit-il en lui montrant les gardes du corps morts dans toute la maison. Tu as réussi.

— De quelle taille est cette organisation ?

Cole marqua une pause, puis il dit :

— Tu ne le sauras jamais.

Deuxième pause, puis Cole tendit la main et ferma l'ordinateur, ce bruit ayant quelque chose de définitif qui plana entre eux.

Cole se leva de sa chaise, fit le tour du bureau pour se tenir devant Cole. À cet instant, ils furent les deux seuls hommes en ce monde. Englewood et Canaryville. *Daimyo* et samouraï. Mason regarda Cole droit dans les yeux, le Nighthawk toujours dans sa main droite.

— Prends l'enveloppe et dégage de ma ville, reprit Cole. Parce que si tu veux bien m'excuser, tout ce sang va finir par me bousiller mon plancher en bois dur.

Cole se tournait pour quitter la pièce lorsque Mason leva le canon de son arme. Cole s'immobilisa dans l'embrasure de la porte.

— Nick, dit-il, tu crois vraiment que c'est le moment de faire quelque chose d'idiot ?

Mason ne répondit pas. Ni l'un ni l'autre, ils ne bougèrent.

— Tu ne vas quand même pas me tirer dans le dos, si ?

— Non, tourne-toi.

Cole hocha la tête et se tourna lentement vers lui.

— Qu'est-ce qu'ils vont me faire ? lui demanda Mason. Après tout ce qu'ils ont investi…

Mason scruta le visage de Cole tandis que celui-ci travaillait l'équation. Et le rideau tomba lorsqu'il parvint à la réponse. Pour la première fois depuis qu'il avait fait sa connaissance le jour où il avait été amené à sa cellule, Nick Mason vit une peur véritablement animale monter dans les yeux de Darius Cole.

— Sais-tu combien de types j'ai tués pour toi ? lui demanda-t-il.

— C'est fini entre nous, Nick. C'est pour quelqu'un d'autre que tu vas tuer maintenant.

— Tu as raison. Celle-là, c'est juste pour moi. Et Diana.

Et il pressa trois fois la détente, les dernières balles de son chargeur déchiquetant le corps de Cole. Qui fut repoussé contre le montant de la porte, ses yeux grands ouverts regardant fixement Mason jusqu'à ce qu'enfin il s'affaisse sur le sol.

Mason resta là une minute entière, sans faire le moindre mouvement. Il attendit d'éprouver quelque chose, d'avoir une réaction physique suite à ce qu'il venait de faire. Mais il avait vécu trop de choses, avait déjà vu assez de sang pour lui durer une vie entière. Il était immunisé. Il était vide.

Il posa le Nighthawk sur le bureau, ramassa l'enveloppe et enjamba le cadavre de Cole pour sortir.

Il s'arrêta dans la chambre à côté de la terrasse, celle où il avait dormi depuis qu'il était sorti de prison. Il ouvrit le tiroir de la table de nuit et s'empara de la photo abîmée de Gina et Adriana prise avant son départ en prison – alors Adriana avait quatre ans et aussi imparfaite qu'elle soit, la vie avait encore un sens.

Il laissa tout le reste derrière lui. De fait, rien de tout cela ne lui appartenait vraiment.

Puis il traversa la villa, longea les cadavres et les flaques de sang qui séchaient, descendit l'escalier, ouvrit pour la dernière fois la porte d'entrée et s'enfonça dans la nuit.

***

Douze heures plus tard, un 747 décollait d'O'Hare Airport et montait dans le ciel. Il avait pour destination Jakarta, capitale de l'Indonésie. Nick y était assis en première classe, sur un siège côté hublot, avec tout ce qu'il possédait dans un sac taille bagage cabine glissé sous le siège devant lui.

Il regarda par le hublot, toute la ville de Chicago s'étalait sous ses yeux. Le ciel était parfaitement clair, il vit les immeubles du centre, les soixante et onze quartiers d'une ville partant dans toutes les directions et l'étendue infinie du lac Michigan à l'est.

C'était la seule ville qu'il avait jamais aimée. La seule ville où il s'était senti chez lui.

Et maintenant il la quittait, et volait vers l'autre bout du monde. Il ne savait pas ce qu'on allait lui demander de faire. Quelles nouvelles horreurs il allait devoir affronter.

Il ne savait pas qui l'attendrait à sa descente d'avion. Ni non plus si jamais il en reviendrait.

Il ne savait plus qui il était.

Ou s'il serait jamais libre.

REMERCIEMENTS

Une fois encore, ce livre n'aurait pas été possible sans Shane Salerno, le seul être à avoir aidé Nick Mason à exister – et changé ma vie ce faisant. Je remercie aussi David Koll, Nick Carraro, Don Winslow et tout le monde à la Story Factory.

Je dois énormément à Joe Fitzparick, Assistant U.S. Attorney pour le district nord de l'Illinois et à l'inspecteur de police de Chicago John Campbell pour tout ce qu'il m'a apporté de perspectives professionnelles. Et un autre grand merci à Sara Minnich, à Ivan Held et à tout le personnel de Putnam.

J'ai aussi trouvé ces livres des plus utiles et les recommande chaudement :

The Perfect Kill : 21 laws for Assassins, *de Robert B. Baer*

WITSEC : Inside the Federal Witness Protection Program, *de Pete Earley et Gerald Shur*

Convictions : A Prosecutor's Battles Against Mafia Killers, Drug Kingpins, and Enron Thieves, *de John Kroger.*

Et enfin, merci à tous ceux qui m'accompagnent depuis le début : Bill Keller et Frank Hayes, Maggie Griffin, Jan Long et Nick Childs. Et plus que jamais, merci à ma femme, Julia, qui fait que tout marche, à mon fils, Nicholas, et à ma fille, Antonia. Je ne serai jamais assez bon écrivain pour dire toute la chance que j'ai de vous avoir.

Dans la collection
Robert Pépin présente…

Kent ANDERSON
Un soleil sans espoir

Pavel ASTAKHOV
Un maire en sursis

Federico AXAT
L'Opossum rose

Alex BERENSON
Un homme de silence
Départ de feu

Lawrence BLOCK
Entre deux verres
Le Pouce de l'assassin
Le Coup du hasard
Et de deux…
La Musique et la nuit

C. J. BOX
Below Zero
Fin de course
Vent froid
Force majeure
Poussé à bout

CHI Wei-jan
Rue du Dragon-Couché

Lee CHILD
Elle savait
61 heures
La cause était belle
Mission confidentielle
Coup de chaud sur la ville
(ouvrage numérique)
Jack Reacher : Never go back
(*Retour interdit*)
La cible était française
Bienvenue à Mother's Rest
Formation d'élite
Simples Déductions

James CHURCH
L'Homme au regard balte

Michael CONNELLY
La lune était noire
Les Égouts de Los Angeles
L'Envol des anges
L'Oiseau des ténèbres
Angle d'attaque
(ouvrage numérique)
Volte-Face
Le Cinquième Témoin
Wonderland Avenue
Intervention suicide
(ouvrage numérique)
Darling Lilly
La Blonde en béton
Ceux qui tombent
Lumière morte
Le Coffre oublié
(ouvrage numérique)
Dans la ville en feu
Le Poète
Los Angeles River
La Glace noire
Mulholland, vue plongeante
(ouvrage numérique)
Les Dieux du Verdict
Billy Ratliff, 19 ans
(ouvrage numérique)
Mariachi Plaza
Deuil interdit
Le Cadavre dans la Rolls
Jusqu'à l'impensable
Le Dernier Coyote
Créance de sang
Sur un mauvais adieu
La Défense Lincoln
Chronique du crime
Echo Park
En attendant le jour
Une vérité à deux visages
À genoux
Nuit sombre et sacrée
Incendie nocturne
Le Verdict du plomb

Miles CORWIN
Kind of Blue
Midnight Alley
L.A. Nocturne

Martin CRUZ SMITH
Moscou, cour des Miracles
La Suicidée
Le Pêcheur de nuées

Matt GOLDMAN
Retour à la poussière
Et la glace se fissura

Steve HAMILTON
La Deuxième Vie de Nick Mason

Chuck HOGAN
Tueurs en exil

Melodie JOHNSON HOWE
Miroirs et faux-semblants

Fabienne JOSAPHAT
À l'ombre du Baron

Andrew KLAVAN
Un tout autre homme

Michael KORYTA
La Rivière Perdue
Mortels Regards
Le témoin ne répond plus

Stuart MACBRIDE
Surtout, ne pas savoir

Russel D. McLEAN
Ed est mort

Robert McCLURE
Ballade mortelle

Alexandra MARININA
Quand les dieux se moquent

T. Jefferson PARKER
Signé : Allison Murrieta
Les Chiens du désert
La Rivière d'acier

P. J. PARRISH
Une si petite mort
De glace et de sang
La tombe était vide
La Note du loup

George PELECANOS
Une balade dans la nuit
Le Double Portrait
Red Fury
La Dernière Prise
À peine libéré

Henry PORTER
Lumière de fin

James RAYBURN
La Vérité même
L'Otage introuvable

Sam REAVES
Homicide 69

Craig RUSSELL
Lennox
Le Baiser de Glasgow
Un long et noir sommeil

Roger SMITH
Mélanges de sangs
Blondie et la mort
Le sable était brûlant
Le Piège de Vernon
Pièges et Sacrifices
Un homme à terre
Au milieu de nulle part

p.g.sturges
L'Expéditif
Les Tribulations de l'Expéditif
L'Expéditif à Hollywood
De facto grosso

Peter SWANSON
La Fille au cœur mécanique
Parce qu'ils le méritaient
Chacune de ses peurs

David SWINSON
La Fille de Kenyon Street
Le Chant du crime

Joseph WAMBAUGH
Bienvenue à Hollywood
San Pedro, la nuit

Photocomposition Belle Page

Impression réalisée en janvier 2021
par l'imprimerie Laballery 58500 Clamecy
pour le compte des éditions Calmann-Lévy
21, rue du Montparnasse 75006 Paris

PAPIER À BASE DE
FIBRES CERTIFIÉES

CALMANN LÉVY s'engage
pour l'environnement en réduisant
l'empreinte carbone de ses livres.
Celle de cet exemplaire est de :
850 g éq. CO_2
Rendez-vous sur
www.calmann-levy-durable.fr

N° d'éditeur : 4698774/01
N° d'imprimeur : 012656
Dépôt légal : janvier 2021
Imprimé en France